Michaela Seul
Leben ohne Leander

Michaela Seul, 36, lebt in München und arbeitet dort als Lektorin und Autorin.
Neben mehr als 250 in Zeitschriften und Anthologien veröffentlichten Kurzgeschichten und Erzählungen – einige davon sind in dem letztes Jahr vielfach beachteten Band *Poetry Slam* (Rowohlt) vertreten – ist die vielseitige Schreiberin auch Autorin des *Frauen Motorrad Handbuches* (Verlag Frauenoffensive).
1993 gewann sie den 1. Wiener Werkstattpreis und ganz aktuell 1997 den 1. Preis der Literaturzeitschrift PASSAGEN, den Poetensitz.
1998 veröffentlichte *Michaela Seul* mit dem Titel *MitGift* ihren ersten Roman (Unrast Verlag).

Michaela Seul

Leben ohne Leander

unrast roman 11

UNRAST

Die Deutsche Bibliothek - CIP-Einheitsaufnahme
Seul, Michaela: Leben ohne Leander: Roman / Michaela Seul. -
1. Aufl. - Münster : Unrast, 1999
ISBN 3-89771-640-2

1. Auflage, Oktober 1999
ISBN 3-89771-640-2

© UNRAST-Verlag, Münster
Postfach 8020, 48043 Münster, Tel. (0251) 666293
Fax: (0251) 666120, e-mail: UnrastMS@aol.com
Mitglied in der *assoziation Linker Verlage* (aLiVe)

Umschlag: Online Design GmbH, Bad Kreuznach,Tel. (0671) 887500
Satz: Jörn Essig-Gutschmidt, Münster
Druck: Interpress, Budapest

Prolog

Kommst du morgen, fragte mich ein Kollege. Ja, sagte ich. Außer, es geschieht ein Unglück. Ich hatte den Satz noch nicht zu Ende gesprochen, die letzte Silbe, das Glück, wehte noch in der verspiegelten Kabine des Fahrstuhls, da erschrak ich. Schaute mir in die Augen. Und wußte nicht, das Unglück war schon geschehen. Es lag an dem Ort, den ich Daheim nannte. Lag im Wohnzimmer und kühlte aus. Und während ich vor roten Ampeln stand und die nahe und ferne Zukunft plante, wurdest du bleich und kalt. Ich fuhr nicht meiner Heimat entgegen, sondern der für mich größten Katastrophe: einem Leben ohne dich.

Wie alt war er, fragte einer der weißgekleideten Männer, die im Notarztwagen gekommen waren, obwohl ich am Telefon gesagt hatte: Er ist tot.

Er war zweiundvierzig, hörte ich meine Stimme sagen und wunderte mich, wie schnell sie in der Vergangenheit sprechen konnte, und dachte an die vielen Freitagabendkrimis, die wir – ich gerne und du gelangweilt – angeschaut hatten, und wie entlarvend ich es fand, wenn frisch Hinterbliebene mit der richtigen Zeitform brillierten.

Sie fragten, ob du krank gewesen seist, und ich schüttelte den Kopf.

Dann werden wir eine Autopsie machen müssen, sagten sie, und ich dachte, ich sollte den Unterschied zwischen Obduktion und Autopsie im Fremdwörterbuch nachschlagen.

Die Männer, die im zweiten Wagen gekommen waren, legten dich in die Kiste. Vorsichtig. Fast zärtlich. Ich fragte mich, ob sie so auch handelten, wenn ich nicht zusähe. Bevor sie den Deckel schlossen, schauten sie mich an. Fragend. Ich nickte. Ich brauchte mich nicht verabschieden. Hatte lange gewartet, ehe ich sie rief. Als sie die Wohnung betraten, konnte ich ihnen deinen Körper überlassen. Du warst mehr, viel mehr als das, was da lag auf dem Parkett.

Sie trugen dich hinaus. Deine Beine konnten nicht mehr gehen. Die Augen habe ich dir zugeküßt. Es ging ganz leicht, und dein Rücken war noch warm, als ich dich fand. Ohne jemals zuvor einen toten Menschen gesehen zu haben, wußte ich, du bist tot. Ein Wissen wie ein Instinkt, von dessen Vorhandensein ich in meinem zivilisierten Alltag nichts merkte. Ich schrie nicht. Rief nur deinen Namen. Deine Augen schauten aus dem Fenster. Zum Himmel. Der war blau, so blau. Etwas in deinen Augen war nicht mehr du. Du hattest keinen Blick mehr. So große Pupillen. Das Erkennen war wie Begreifen, auch wenn ich noch lange nichts begriff. Jetzt also, dachte ich, obwohl dein Tod völlig überraschend kam. Er war die schrecklichste aller denkbaren Katastrophen. Da erst fiel mir auf: du atmetest nicht mehr. Atemstillstand, das Wort kannte ich aus Filmen. Es bedeutete, der Atem würde zurückkehren. Ich legte mein Ohr auf deine Brust. Stille. Etwas tun, irgend etwas tun. Herzmassage! Ich riß das Telefon an mich und drückte gleichzeitig auf deinen Brustkorb. Längst vergessenes Bild, mein Ersthilfekurs vor fünfzehn Jahren. Sah mich knien vor einer Puppe. Die Nummer! 110? 112?

Leila, laß es!

Das Telefon fiel mir aus der Hand. Später würde ich mich fragen, womit ich dich gehört hatte, denn du hattest keine Stimme mehr. Aber ich hatte dich gehört. Und verstanden. Meine Tränen tropften auf deine Brust. Ein paar nur und ganz leise. Dann war ich still mit dir. Später würden andere mich fragen, warum ich nicht schrie, dich nicht packte und schüttelte, immer schreiend, oder ohnmächtig wurde, um nicht aushalten zu müssen, was nicht auszuhalten war. Gnadenfrist. Aber ich war eine andere geworden, als ich dich fand mit offenen Augen, die mich nicht erkannten. War nicht mehr die, für die ich mich gehalten hatte. War vielleicht nicht einmal da und gleichzeitig so da wie niemals zuvor. Mein Blick streichelte deinen Leib. Verharrte an meinen Lieblingsstellen. Das grünliche Muttermal am Hals, die blaue Insel unter deinem Auge von dem Fahrradunfall. In die Haut tätowierte Geschichten aus deinem Leben vor und mit mir. Dein ganzer Körper eine Lieblingsstelle, Quelle. Hüllte meine Liebe Leichentuch über dich.

Danke, daß ich dich glücklich machen durfte. Danke für die wunderbare Zeit.

Die ersten Mörtelbrocken meines gebrochenen Lebens rieselten auf mich herab. Wer würde nun an mich denken, wenn ich zum Zahnarzt mußte? Wer mein Auto reparieren? Wer für mich kochen? Die Vorhut der großen Angst, denn wir waren ein normales Paar und hatten Aufgaben geteilt, und im Teilen hatte ich manche meiner Fähigkeiten vergessen.

Ich nahm deine Hände und strich mit ihnen über mein Gesicht; es waren nicht deine Hände, die Fingernägel kratzten. Aber sie sahen noch immer aus wie deine Hände, mit diesen wunderschön geformten Nägeln, um die ich dich stets beneidete. Dein männlich geschwungener, muskulöser und zugleich zarter Oberkörper. Erotisch, begehrenswert. Das konnte doch nicht sterben! Brennendes Versäumnis. Ich hatte dich zu selten gestreichelt. Wie viel hätte es noch gegeben zu küssen und kosen. Und wußte doch, jedes Mehr wäre zuviel gewesen – es hätte den Abschied vorweggenommen.

Ich schaute mit dir in den Himmel und hielt deine Hände. Schaute dorthin, wo dein leerer Blick verweilte. Sah mir zu, wie du mir zusahst. Von irgendwo und überall. Niemals zuvor hatte ich solchen Frieden gespürt. Niemals zuvor war etwas so klar gewesen. Großes, goldenes Glück. War so ruhig, wie ich nicht geahnt hatte, daß ich sein konnte, und spürte, du bist da. Nicht in dem Körper, den ich in den Armen hielt. Deine Seele hielt mich. Das, was nicht verschmolzen war mit dem Körper, der vor mir lag auf dem Parkett. Du warst nicht gefallen, hattest dich hingelegt, vielleicht war dir schwindlig geworden. Wie schlafend sahst du aus, nur deine Lippen waren blutleer, fast weiß.

Hattest du keine Angst, würden mich später Menschen fragen, die ich Freunde nannte. Sie würden nicht direkt fragen. Mit einem Toten in der Wohnung. Nein, ich hatte keine Angst. Dies war dein letztes Geschenk. Unser Abschied. Zwischen uns war nur Leichtigkeit und Harmonie. Wir hätten morgens beim Frühstück streiten können, ich hätte mittags gedacht, ich muß mich entschuldigen – und du wärst vor meiner Entschuldigung gestorben; ich spräche meine Worte in den Wind und hoffte, du hörtest sie, doch immer bliebe Zweifel, zerfleischendes Hadern. Doch am Abend zuvor waren wir aus Italien zurückgekehrt. Hatten uns bei der Hand gehalten, Hunderte von Kilometern. Hatten zueinander gefunden im toskanischen Regen. Noch einmal. Das letzte Mal. Und ich hatte dir mein letztes Ja gegeben. Du hattest mir deines schon Jahre zuvor gegeben. Danke, hörte ich mich flüstern, immer wieder. Danke für die glücklichsten Jahre meines Lebens. Danke für den Moment. Danke, daß ich dich finden durfte. Noch ein bißchen an deinen Körper hinreden darf. So viel leichter, als in den Wind zu sprechen. Vorsichtig nahm ich dir deinen Ohrring ab und steckte ihn neben den gleichen, den ich trug. Ich würde sie nun beide tragen. Bis ..., dachte ich und wußte kein Ende. Das goldene Licht verglühte. Ich küßte deinen kühlen Leib, vertrauter als mein eigener, verabschiedete mich von jeder Pore Du.

Als der Leichenwagen um die Ecke bog, begegnete er Tomma, unserer besten Freundin. Du hattest sie zum Essen eingeladen. Heimlich. Mich überraschen wollen. Die Küche: ein Schlachtfeld. Für das Aufräumen war ich zuständig. Zitternd stand ich vor den Tellern und Schüsseln, den Zwiebel- und Kartoffelschalen. Die Dinge, die deine Hände berührt hatten. Zum letzten Mal, dachte ich und ahnte nicht, wie oft ich das nun denken würde. Das letzte, das vorletzte Mal. Ende und endgültig. Eindringen würden diese Worte in mich mit der Besessenheit einer frischen Liebe.

Lang stand ich in der Umarmung der besten Freundin. Hörte ihren Atem und das Wunder darin.
Ein Jahr lang, sagte sie, kannst du von ihm sprechen, wann immer du willst. Ich werde bei dir sein und dir zuhören.
Spät am Abend rief ich die Menschen an, die ich informieren mußte. Ich hoffte, nur Anrufbeantworter zu erreichen. Und hörte mich sagen: einfach eingeschlafen, schöner Tod, keine Schmerzen. Mit jedem Mal, wo ich es mich sagen hörte, wurde die Hoffnung, es sei ein Traum, kleiner. So lange konnte kein Traum dauern. Meine Bewegungen waren langsam. Ich sprach langsam. Ich ging durch die Wohnung, als wäre sie mit Watte gefüllt. Ich stellte mir vor, ich atmete die Luft, die du geatmet hattest. Du warst die Watte, in der ich wandelte.

1. Tag

Als die Glocken zum ersten Mal schlugen, viel zu früh, wachte ich auf. Überall Bilder. Das Schlafzimmer – ein Fotoalbum unserer Liebe. Die Schnappschüsse flogen mich an wie Fliegen, Tausende. Ich mußte aufstehen. Mich bewegen. Mich gegen sie bewegen. Und gegen die Suche nach dir, die mich das Bett abschnüffeln ließ wie ein Hund. Doch da sah ich, sie waren überall. Im Badezimmer hingen drei Paar Socken an der Wäscheleine, mit Wäscheklammern befestigt. Ich begann, in Stunden zu rechnen. Vor zweiunddreißig Stunden hatte ich die Wäsche aus der Maschine genommen und gesehen, du hattest ein Taschentuch in deiner Jeans vergessen. Du stelltest dich neben mich und hängtest die Wäsche auf, obwohl das sonst ich tat.

Du brauchst die Socken nicht an Klammern zu hängen, sagte ich.

Du lächeltest. Zucktest mit den Schultern, als hättest du einen Fehler gemacht. Und hängtest auch die anderen zwei Paare an Klammern. Ich konnte sie nicht abnehmen. Alles andere ja. Deine Wäsche, meine Wäsche, bunt gemischt, so wie es normal war. Tomma schlief im Wohnzimmer, und ich schlich durch die Wohnung als wäre ich eine Fremde. War eine Fremde. Blieb lang in deinem Zimmer. Kein Traum. Es wurde immer unwahrscheinlicher. Deine Bartstoppeln auf der Konsole über dem Waschbecken. Normalerweise, auch dies so ein Wort, hätte ich sie weggewischt. Hätte gedacht: Was kann daran so schwierig sein, und nicht gesehen die brutal gequetschte Zahnpastatube, die du alle paar Tage geduldig glattstrichst.

Um neun Uhr schellte es, und ich dachte, du seist es, so wie ich noch einige Zeit meinen sollte, du hättest den Schlüssel vergessen. Der Freund, dem du eine Ansichtskarte aus der Toskana geschrieben hattest, stand mit einer Tüte Semmeln vor der Tür, rief: Ich habe mich so über die Karte gefreut und schob mich beiseite. Zu Leander wollte er. Zu Leander! Als wäre sie an die Wand projeziert, sah ich deine Schrift vor mir. Vergiß nicht, ich bin immer für dich da, hattest du geschrieben, nachdem du lange überlegt hattest, weil der Freund nach seiner Scheidung zu trinken begonnen hatte.

Leander ist tot, sagte ich.

Nein, rief der Freund, so wie es noch viele rufen sollten. Das ist nicht möglich!

Doch, sagte ich, ohne es selbst zu glauben. Er riß mich an sich, umarmte mich und stürzte hinaus. Ich wußte noch nicht, daß ich den Tod trug und man mich meiden würde. Ich dachte, das sei die Reaktion eines Alkoholikers, und während ich durch die Wohnung ging und vor deinen Dingen stehenblieb, überlegte ich, was gewesen wäre, wenn. Wir hätten mit dem Freund gefrühstückt, und alles wäre gewesen, wäre gewesen, wäre gewesen wie es sich gehörte für einen Samstagvormittag. Statt dessen deckte ich den Tisch für Tomma. Ich konnte nicht essen. Hatte keine Speiseröhre. Es gab keine Stelle mehr, wohin ich schlucken konnte, so sollte es bleiben über Tage.

Und das Telefon klingelte. Klingelte ununterbrochen. Es hatte sich herumgesprochen. Ich tröstete Weinende. Hörte mich immer wieder dieselben Sätze sagen. Er ist glücklich gegangen, er sah friedlich aus.

Wenn du irgend etwas brauchst?

Danke, sagte ich mit einer Stimme, als habe man mir angeboten, bei einem Umzug zu helfen, und ahnte nicht, daß viele dieser Angebote im Grunde nichts bedeuteten. Ahnte nicht, wie wenig Zeit mir zustand, mich wieder so zu benehmen, als sei nichts gewesen, da ich die anderen ja belästigte damit, daß die größte Katastrophe in mein Leben hereingebrochen war; sie erinnerte, daß auch ihr Leben heimgesucht werden könnte.

Überall in der Wohnung seine Zeichen. Freude, daß er mir solch eine Unordnung hinterließ. Die Dinge, die mich stets aufgeregt hatten, waren nun liebe Zeugen seiner Gegenwart. Und während ich sie streichelte, wollte ich nicht vergessen, wie oft ich mich darüber geärgert hatte. Und über ihn. Den bevorstehenden Jahrestag unserer Liebe würde er wie immer schweigend vorüberziehen lassen. Diesmal jedoch entschuldigt.

Im Flur stand seine Reisetasche voller Urlaub. Meine hatte ich noch am Abend unserer Rückkehr ausgepackt. Ganz unten fand ich das T-Shirt, das er bei der Radtour getragen hatte. Ich preßte es an mein Gesicht. Eine Wolke Heimat hüllte mich ein. Als ich die Tränen nicht mehr halten konnte, brachte ich seinen Duft in Sicherheit. Warum nur hatte ich ihn auf die vielen Seidenhemden aufmerksam gemacht, die er vor dem Urlaub noch gewaschen hatte. Eine ganze Plastiktüte voller Duft hätte ich behalten können. Ich legte das T-Shirt in unser Bett. Daß ich es tat, machte es zu meinem Bett. In seiner Jackentasche ein Bonbonpapier. Wann hatte er das Bonbon gelutscht? So viele Kleinigkeiten eines Tages, von denen ich nichts wußte, die mir wie große Versäumnisse erschienen. Kleinigkeiten, die mich taumeln ließen. Zusammengeknüllte Rechnungen von italienischen Bars. Due Cappuccini. Immer zwei. Wir minus du – Rest: ich. Sah die Daten, rechnete zurück, vor vier, vor sechs, vor neun Tagen. Als du noch. Und auch *noch* wurde ein solches Wort.

Wie träumend, stumpf, dumpf, wankend, balancierte ich durch die Wohnung. Stürzte mal links hinunter, dorthin, wo die Verzweiflung hauste, stürzte mal rechts hinunter, dorthin, wo die Dankbarkeit glühte. Spürte wenig. Überall Watte. Manchmal grelle Blitze. Aber sie prallten ab am Panzer der Starre. Nichts hatte mehr Gültigkeit. Nur der Augenblick zählte, als ob ich das nicht immer gewußt hätte, doch so oft mußtest du mit den Fingern schnippen und rufen: Jetzt! Und auch dann sagte ich noch: Ja, aber! Dies war das erste, was ich begriff ohne dich: Jetzt.

Leander ist tot. Es klang fast wie: Leander ist beim Bäcker. Klang wie aus einem Film. Ich sagte es immer wieder. Probierte es aus und glaubte es nicht. Fühlte mich, als spielte ich eine Rolle. Der Satz erreichte mich nicht. Irrte als rostiger Dreizack in meinem Inneren herum. Bohrte, schabte, stocherte. Langsam und beharrlich. Jenseits jeglichen Begreifens. Die erste tiefe Erkenntnis erschütterte mich, als ich mit der Mutter seines Sohnes telefonierte und sie sagte, das Kind habe einen Teil seiner Wurzeln verloren.

Noch nie hatte ich so lang mit der Mutter seines Sohnes gesprochen. Wir waren Konkurrentinnen von Anfang an, denn Leander hatte sie verlassen. Um meinetwillen, glaubte sie. Um seinetwillen, sagte Leander. Sein Tod versöhnte uns. Leanders letzter Besuch sei anders gewesen als viele andere, sagte sie. Leander sei besonders aufmerksam und weich gewesen. Sie habe wieder gewußt, warum sie sich in ihn verliebt habe und Frieden mit ihm geschlossen. Da fiel mir ein, wie Leander erzählte, er habe auch die Urgroßmutter seines Sohnes besucht, die er viele Jahre nicht gesehen hatte, und wie schwer ihm der Abschied gefallen sei. Sehr fest habe die 98jährige seine Hand gehalten, und er habe gewußt, er würde sie nicht wiedersehen.

Dies war das erste Puzzlestück eines Bildes. Andere Menschen trugen mir weitere zu. Einem Bekannten, den Leander am Vormittag getroffen hatte, sagte er: Ich bin jetzt ganz im reinen mit mir. Erdbeeren essend waren sie über den Markt gegangen. Auch dies hätte ich vielleicht nie erfahren, wie Bonbons und andere Begebenheiten seines Alltags. Welch großes Glück des normalen Lebens, diesen keine Bedeutung zuzumessen. So zu tun, als währte alles ewig. Sich zu langweilen, träge im Fernsehprogramm zu blättern, Tagträumen nachzuhängen und sich ein aufregendes Leben zu wünschen.

Hat er es gewußt, fragte ich mich, und Bilder der letzten Tage stiegen in mir auf. Habe ich es gewußt? Warum sagte ich: außer es geschieht ein Unglück? Warum hat er seine Steuererklärungen gemacht? Warum das Motorrad zum TÜV gefahren? Und während ich Begebenheiten vor seinem Tod zu Zeichen erklärte, sagte eine andere Stimme in mir: Quatsch. Die erste Stimme wollte an die Erklärungen glauben. Konnte nicht begreifen, was unbegreifbar ist. Leben ohne Leander. Mußte einen Sinn haben. Think positiv, verhöhnte ich mich, und dennoch. Sein Tod hatte mir einen Wunsch erfüllt. Wie oft hatte ich mir gewünscht, glauben zu können, fast egal, an was. Hauptsache Geborgenheit. Aber die Zweifel, die Zweifel. Nun war etwas geschehen, das die Frage überflüssig machte. Ich war sicher, wie ich nicht gewußt hatte, sicher sein zu können. Ich hatte das große goldene Glück gespürt. Leander war um mich. Der Tod war nichts Schreckliches mehr, denn er begegnete mir in seiner Gestalt.

Am Nachmittag kam seine Familie. Die Mutter, der Bruder. Die jetzt wieder für ihn zuständig waren. In deren Besitz er erneut überging, denn wir waren nicht verheiratet. Ich wußte noch nicht, was dies bedeuten würde, doch gab ich Leanders Kontokarte einem Impuls folgend dem Bruder. Die Familie war bei einem Beerdigungsinstitut gewesen und hatte alles Nötige veranlaßt. Man wolle nichts tun, was mir nicht recht sei, sagten sie. Bestürzt las ich den Fragebogen, den sie mir vorlegten. Preise, vor allem Preise. Gestern um diese Zeit hatte ich eingekauft für uns, und heute sah ich, ein Trauerredner kostete vierhundert Mark. Plus Mehrwertsteuer. Ich werde sprechen, sagte ich. Das ist meine Aufgabe. Aufgabe der Mutter war es, Leanders letztes Hemd zu bügeln, das ich heraussuchte. Ich schenkte ihr das Bügeleisen und das Bügelbrett, sie wollte es bezahlen; ich wunderte mich, doch ich begriff nicht, ganz im Taumel verbundener Traurigkeit. Sie waren so nett und wir schienen zusammenzugehören, Leanders Tod eine Brücke. Ich schenkte dem Bruder fünf Liter kaltgepreßtes Olivenöl, das Leander bei einem toskanischen Bauern ergattert hatte, und mein Bild dazu: Leander mit einem großen Lächeln neben dem Bauern stapfend, dampfende Wiesen: Leila, das genügt, bis wir nächstes Mal nach Italien fahren!

Der Bruder umarmte mich und nannte mich Schwester und sagte, wie lieb er mich hätte, und ich log, ich dich auch. Leander sah das, sah mich nicht nur von außen, sah mich auch von innen; damit war ich zutiefst einverstanden. Fühlte mich überhaupt nicht beobachtet, sondern erleichtert und aufgehoben, weil er mich nun noch besser kennenlernte.

Am Abend fuhren wir mit den Rädern los; Tomma hatte mir erzählt, was Leander plante: Nach dem Essen machen wir eine wunderschöne Tour; bevor wir in Italien waren, haben wir etwas entdeckt, das wir dir unbedingt zeigen müssen.

Ich hörte immer nur wir. Dieses Wir, das zerbrochen war. Das Land riß mich auf. Tröstete nicht. Der Duft der Wiesen, erste Tracht, platzende Fülle. Die Blüten glühende Brandmale, die sich in mich bohrten, denn ich sah sie ohne ihn. Wie oft waren wir diese Wege gefahren. Sah ihn vor mir, sah seinen sexy Po auf dem Sattel kreisen, und mir fiel ein, wie wir gelacht hatten und was er gesagt hatte, aber zu wenig, viel zu wenig. Warum hatte ich nicht besser aufgepaßt? Wie gut, daß ich es nicht getan hatte, es hätte eine Bedeutung geschaffen, die das Entsetzen vorweggenommen hätte.

Oft war ich mit Tomma zu zweit radgefahren – doch ich konnte das Spiel, Leander sei zu Hause, nicht aufrechterhalten, nicht einmal für Bruchteile von Sekunden. Leander ist tot, dachte ich im Rhythmus meiner die Pedale tretenden Füße, und es erreichte mich nicht. Ich mußte es immer wieder denken, immer wieder. Bis es mich erreichen würde.

Ist das der Preis für das Glück, fragte ich Tomma.

So darfst du nicht reden, sagte sie.

Ist das das Gesetz des Lebens, fragte ich weiter. Nach jedem Berg kommt ein Tal, und je höher die Berge, desto tiefer die Täler?

Tomma, die immer eine Antwort wußte, schwieg.

Im Dunkeln kroch ich unter die Bettdecke. Schnüffelte nach einer Stelle, die wie Leander duftete. Fand sie nicht; ich hatte das Bett, bevor wir nach Italien fuhren, frisch bezogen. Legte mir sein T-Shirt aufs Gesicht. Atmete, atmete ihn. Spürte sein Gewicht. Sah seine runde, feste Schulter und fühlte seine Bewegungen. Seinen wunderschönen Schwanz. Hörte seinen heiseren Atem. Wie er meinen Namen sagte. So, wie nur er es sagen konnte und nur er es sagte im Dämmerlicht. Ich warf die Bettdecke beiseite und rekelte mich ihm entgegen. Nackt. Spürte ihn um mich, in mir und wie er mich küßte, überall. Und er kam zu mir, kam ganz nah. Wir legten uns in den Ozean. Vertraut verschmolzen.

Leander hatte mich nicht zerstückelt. War nicht gegangen wegen einer anderen. Hatte mich nicht verglichen und verlieren lassen. Geliebt und begehrt ließ er mich zurück. Als blühende Frau – zu der er mich gemacht hatte. Ich war heil und rund und ganz. Geliebt.

Zweiter Tag

Tomma war fort. So wollte ich es. Wollte wissen, wie es ist, allein in der Wohnung. Obwohl ich oft allein gewesen war, dieses Alleinsein war anders. Die Dinge sahen nicht mehr aus wie zuvor. Unsichtbare schwarze Schleier wehten durch die Luft. Atmeten den Verlust. Unsicher legte ich die CD mit unserer Lieblingsmusik ein. Wußte nicht, ob ich sie ertragen könnte, erinnerte mich an Trennungen ohne Tod, da fürchtete ich Musik, die mich erinnerte. Doch die Musik tat gut. Ich drehte sie laut, bis die Boxen krachten. Spürte dich. Ein Stück weiter entfernt als gestern, doch noch immer hier. Nicht angekommen an dem Ort, für den ich kein anderes Wort als Jenseits wußte, sondern suchend. Zurück, so wie ich es gestern empfunden hatte, wolltest du nicht mehr.

Ich legte mich auf den Boden. Dorthin, wo ich dich gefunden hatte. Ein guter Ort. Friedlich und überhaupt nicht bedrohlich. Jetzt schwanger sein! Das Kind käme mit dem Frühling. Es wäre das größte Geschenk, die größte Gefahr. Aber warum sollte ich diesmal schwanger sein, wo wir immer Glück gehabt hatten. Auch Glück bedeutete nun etwas anderes. Hätte ich ein Kind, dachte ich, wäre ich nicht allein, und im selben Atemzug: ich bin nie mehr allein, jetzt bin ich für immer verbunden.

Lang stand ich unter der Dusche. Das Licht im Bad ging an und aus. Etwas später entdeckte ich zwei kaputte Glühbirnen in verschiedenen Zimmern. Insgesamt sollten in fünf Tagen sieben Glühbirnen kaputtgehen. Ich duschte bis das Wasser kühl wurde, duschte den Boiler für uns beide leer, und dann nahm ich dein letztes Hemd und brachte es ins Krankenhaus, wo man dich zwischengelagert hatte, ehe man dich in die große Stadt überführen würde. Ich ging langsam. Die Tasche war schwer. Ich trug dein letztes Hemd durch die Stadt, die aussah wie immer. Frauen mit bunten Körben, leuchtende Frühlingsfarben, Motorräder. Vereinzelt Japaner mit schweren Fototaschen. Junge Familien mit Kinderwagen, und die Väter schoben. Alles war wie immer. Nichts war wie immer. Doch ich ging eingehüllt in dich. Du warst mit mir. Es kam mir vor, als paßte dieser Tod zu meinem Leben. Es war der erste tödliche Schicksalsschlag, doch in mir hatte es viele Tode gegeben. Bis ich Leander kennenlernte. Bei ihm war ich angekommen. Zum ersten Mal angekommen. Leander hatte die Scherben, die von mir übriggeblieben waren, gekittet. Es hatte lang gedauert. Jahre. Als der Kleber trocken war, hatte er mich verlassen. Wäre er drei Monate zuvor gestorben, hätte ich nicht so sicher gehen können. Leander war nicht mehr mein Felsen weit draußen in der Brandung. War es aber lang gewesen. Als ich es gemerkt hatte, war ich sehr erschrocken, denn es paßte nicht in das Bild, dem ich gerne entsprochen hätte. Ich hatte begonnen, mein Ufer zu suchen, eigenen Boden zu erobern. Zuerst ein kleiner Holzsteg, von dem Felsen zum Ufer. Brachte die ersten Sachen an mein Land, rannte immer wieder über den Steg und manchmal sogar in die andere Richtung, weit hinein ins Land, das aber fremd war und mir Angst machte, die ich wild tanzend zu überwinden suchte. Daß Leander immer da war, zu warten schien, machte mich sicher, obwohl ich wußte, seine Sicherheit durfte nicht meine sein. Nach und nach richtete ich mich häuslich ein auf meinem Boden. Indem ich mich niederließ, befreite ich Leander. Er brauchte nicht mehr zu kämpfen mit den Wogen. Ich brauchte ihn nicht mehr, um mich über Wasser zu tragen. Ich vertraute dem Meer, spielte mit den Wellen, und weil ich spielte, ließ es mir Land.

Ich ging auf das Gebäude des Krankenhauses zu. An der Anmeldung fragte ich nach dem Zimmer, das mir der Notarzt genannt hatte. Dort saß ein verwachsener junger Mann im Rollstuhl.

Ich bringe das letzte Hemd. Das letzte Hemd für Leander, sagte ich.

Können Sie nicht lesen! Ich öffne erst in einer Stunde!

Aber ich bringe doch ... Tränen schossen mir in die Augen.

Ist schon gut, sagte der Mann.

Ich nahm das Hemd aus der Tasche und drückte es an mein Gesicht. Benetzte es mit meinen Tränen. Ließ mir die Zeit, die ich brauchte. Dann legte ich es auf den Tisch und ging. Drehte mich nicht um. Ging nach Hause, nannte es aber nicht nach Hause, sondern zurück. Konnte mich eine Stunde später nicht erinnern, den Weg gegangen zu sein. Dachte aber, daß es mich noch härter treffen könnte. Leander war tot, doch ich lebte und war gesund und hatte ein denkmalgeschütztes Dach über dem Kopf, genug zu essen, Freunde und Arbeit. Fremde Schicksale fielen mir ein. Wenn Menschen alle Angehörigen auf einmal verloren. Im wahrsten Sinne des Wortes vor dem Nichts standen. Was, wenn Tomma verunglückte. Was, wenn …

Ich war nicht lange fort gewesen, doch wieder hatten sieben Menschen angerufen. Ein Freund von Leander sprach mehrere Minuten auf Band. Ich hatte ihn verkannt. Worte können nicht trösten, das hatte ich oft gehört, doch es gab Menschen, die Worte sagten, die mich erreichten. Worte, die ausdrückten, was ich empfand. Von Menschen, die keine Furcht hatten, sich einzufühlen, keine Furcht, ihre Abgründe zu benennen. Es waren wenige. Ansonsten viele Allgemeinplätze, in hohle Stimmen gewickelt. Sie ließen mich meinen Schmerz noch greller empfinden. Kein Leander in der Küche, dem ich zurufen konnte: Stell dir vor, was für einen Quatsch der erzählt! Kein Leander, der sagte: Leila, er meint es nicht so, er kann nicht anders.

Ich ging ins Studio. Überall Fremde. Tontechniker, die ich nie zuvor gesehen hatte, schleppten Kabel und beugten sich über Mischpulte. Alles ging weiter. Ging weiter, als lebte Leander. Der kaufmännische Leiter, von dem Leander sich hatte trennen wollen, weil er ihn nicht mehr ertragen konnte, umarmte mich als sei ich verseucht. So nah war er mir noch nie gekommen. Ich setzte mich auf Leanders Stuhl und hörte mich von seinem Tod erzählen. Während ich sprach, fühlte ich Kälte. In diesem Moment begann ich, die Menschen in kalt oder warm aufzuteilen. Ich hatte immer gewußt, daß dies ein kalter Mensch war, auch Leander hatte es gewußt und darunter gelitten. Ich konnte sehen, daß der kaufmännische Leiter an Geld dachte. Daß Leander für ihn nur aus zu regelndem Nachlaß bestand.

Ich saß auf Leanders Stuhl. Jetzt hatte das noch eine Bedeutung. Bald würde der Stuhl ein beliebiger Stuhl sein. Es würden neue

Menschen kommen, die hören von Leander und seinem tragischen Ende hören würden. Dann würden wieder neue Menschen kommen, und Leander wäre vergessen, als hätte es ihn nie gegeben. Ich hatte hier nichts mehr zu suchen. War eine Unbefugte. Hatte die Berechtigung verloren, in den Aufnahmeraum hineinzugehen, wenn die rote Lampe leuchtete. Es schnitt mir in den Magen, daß ich diese Befugnis wenig genutzt, das Studio gehaßt hatte, weil Leander deswegen so selten zu Hause war. Im selben Moment wußte ich, es war richtig, denn ich hatte mein eigenes Leben nicht aufgegeben, war nicht aufgegangen in seinem Leben, und genau das würde es mir ermöglichen, ohne ihn weiterzuleben. Doch der Geruch des Raums. Leanders zärtliche Finger an den Knöpfen der Mischpulte. Die kleinen Lampen, die er installiert und mir stolz gezeigt hatte. Leanders Assistent lehnte sich mit verschränkten Armen an einen Schrank und lachte das hüstelnde Lachen, das wie eine schleichende Krankheit in dem Studio grassierte. Es war das Lachen des kaufmännischen Leiters. Alle fanden es furchtbar und lachten genauso, denn sie hörten nicht sich, hörten nur die anderen. Der Kaufmann sagte, er habe mit Leander sprechen wollen, um einige Streitigkeiten zu klären. Schließlich seien sie ein Team. Er zählte sämtliche Kontroversen auf, wegen denen er mit Leander kein Team gebildet hatte, und stellte sie so dar, als gehe Leander, nun, da er tot war, mit seiner Meinung konform. In mir brodelte Empörung. Nur die Gewißheit, daß Leander sein berufliches Leben zu ändern plante, schon Schritte unternommen hatte, ließ mich schweigen.

Ein Mann mit langem, blondem Haar stürmte in den Raum, sah mich, stockte. Ich hatte ihn noch nie gesehen. Bist du die Frau von Leander, fragte er.

Ich nickte.

Er umarmte mich. Lang. Wir werden ihn nie vergessen, flüsterte er mir ins Ohr. In jedem Mischpult, Kabel, Stecker, überall in diesem Studio lebt Leander.

Ich wandte mich an den Kaufmann. Ich möchte Leanders persönliche Sachen mitnehmen, sagte ich.

Da ist nichts, erwiderte er, ohne nachzusehen.

Der Blonde drückte meine Hand, und ich wußte, er würde nachsehen.

Hier brauchte ich Leander nicht zu suchen. Ich hatte es eigentlich gewußt. Am Arbeitsplatz ist jeder Mensch ersetzbar, selbst wenn er sich totarbeitet, weil er meint, er sei es nicht. Und privat? Ich glaube, nein. Doch ich wußte es nicht. Denn würde das nicht auch bedeuten, daß das Leben ohne diesen Menschen nicht lebbar wäre, daß es nur noch siech dahinkröche.

Zu Hause entdeckte ich, daß der Kühlschrank nicht mehr funktionierte. Speiseeisbrei mit Wasser schlierte am Fußboden. Fassungslos starrte ich auf diese Minikatastrophe. Leander, Leander! Das Telefon klingelte. Fast hysterisch nahm ich ab. Es waren meine Eltern, und ich rief: Der Kühlschrank ist kaputt, der Kühlschrank, und dann schüttelte mich ein schreckliches Weinen. Mein Vater versuchte mich zu beruhigen. Du hast bald Geburtstag, sagte er, kauf dir einen Kühlschrank. Sofort! Als Geschenk.

Aber Leander, rief ich.

Ich hätte gesagt: Leander, ich glaube, der Kühlschrank ist kaputt, und er hätte nachgesehen, und in Kürze wäre der Schaden behoben gewesen. Aber jetzt! Ich war dreiunddreißig Jahre alt, und der defekte Kühlschrank überforderte mich. Ich wollte sterben. Die Wohnung wurde zu einem riesengroßen feindlichen Gebiet. Ich sah nur Dinge, von denen ich keine Ahnung hatte. Wo war der Sicherungskasten? Wie war die Anlage zusammengesteckt? Nicht einmal den Videorekorder konnte ich programmieren, denn das alles waren Leanders Sachen. Er hatte die besseren Geräte gehabt, und ich hatte meine verkauft. In meiner Wohnung hatte ich mich ausgekannt, doch hier – Leander hatte gebaut, und ich hatte eingeräumt. So gewöhnlich, wie unser Zusammenleben sonst ungewöhnlich war. Ich war lebensunfähig in dieser Wohnung. Überall Baustellen. Die Küchenschränke hatten keine Türen, obwohl wir drei Jahre hier wohnten, Leander war täglich zehn, zwölf, vierzehn Stunden im Studio und hatte nur das nötigste und manches Überflüssige gemacht.

Ich war keine erwachsene Frau, war ein Kind. Ausgesetzt am Hauptbahnhof einer osteuropäischen Großstadt, vielleicht Bukarest. Trudelte immer tiefer, indem mir ständig neue Beispiele meiner Lebensuntüchtigkeit einfielen. Und wem würde ich all die großen und kleinen Begebenheiten meines Alltags erzählen, wer würde über meine Geschichten lachen, wer würde mir die trüben Brillen vom Gesicht nehmen und rufen: Es reicht! Wer würde für mich da sein ... niemand. Ich hatte meine Stimme verloren, denn Leander war mein Lautsprecher. An ihn hinzusprechen bedeutete, laut zu sein. Da zu sein. Gehört zu werden.

Es klingelte. Natürlich dachte ich, Leander kommt. Es war meine Nachbarin, Ida. Tränenüberströmt stand sie vor der Tür. Sie war verreist gewesen und hatte eben erst von Leanders Tod erfahren. Ida hielt und streichelte mich. Unsere Nachbarschaft verwandelte sich in Freundschaft. Alles ging jetzt immer so schnell, so schnell wie Leander gegangen war. Ida hatte Leander sehr gern gehabt, manchmal mehr als das, ich hatte es in ihren Augen gesehen, und deshalb fühlte ich mich verbunden mit ihr. Sanft führte Ida mich zum Sofa, ließ nicht ab, mich zu streicheln und zu halten. Da merkte ich: es muß nicht Leander sein. Nacht für Nacht war ich mit ihm gelegen – umarmt bis zum Morgen, und wenn ich aufgestanden war, hatte mein Körper seine Wärme, seine Liebe aufgesogen, und sie glühte in mir in den Stunden ohne ihn. Umarmungen mit anderen Menschen hatten mir nicht viel bedeutet, waren bloß Gesten, ich brauchte sie nicht so wie andere, die keinen Körper um sich hatten, vertrauter als den eigenen. Ab jetzt würde ich zu jenen gehören, die Brosamen pickten aus den Umarmungen Fremder.

Laß uns einen Kühlschrank kaufen, sagte Ida, als ich ihr den Brei am Boden zeigte.

Wie betäubt ging ich neben ihr durch die Stadt. Ich lebte gerne hier, doch wirklich heimisch war ich in der großen Stadt. So kannte ich die Geschäfte auch nicht, in die Ida mich führte. Stumm stand ich neben ihr, während sie in Prospekten blätterte und nach günstigen Angeboten fragte.

Gefällt dir der, wollte sie manchmal wissen.

Ich zuckte mit den Schultern. Alles, was ich wollte, war Leander. Um den Kühlschrank zu reparieren. Um mich zu reparieren. Um die Welt wieder ins Lot zu bringen.

Eigentlich würde ein kleiner Kühlschrank genügen, doch der offenbarte die Lücke; immer würde ich in dem Raum über dem kleinen Kühlschrank den großen sehen, das Loch sehen, das

Leander hinterlassen hatte. Ich brauchte keinen Kühlschrank. Ich würde nie mehr essen. Ida nahm meine Hand, führte mich über die Straße und in das nächste Geschäft. Die Inhaberin roch nach Schweiß. Irgendwo im hinteren Teil des Ladens werkelte ein buckliger Mann, ihr Mann. Manchmal rief sie ihm etwas zu. Gereizt. Ich dachte, wenigstens ist er am Leben.

Reparieren Sie auch Kühlschränke, war das erste, was ich sagte.

Ja.

Vielleicht können Sie gleich vorbeischauen, bat Ida.

Morgen kann er, sagte die Frau.

Ida vereinbarte einen Termin für mich. Morgen nachmittag würde der bucklige Mann nach meinem Kühlschrank sehen.

Wahrscheinlich ist es nur der Thermostat, rief er.

Das wäre sehr, sehr schön, sagte ich, hegte eine Hoffnung; der kaputte Kühlschrank und Leander wurden eins.

Ich möchte dir noch sagen, sagte Ida, gestern abend riß die Kette, die Leander mir zum Geburtstag schenkte. Ich habe sie nicht berührt. Ich war Eisessen. Da lagen die Perlen auf der Straße. Ich dachte, wenn das nur nichts bedeutet ... Sie brach ab, als wüßte sie nicht, ob ich so etwas hören wollte.

Danke, sagte ich.

Die untergehende Sonne riß den Himmel auf. Ich saß im Garten und schaute zum Horizont. Die Wolken verwandelten sich in bauschige Bilder, die wir zusammen gesehen hatten. Oft hatten wir schweigend gesessen und einfach nur in den Himmel geschaut. Nun schaute ich allein. Dies war der Ort, den ich von Kindheit an kannte. Der Opa ist im Himmel, hatte man mir gesagt, und ich war zu Fenstern gelaufen und hatte mit ihm gesprochen. Seit Jahren schon war der Opa verblaßt wie ein Kondensstreifen. Ich glaubte nicht, du seist im Himmel, aber wohin sollte ich schauen, wenn ich dich suchte? Ich kannte keinen freieren Ort.

In der Dämmerung ging ich zu deinem Motorrad, das nun mein Motorrad war. Von allen Dingen, die du mir hinterlassen hattest, war dies das wichtigste. Zehntausende von Kilometern waren wir gefahren. Ich strich über den geschwungenen Tank der Maschine als wäre er dein Leib. Sah deine Hände an den Griffen. Deine muskulösen Beine in der schwarzen Jeans. Packte dich an den

Hüften. Wir fuhren Küsten entlang. Immer im Süden. Oft in den Sonnenuntergang. Du, du, du und ich. Picknick am Meer. Ich kniete vor dem Motorrad nieder. Weinte und weinte und konnte nicht mehr aufhören. Spürte dich, als hieltest du mich. Meine Tränen metzelten an dir, wie sie mich zermetzelten.

Leila, du bist nicht allein, und das weißt du. Du bist nicht fertig mit dem Leben, so wie ich es bin.

Die Erkenntnis machte mich starr. Leander hatte mich nicht im Stich gelassen, Leander hatte mich freigegeben! Damit auch ich meinen Lebenskreis beenden konnte. Die Aufgabe war nicht geboren mit Leanders Tod, ich kannte sie seit vielen Jahren und war oft geflohen. Ich mußte lernen, allein zu leben. Nicht allein überleben, sondern wirklich leben, war mein großes Ziel von Kindheit an. Leander wußte das. Die alte Frau, die neben meinem Kinderzimmer gewohnt hatte, fiel mir ein. Schon als Zehnjährige bewunderte ich sie, inmitten ihrer Bücher und Opern. Sie schien so zufrieden, ausgeglichen und erfüllt.

Sind Sie nicht traurig, fragte ich.

Nein, sagte sie. Es gibt so vieles, was mich interessiert.

Aber Sie sind allein, Sie haben keinen Mann und keine Kinder, wandte ich ein.

Allein schon, sagte die Frau, doch einsam nicht.

Was ist der Unterschied?

Alleinsein ist wie ein Sommertag, an dem der Himmel morgens tiefblau ist, mittags ziehen schwarze Wolken auf, die nachmittags kräftig abregnen, am Abend klärt sich der Himmel, und du siehst einen gelblichrosalila Sonnenuntergang. Einsamkeit ist die Nacht, zwar mit Sternen, doch sie sind weit, weit weg. Allein ist letztlich jeder, und wer das vergißt, ist einsam.

Wenn ich groß bin, möchte ich auch allein sein können wie ein Sommertag, sagte ich und wußte nicht, wie leidvoll ich dafür kämpfen sollte ... ohne ein Du an meiner Seite. Meine Interessen verkamen zu Beschäftigungen. Die Begeisterung zur Verzweiflung. Diese Last trug ich durch alle glücklichen Liebesstunden meines Lebens, diese Last war der Schmerz, denn auf seiner Seite lauerte das Ende und dem, so fürchtete ich, wäre ich nicht gewachsen. Der Schmerz war mehr als das Leid, das zur Liebe gehört, barg meine große Angst. Ich hatte mich ihm spät und von der sichersten

Position aus gestellt, geborgen in Leanders Liebe. Ich überwand das Leid, indem ich es anerkannte. In Italien sagte ich zu Leander: Ich könnte jetzt allein leben. Leanders großes Lächeln: Das spüre ich, Leila. Und es gibt nichts, was mich glücklicher macht.

Mit diesem Bekenntnis hatte ich ihm den Abschied erleichtert. Ich wollte ihn nicht beschweren mit meinem Schmerz und bat Leander um Verzeihung. Er sollte frei sein. Sollte mich hell und klar und stark wissen. Dafür hatte er getan, was er tun konnte.

Ich holte Eimer und Lappen und putzte das Motorrad, ein Dienst, den ich Leander erwies, als wasche ich seinen Leib. Ich wischte seine Spuren von dem Motorrad, machte es zu meinem. Was wäre, dachte ich, wenn wir noch zwanzig, dreißig, vierzig Jahre gelebt hätten miteinander. Wir wären glücklich gewesen und hätten das Glück wieder vergessen, denn mit einem Menschen zu leben, den man liebt, ist nicht spektakulär. Wir hätten Radtouren gemacht, fremde Kontinente erforscht, Weihnachten Verwandte besucht - natürlich hätte es manchmal Streit gegeben und düstere Tage und Nächte. Doch unsere Liebe hatte die tiefste Quelle erreicht mit meinem letzten Ja. Weil ich meinen Boden begrünt hatte. Wir hatten unsere Liebe zur Erfüllung gelebt. Diesen Kreis geschlossen, wie Leander seinen Lebenskreis geschlossen hatte.

Ich hatte immer gewußt, Leander würde vor mir sterben. Statistisch gesehen, und das hatte ich tatsächlich gedacht, würde ich im Alter von etwa siebenundsechzig Jahren Witwe sein, mein Leben beenden ohne ihn. Davor hatte ich Angst. Daß er so früh sterben würde, hatte ich nie geglaubt, die Hälfte meiner statistischen Lebenserwartung war noch nicht vorüber, da war ich schon Witwe, und war jünger als Leander bei unserer ersten Begegnung. Gerade mal ein Fünftel seines Lebens durfte ich an seiner Seite sein. Er jedoch machte ein Viertel meines Lebens aus. Hatte mich gesundgeliebt und gestärkt und mich so groß werden lassen, daß ich in die Welt ziehen konnte. Das war es, was ich anderen Menschen sagen wollte. Wie einen Auftrag empfand ich es. Man erzählte mir von einem Mann, den du gemocht, aber nicht gut gekannt hattest, einem Mann, der bei der Nachricht deines Todes zusammengebrochen war. Ich wollte ihm erzählen von meiner Gewißheit. Als ich das Wohnzimmer betrat, in dem ich schon einmal gewesen war mit dir, erschrak ich, denn man hatte weitere Gäste eingeladen. Neugierige, dachte ich und wollte nicht sprechen. Dann aber fühlte ich die warmen Wogen Mitgefühl. Ich setzte mich und erzählte gern. Es war, als säßest du neben mir. Wir waren zusammen hier, und ich sprach von deinem Tod. Fast war es ein schöner Abend. Doch als sie mich zur Tür brachten ... das war der Unterschied. Allein nach Hause zu gehen. Allein im Bett zu liegen, und die Zurückgebliebenen, sie würden sich aneinanderkuscheln und sehr lieb zueinander sein, morgen und übermorgen und wann immer wir ihnen einfielen. Dies machte mich nicht bitter, sondern froh. Jedem Liebespaar, das ich in den nächsten Tagen sah, wollte ich zurufen: Seid glücklich – ihr seid zusammen und am Leben!

Dritter Tag

An der Ecke drehte ich mich um. Ich hatte mich jeden Morgen umgedreht. Wenn du zu Hause warst, standest du am Fenster und winktest mir. Manchmal hatte ich im Weitergehen das Lächeln des alten Schusters im Eckhaus wahrgenommen, der aufblickte, sobald er mich sah und auf mein Winken wartete, das nicht ihm galt. Was, wenn ich eines Tages nicht mehr winke, hatte ich gedacht am Tag, bevor wir nach Italien fuhren.

Dies war ein schwerer Gang. Ich mußte dein Geburtstagsgeschenk abbestellen, das Fahrrad, in das du dich verliebt hattest. Kann sein, du ahntest etwas, denn auf einmal freutest du dich auf deinen Geburtstag. Es war das erste Mal, daß ich dich vorfreudig erlebte. Nie hattest du dieses Gefühl mit mir geteilt. Ich sprach im Winter vom Sommerurlaub, im Sommer von Weihnachten, kindliches Gemüt. Du aber sagtest: Vorfreude ist der direkte Weg zur Enttäuschung. Auch dies, ein Omen?

Lang stand ich vor dem Rad, streichelte den Sattel und sah dich darauf sitzen, großes Leuchten. In der Kammer lagen schon die Schleifen, die ich besorgt hatte, das Rad zu dekorieren. Ich lebte stets Tage, Wochen voraus, dein Geburtstag hätte mich überraschen können, ich wäre vorbereitet gewesen. Auf deinen Tod war ich nicht vorbereitet - oder doch? Unsere letzten Wochen. Sie gingen mir nicht aus dem Kopf. Alles begann damit, daß du krank wurdest. Eine schwere Grippe. Diesmal bliebst du im Bett, obwohl du schon mit Fieber und Zähnen auf Eiter ins Studio gegangen warst. Sie riefen an. Ich komme nicht, sagtest du, und ich wiederholte es, glücklich. Du redetest nicht viel, lagst nur im Bett - doch dein Gesicht, das wurde klarer von Tag zu Tag. Als ich dir eines abends Tee brachte, hieltest du meine Hand fest: Leila, wenn ich das Studio aufgebe, gehst du mit mir?

Wohin du willst, sagte ich. Das war Leander. Der redete nicht wochen-, monatelang. Der gab etwas bekannt über Nacht. Ich war voller Zuversicht. Wir würden zwar eine wunderschöne Wohnung verlieren, denn sie gehörte zum Studio, doch was bedeutete das schon, wenn du endlich wieder Zeit hättest. Du würdest vielleicht nicht mehr den Titel *technischer Direktor* tragen, aber Zeit, Zeit, Zeit! Für dich, für mich, für alles, was du drei Jahre nicht getan hattest.

In den nächsten Tagen fingst du an, vieles Liegengelassene zu erledigen. Gingst nicht ins Studio. Wie ein Kind, das durch Krankheiten reift, kamst du mir vor. Ein bißchen, glaubte ich, seien dies die Früchte der vielen Gespräche, die ich dir aufgezwungen hatte. Ich sorgte mich um dich schon seit Monaten. Sorgte mich so sehr, daß ich nachts hochschreckte und auf deinen Atem horchte. Manchmal sahst du erbärmlich aus. Doch ich konnte nichts tun. Konnte dich nicht aufhalten, ohne unsere Freiheit zu belasten. Konnte dir nur beistehen. Zuweilen gegen mich. Kurz vor der Grippe hatte ich dir eine Radiosendung vorgespielt. Männliche Herzinfarktpatienten wurden interviewt, und jeder sagte: Meine Frau wußte schon lange, was mit mir los war. Immer wieder warnte sie mich, ich sei in Gefahr. Doch ich spürte es nicht. Meine Frau kannte sich bei mir besser aus als ich selbst.

Du verwandeltest dich in den Mann, in den ich mich verliebt hatte, und unsere letzten sechs Wochen begannen. Du wolltest nicht mehr fernsehen, wolltest mit mir sitzen bleiben nach dem Essen, und fragtest mich über mein Leben aus – als hättest du mich eben erst kennengelernt. Brachtest mir kleine Geschenke, und wenn ich nach Hause kam, hattest du wieder etwas Neues gebaut in der Wohnung, die wir doch eigentlich bald verlassen sollten. Installiertest ein weiteres Bücherregal für mich, hängtest Bilder auf, ich mußte suchen, was du getan hattest, die verrücktesten Dinge suchen, Geräusche sogar, denn das Parkett knarzte plötzlich nicht mehr. Aufmerksam und liebevoll warst du immer gewesen, selbst wenn du vor Erschöpfung taumeltest. Doch nun glühtest du ... deinem Tod entgegen. Es war, als wolltest du nur Liebe und Licht hinterlassen. Ich war umgeben von den Gesten deiner Aufmerksamkeit. Dort eine Schachtel mit meinen Lieblingslollys, dort die Duftöle, dort der bunte Regenschirm. Und immer wolltest du

Liebe machen, so, als wüßtest du, dies seien unsere letzten leiblichen Begegnungen. Als wolltest du in sechs Wochen all die Nächte nachholen, die du im Studio verbracht hattest. Einmal kamst du heim mit Rollschuhen, und wir probierten sie aus im strömenden Regen, konnten nicht warten. Das Glück war leise. Viele tiefe Blicke. Ich hatte manchmal Herzklopfen. Nicht das aufgeregte Flattern einer frischen Liebe. Ein erdiger Rhythmus tiefer Berührtheit. Immer verbunden. Ich in meinem Zimmer, du in deinem, die Türen offen. Wie lange arbeitest du noch? Wir verabredeten uns und hielten die Zeiten ein. Ich fühlte mich wieder wichtig. Du hattest deine Arbeit auf ihren Platz verwiesen. Am Anfang traute ich dir noch nicht recht. Befürchtete, du würdest wieder zurückfallen in dieses gehetzte Dasein. Bis ich erkannte, du hattest dich im Inneren verändert. Würdest nicht mehr dein privates Leben opfern, um die Probleme anderer zu lösen, würdest dich um deine eigenen kümmern, die entstanden waren, weil du dich der fremden angenommen hattest. Hörte dich telefonieren mit einem Studio in der großen Stadt. Wußte, es konnte dauern. Wußte aber auch: du hattest die Trennung, deren Aufschub uns beinahe getrennt hätte, vollzogen.

Laß uns wegfahren, sagtest du eines nachts zwischen Zähneputzen und Gesichtwaschen.

Was?

Einfach weg. Oder willst du nicht?

Mein nasser Waschlappen traf dich mitten ins Gesicht. Du verdrehtest die Augen und taumeltest zu Boden. Stelltest dich tot. Da konnte ich dich wachküssen und mehr.

Alles sah nach Neubeginn aus, als wir am folgenden Wochenende nach Italien fuhren, in unseren letzten Urlaub. Unsere Freunde in Italien, sie bemerkten es auch. Leander, du bist wieder du selbst, sagten sie. Deine Augen leuchteten, so klar dein Gesicht. Zwischen uns war alles gut. Wir fuhren am Meer entlang, wollten zur gleichen Zeit das gleiche und hielten uns an den Händen immerzu. Und waren so dankbar füreinander. Die Gedanken, die ich manchmal gedacht hatte in den Monaten zuvor, lösten sich auf in dem wiedergefundenen Glück mit Leander. Soll das alles gewesen sein, hatte ich gedacht. Wie ein Möbelstück hatte ich mich zuweilen gefühlt. Leander ließ all seine Energie im Studio, und wenn er nach

Hause kam, war er wie ausgebrannt. Ich bin keine Rentnerin, rief ich, will tanzen, ausgehen, etwas unternehmen!

Wohin möchtest du, fragte Leander, stand schon auf. Ich sah die Müdigkeit um seine Augen. Laß uns daheim bleiben, sagte ich und schaltete den Fernseher an, massierte und streichelte Leander. Und immer diese Angst um ihn und keine Möglichkeit, ihn zurückzuhalten. Wollte ihn nicht auch noch zu Hause, selten genug, bedrängen. Wünschte mir doch, daß er sich erholte. Und war so ohnmächtig und in Sorge und manchmal sehr wütend. Ich kann allein ausgehen, dachte ich. Doch das war es nicht, was ich wollte. Ich wollte es aber wollen. Und ärgerte mich über mich und dann über ihn. Fremde Leute waren wichtiger als ich. Ich bin das letzte Glied dieser Kette, rief ich einmal. Da wehrte Leander sich, wie ich mir wünschte, er würde sich gegen die anderen wehren, die ihn anrufen konnten um neun Uhr morgens und um ein Uhr nachts, weil es Probleme gab. Weil sie ein Mikrofon nicht fanden, eine Sicherung durchgebrannt war, das Mischpult nicht funktionierte. Nein, Leila, sagte Leander. Seine Stimme klang ernst. Das letzte Glied der Kette, das bin ich. Ich schämte mich. Leander bemühte sich, ging mit mir ins Kino, doch allein, daß ich dachte, er geht mit mir, und nicht dachte: wir gehen, zeigte, wie wenig wichtig ich mich fühlte. Im nachhinein, im nachhinein, im nachhinein. Hätte ich mich wichtig gefühlt nur durch ihn, hätte ich mich nicht auf mich selbst besonnen. Wäre verloren gewesen ohne ihn, der mir die Berechtigung für mein Leben gegeben hätte. Was bliebe von mir, wenn er alles gewesen wäre, was Leben für mich bedeutete. So war auch diese Zeit, in der ich eifersüchtig war auf die Rivalin Studio, ein Stück des Bodens, auf dem ich nun stand. Brennende Sehnsucht hatte ich gehabt nach all dem, was in meiner erbarmungslosen Einbildung zum Glück zu zweit gehörte. Mondscheinspaziergänge und Kerzenlicht im Schlafzimmer, Nächte so bunt wie Junge Wilde, Wegzehrung für Tage im Taumel. Und dann hatten wir sie doch noch erlebt, weil ich sie nicht mehr bei Leander gesucht, weil Leander wieder zu sich gefunden hatte, nicht so grell wie in einer neuen Liebe, aber tief, unendlich tief, sechs Wochen lang.

Nach ein paar Tagen dieser Harmonie, als du zum dritten Mal hintereinander Liebling zu mir sagtest und so außerordentlich fürsorglich warst, spürte ich die runzlige, giftgrüne Zwergin in mir.

Wenn er es noch mal sagt, zischte sie, mache ich Zirkus. Du machst keinen Zirkus, sagte die liebende Frau in mir, du fragst ihn, ob er deinen Namen vergessen hat.

Jetzt, wo Leander tot war, wie gern hätte ich getauscht, wäre still gewesen und bescheiden, dankbar für das kleine Glück, das ich nie sehen konnte, weil ich immer nach dem Mehr strebte, dieses kleine-große Glück, Leander sei am Leben.

Viel zu jung, um Witwe zu sein, hatte ich keine Freundin, die mich vorbereitete auf das, was mir bevorstand. Ich selbst war die erste, das war nichts neues. Oft war ich die erste gewesen, doch die erste zu sein hatte bisher mit Leben zu tun gehabt. Ich wußte noch nicht, daß Leanders Tod mich in ein Lebensgefühl schleudern würde, das mir bis dahin Angst gemacht hatte. Ich nahm Leanders Geldbeutel, weil ich meinen, den ich noch nie, so wie er seinen ständig verlegt hatte, nicht fand, und ging zur Buchhandlung.

Kaum passiert etwas Unvorhergesehenes, braucht Leila ein Buch, hörte ich Leanders Stimme.

Ich streifte vorbei an Regalen und entdeckte nirgends, was ich suchte.

Ich wollte nicht fragen, denn danach zu fragen, bedeutete, etwas zu verraten über mich. Kilometerlang *bewußte Schwangerschaft* und *Lieben, Streiten, Atmen, Sprechen* – doch den Tod, den gab es nicht; er gehört in unserer Gesellschaft nicht zum guten Ton. Ich glaubte, die Buchhandlung sei schlecht sortiert, doch in Buchhandlungen großer Städte sollte mir das gleiche Bild begegnen. Meistens ganz unten, fast versteckt, ein paar Bücher, nicht mal ein Dutzend, *Euthanasie, wie begleite ich einen Sterbenden, das Totschweigen des Todes als soziologisches Phänomen* ... und dann *Geschichten von Engeln und Lichtern*. Mit drei Büchern ging ich nach Hause. Ich legte sie auf den Stapel jener, die ich hatte lesen wollen. Helle, lichte Bücher, auf die ich mich gefreut hatte; sie lagen nun so weit unten wie der Tod in den Buchhandlungen.

Ich setzte mich auf das Sofa, da klingelte der bucklige Mann. Ich führte ihn in die Küche. Schnell stellte er fest, was Leander auch festgestellt hätte: es ist der Thermostat. Ein fremder Mann kniete in der Küche und tat, was Leander hätte tun sollen. Ich ging hinaus, konnte nicht zusehen, wie ich Leander zugesehen hätte.

Ich liebte es, ihn bei solchen Arbeiten zu betrachten, und er wußte es und zog zum Bohren sein Hemd aus, so daß ich in den vollen Genuß kam. Leanders Lachen. Das Lachen eines begehrten Mannes: Leila, du sollst mir nicht auf die Arme starren, sondern den Staubsauger halten!

Ich schlug den Ratgeber für Trauernde auf. Saß auf dem Sofa, als würde ich irgendein Buch lesen, mich informieren, es zuklappen und ins Regal stellen können. Doch ich kauerte auf der Schwelle zu einem großen schwarzen Haus. Ich hatte keine Möglichkeit, rechts oder links auszuweichen. Ich mußte durch dieses schwarze Haus, wenn ich weiterleben wollte. Scheinbar konnte ich wenig tun. Mußte Zeit vergehen lassen, die diese Wunde brauchte. Das Lesen war kein Spiel. Ich las das Buch nicht, um mir etwas vorzustellen. Ich selbst war eine Betroffene. War mittendrin. Das schwarze Haus bestand aus vier Räumen, die nicht ordentlich geteilt waren durch Türen, sondern sich wabernd ineinander verschoben. In dem einen Zimmer herrschte der Schock und das Nicht-Wahrhaben-Wollen, in einem zweiten die aufbrechenden Gefühle, in einem anderen die langsame Neuorientierung und die erste Dämmerung in einem weiteren: neues inneres Gleichgewicht.

Ich wollte nicht durch das schwarze Haus. Ich wollte schlafen. Schlafen, bis die Wunde nicht mehr offen lag. Angst vor dem, was auf mich zukam. Angst vor den Bildern. Angst vor der nächsten Minute, Stunde, dem nächsten Tag und allen folgenden.

Leander, fragte ich. Leander? Das Buch glitt mir aus den Händen, und ich rannte in sein Zimmer. Leander? Ich rief seinen Namen und stürzte mit dem Rufen, krümmte mich, schrumpfte, löste mich auf im Muster des Teppichs und war nichts mehr ... außer Strudel, außer Schmerz, ich: Schrei.

Nie mehr seine weiche Stimme, nie mehr seine Haselnußaugen, nie mehr die blaue Insel, nie mehr der grüne Fleck am Hals, nie mehr seine Eier kneten, ihn nie mehr schnaufen hören, mich nie mehr in seinen Augen sehen, nie mehr seinen Schwanz rollen, ihm nie mehr einen Pickel ausdrücken, nie mehr seine putzigen Zehen küssen, ihm nie mehr einen blasen, nie mehr sein Atem in meinem Gesicht, nie mehr seine Lippen spüren, ihm nie mehr ein Haar aus dem Ohr beißen, nie mehr seine samtenen Augenbrauen entlang-

lecken, nie mehr das Pulsieren auf seiner Nasenspitze, nie mehr sein Profil beim Autofahren, nie mehr seine muskulösen Unterarme, nie mehr durch die Haare auf seiner Brust streifen. Nie mehr. Nie mehr. Nie mehr. Nie mehr. Leben ohne Leander - wie?
Leila! Ich bin doch da!
Verzeih mir, Leander, bat ich und rappelte mich hoch.
Auf dem Weg zurück zum Sofa sah ich den Wecker. Ich kann nicht mal eine Uhr stellen ohne dich, flüsterte ich.

Draußen wurde es dunkel. Nacht. Am Abend ist es am schlimmsten, oder, war ich gefragt worden. Ich war es gewohnt, die Abende, die Nächte allein zu verbringen. Wir hatten keinen geregelten Alltag mit Abendessen um sieben und dann den Tag gemeinsam ausklingen lassen. Manchmal arbeitete Leander von neun Uhr morgens bis drei Uhr morgens, manchmal fing er erst abends an, ich sah ihn kaum vor Mitternacht, außer er hatte frei, viel zu selten.
Ich legte die Musik auf, die ich Leander verdankte, schaltete die kleine Lampe an, sie flackerte, und dann war die nächste Birne kaputt, daran hatte ich mich gewöhnt. Ich zündete Kerzen an. Plötzlich mußte ich mich umdrehen. Als wäre ich gerufen worden. Leander! Leander im Wohnzimmer! Tanzend! Wirbelte durch den Raum. Sein Gesicht leuchtete. Seine braunen Augen glühten. Frei und glücklich.
Danke, stammelte ich immer wieder und lächelte und lachte und weinte zugleich. Tränen rannen über mein Gesicht. Mein wunderschöner Tänzer. Leander war angekommen.

Vierter Tag

Spielen Sie mit Gedanken an Selbstmord, fragte mich Leanders Arzt, den ich aufsuchte, weil ich erklärt bekommen wollte, woran Leander schulmedizinisch gesehen gestorben war.

Spielen und Selbstmord, dachte ich, was für eine Kombination, und daß das vielleicht eine Frage war, die er gelernt hatte zu stellen an Hinterbliebene wie ich jetzt eine war. Hinten geblieben, also mußte es auch ein Vorne geben, das ich erreichen konnte, früher oder später.

Dann wäre Leanders Tod umsonst gewesen, antwortete ich.

Ich halte nichts davon, Ihnen Mittelchen zu verschreiben, sagte der Arzt ungefragt. Können Sie schlafen?

Ich nickte.

Irgendwelche Bilder, fragte er, als erkundige er sich nach Symptomen.

Viele, sagte ich. Und da kamen sie wieder wie ein Schmerz, der entfacht wird durch die Angst davor. Wir waren aufgewacht am Morgen seines Todes und hatten Liebe gemacht. Uns in die Augen geschaut immerzu. Dann hatte ich Kaffee gekocht und Leander den Tisch gedeckt. Er war übermütig wie ein glückliches Kind am Geburtstag. Gut gelaunt war Leander meistens, doch er zelebrierte seine Stimmungen nicht, so wie ich. Nur an diesem Morgen. Er sprühte vor Lebensfreude. Hob meinen Rock und biß mich in den Po. Lief mir zweimal nach, um mich auf den Weg zu küssen. An der Ecke drehte ich mich um und winkte. Leanders heißer Liebessaft rann aus mir.

An seine letzten Worte kann ich mich nicht erinnern, gab ich preis.

Keine quälenden Vorstellungen, forschte der Arzt.

Sie meinen, ob sich Leanders totes Gesicht in mich hineingefressen hat?

Der Arzt räusperte sich, als wüßte er nicht, sollte er zusammenzucken oder lächeln. Er entschied sich für das Lächeln.

Nein, sagte ich. Ich denke gern an dieses Bild. Es gibt mir die Möglichkeit, einen Punkt zu setzen. Ich muß Leander nicht suchen, weil ich nicht glauben kann, was Fremde sagten. Niemand hat mich angerufen und mir mitgeteilt, das Auto, das ihn frontal vom Motorrad gerissen habe, hätte ihn zerfetzt. Niemand hat gesagt, man wisse nicht, ob man die Leiche bergen könne. Ich habe den Frieden gesehen in seinen Zügen. Was soll mich daran beunruhigen?

Leanders Tod wurde zu einer Geschichte, die ich wiederholte mit immer denselben Wendungen. Einleitung, Hinführung, Höhepunkt. Da lag er. Auf dem Boden im Wohnzimmer. Ich wiederholte und wiederholte es. Manchmal im Sprechen stülpte sich das Kreischen über mich. Nur ich hörte es und sprach weiter als wäre nichts. Doch das Kreischen trudelte mit scharfen Messern wie Propeller in einer Röhre, die meinen Körper durchlief. Fetzte und metzelte. Klumpen und Blut brodelten. Doch ich sprach weiter mit gewohnter Stimme, und der Propeller, drei scharfe Klingen, rodete. Drei Klingen, drei Worte: Leander ist tot. Ich trug den Abgrund in mir wie eine Liebe, eine Falle. Wann würde ich hineinfallen, wann hätte ich keine Stimme mehr? Wunderte mich mit jeder Stunde, die verstrich, daß ich noch nicht gefallen war, und glaubte nicht, ich befände mich auf dem Weg der Besserung, rechnete mit allem, ständig.

Nicht nur ich hatte einen großen Verlust zu beklagen. Von anderen Menschen hörte ich, was Leander ihnen bedeutet hatte. In ihren Geschichten wurde er lebendig. Begebenheiten, von denen ich nichts wußte. Manches tröstete mich. Manches schmerzte grausam, weil es Leanders Individualität abbildete, meinen großen Verlust beschrieb. Ich glaubte, nie wieder einem Mann liebevoll wie Leander zu begegnen.

Obwohl ich wußte, daß sich die Menschen, die mich trafen, in einer schwierigen Situation befanden, merkte ich mir kritisch, was sie sagten. Auf den Inhalt kam es wenig an. Manche sagten Sätze wie aus Filmen, doch ihre Stimmen klangen wie Umarmungen. Andere machten viele Worte, und ihre Stimmen glitten wie eingecremt an mir ab. Ich wollte nicht richten über die Menschen, doch es überraschte mich nicht, daß ein Schnitt durch meinen Freundeskreis ging. Da waren Menschen, denen hatte ich zugetraut, sie würden mich auffangen – und sie hatten nicht mal ein Taschentuch als Sprungtuchersatz dabei. Andere, von denen ich es nie erwartet hätte, erreichten mich. Mit Worten, kleinen Gesten oder auch Schweigen. Ich nahm keinem etwas übel, doch ich nahm wahr in einer Schärfe, die mir neu war. Ihre Reaktionen offenbarten mehr über diese Menschen, als sie manchmal vielleicht selbst wußten. Ich war nicht gekränkt, empfand oft Mitgefühl, weil ich verbunden war mit Leander. Immerzu war er um mich. Man fragte mich Dinge über ihn, ich horchte in mich, horchte, was Leander wollte, und antwortete. Jedem, dem es etwas bedeutete, schenkte ich Bücher, Werkzeug, Hemden. Leander sagte mir, was er bestimmt hatte für die Menschen. War dies die Einigkeit, die uns auch im Leben getragen hatte? Oder sprach er tatsächlich in meinem Inneren? Es war nicht wichtig, eine Antwort zu wissen. Zum ersten Mal im Leben spürte ich ohne Wenn und Aber. Eine Sicherheit, die ich bei anderen oft beneidet hatte. Menschen, die Sätze sprachen wie: Der Zeitpunkt war reif, ich wußte, jetzt muß es geschehen. Sätze, die ich nie hatte sprechen können. Stets hatte es bei mir ein Ja-aber, ein Vielleicht oder ein Wahrscheinlich gegeben. Sie waren vom Tisch geweht mit einem Atemzug, Leanders letztem Atemzug.

Mit dem Motorrad wollte ich zu meiner Supervisorin fahren. Es sprang nicht an. Kein Leander, der es zum Laufen bringen würde. Worauf sollte ich warten, ich durfte nicht warten, es würde schlimmer von Mal zu Mal. Ich mußte beginnen, all das zu tun, was Leander für mich getan hatte. Als ich darüber nachdachte, wurde mir erschreckend klar, wo ich die Verantwortung für mein Leben abgegeben hatte. Zuerst fielen mir nur die äußeren Dinge ein, und das war gut so. Hätte ich das ganze Gewicht des Teils, den ich Leander überantwortet hatte, gespürt, wäre ich zerbrochen an meinen Versäumnissen.

Ich gab nicht auf. Kickte, bis ich in Schweiß gebadet war. Leander, hilf mir! Fast glaubte ich nicht mehr daran, da sprang das Motorrad an. Leanders Lächeln: Du kannst es!

Klar doch, erwiderte ich.

Ich hatte der Supervisorin auf Band gesprochen. Als sie mir die Tür öffnete, glänzten Tränen in ihren Augen.

Erinnern Sie sich an Ihren Traum, fragte sie mich.
Ich nickte. Zwei Monate zuvor hatte ich geträumt, Leander läge tot unterm Kirschbaum. Wir hatten den Traum gedeutet als Transformation meiner Beziehung.

Ich saß in dem Stuhl, in dem ich so oft gesessen und von Leander gesprochen hatte, und sprach weiter von Leander, doch Leander gab es nicht mehr. Mir war, als säße er auf dem Sofa, und ich dachte, nun lernt er das Zimmer doch noch kennen.

Ich habe es gewußt, sagte ich. Irgendwie gewußt.
Nicht Sie haben es gewußt, sagte die Supervisorin. Ihre Seele hat es gewußt. Und die von Leander wahrscheinlich auch.

Ich nickte, denn genauso fühlte es sich an. Als wären die letzten Monate Vorbereitung gewesen.

Sie haben großes Glück, sagte die Supervisorin, so im reinen auseinander zu gehen. Das gibt es nur selten. Die Beziehung, die Sie führten, war sehr ungewöhnlich. Lebendig und expansiv. Sie wuchsen miteinander und haben sich wirklich geliebt. Leander war nicht besonders, weil er laut oder bunt gewesen wäre. Er war besonders gefühlvoll, anteilnehmend und einfühlsam. Und vielleicht hat Ihre große Liebe diesen Abschied ermöglicht. Aber niemand kann Ihnen dabei helfen, sich von Leander zu trennen.

Da war es wieder, das Kreischen. Ich biß in das Taschentuch. Diese einfachen Sätze, Feststellungen. Das waren die schlimmsten. Niemand kann Ihnen helfen, niemand kann Ihnen helfen, niemand kann mir helfen.

Ich fuhr nach Hause. Leander würde nicht da sein. Nach Hause zu fahren hatte nichts mehr damit zu tun, Leander zu sehen. Nach Hause zu fahren bedeutete, vor der Tür ein Tablett von Ida zu finden. Frühstück, Abendessen, Blumen, ein kleiner Brief. Jeden Tag stellte sie mir etwas vor die Tür. Ich schaltete die Kaffeemaschine an und schaute mich in der Küche um. Auf einmal überkam es mich. Ich riß Geschirr und Lebensmittel aus Regalen, putzte alles ab, wusch die Regale aus, warf in den Eimer ohne nachzudenken, rannte zur Mülltonne und wieder zurück, putzte weiter, putzte wie besessen und wollte am liebsten alles wegwerfen, wegwerfen, wegwerfen. Wischte Leanders Spuren von den Gewürzen, den Öl- und Essigflaschen, ließ keine Ecke aus, machte unsere gemeinsame Küche zu meiner.

Spätnachmittags klingelte es, und ein kleiner dicker Mann stand vor der Tür. Zu Leander wollte er.
Wer sind Sie, fragte ich.
Gerichtsvollzieher, sagte er.
Ich ließ ihn in die Wohnung, als brächte er Neuigkeiten von Leander. Als er in der Küche, die nach Zitrone duftete und in deren Ecken Meister Proper blinzelte, eine Akte auf den Tisch legte und ich die Forderung erfuhr, begann ich zu lachen. Zum ersten Mal seit Leanders Tod lachte ich. Ich lachte viel zu viel, lachte Tränen – und während der Gerichtsvollzieher mich anstarrte, als habe er eine Verrückte vor sich, beglückwünschte ich Leander zu seinem perfekt getimten Abgang.

Fünfter Tag

Ich war eine solche, die ich, wenn ich eine andere gewesen wäre, neugierig beobachtet hätte, weil sie etwas durchlitt, was mich mit Entsetzen erfüllte. Aber ich war nicht die andere.

Mein Zug fuhr um elf Uhr vormittags. Ich hatte den Vortrag nicht abgesagt, die Veranstalter in Leipzig jedoch informiert und gebeten, auf die an meinen Vortrag anschließende Diskussion zu verzichten. Ich wußte nicht, ob es richtig war zu fahren, wußte nicht, ob ich meinen Vortrag würde halten können. Aber ich wollte es versuchen, zum einen, weil dies Teil meines Lebens ohne Leander war, von dem ich mir Perspektiven erhoffte, und zum anderen des Geldes wegen.

Drei Wochen zuvor war ich das letzte Mal Zug gefahren, zu einem Vortrag nach Hannover. Bei meiner Rückkehr holte Leander mich am Bahnhof ab, er hatte unsere Taschen gepackt, und Stunden später starteten wir nach Italien. Die Rückfahrt im Zug hatte ich in großer Ungeduld zugebracht. Der Zug brachte mich zu Leander, zu meinem neuen Leander, der so offen war für mich und da.

An den Tischen gegenüber meinem Platz saßen einige Rentnerpaare. Sie planten ihren Wochenendausflug nach München. Ich beobachtete sie über Stunden. Und dachte immer wieder - besessen von der statistisch unterschiedlichen Lebenserwartung: so ein Glück, daß die Frauen ihre Männer noch haben. Einer der Männer, der sich mit dem Stadtplan beschäftigte und den anderen erzählte, wie leicht es sei, von hier nach dort zu gelangen, der ein kaputtes Tablett reparierte und Mitreisenden erklärte, wie die Stuhllehnen nach hinten zu klappen seien, erinnerte mich an Leander. Ob wir in vielen Jahren auch solche Ausflüge unternehmen würden? Liebevoll fast schaute ich die Frauen an und wünschte ihnen ein langes Leben mit ihren Männern. Irgendwann teilte sich die Gruppe in eine Frauen- und eine Männerrunde. Die Männer tauschten Erlebnisse aus ihrer Wehrdienst-Grundausbildung aus. Die mußte mindestens vierzig Jahre zurückliegen, und ich fragte mich, ob sie die einzig glückliche Zeit ihres Lebens gewesen sei. Die Frauen sprachen darüber, wo man günstig kaufen konnte. Kurz bevor ich aussteigen wollte, schälte und aß ich eine Karotte.

Fräulein, Sie haben etwas verloren, wies mich eine Rentnerin, die mir aus dieser lustigen Runde die unsympathischste war, auf ein Fuzerl am Boden liegende Karottenschale hin. Die Frau hatte die Angewohnheit, ihren Zeigefinger in die Lücke zwischen Nase und Oberlippe zu schieben und dann zu mümmeln. Auch ihr Mann mümmelte ein wenig. Ob er wußte, daß sie mümmelte und er es selbst tat? Einmal schnellte die Zunge der Frau, nachdem sie ihr Glas ausgetrunken hatte - mit im Gepäck, acht Schnapsgläschen -, hervor und leckte das Glas blitzschnell sauber. Dieses Bild sah ich noch eine halbe Stunde später. Die Zunge schnellte durch den Gang und leckte Regentropfen von den Scheiben, obwohl die Tropfen außen rannen.

Ich hob die Karottenschale auf und warf sie in den Müll. Geht es Ihnen jetzt besser, fragte ich.

Die Mümmelnde reichte mir einen Pappbecher - an alles war gedacht, Sekt und Obst, fettige rote Würste und Schnitten, schon kurz nach dem Einsteigen hatten sie mit ihrer Vesper begonnen, die ganze Fahrt gefressen, das hatte sie nicht daran gehindert, mittags den Speisewagen aufzusuchen, züchtig geteilt in zwei Gruppen, zuerst die Damen, dann die Herren - und wollte, daß ich die Schalen aus dem Müll fischte und in den Pappbecher gäbe. Sonst würde es stinken.

Sie steigen ja in einer Stunde aus, sagte ich, bis dahin stinkt es bestimmt nicht.

Wenn das jeder so machen würde, sagte sie das erste Gebot derjenigen, die immer alles richtig machen. Mir wurde Angst. Dafür mußte sie keine haben.

Am Bahnhof stand Leander. Ich ließ meine Tasche fallen und rannte auf ihn zu, er wirbelte mich durch die Luft, wie es sich für einen Liebesfilm gehörte. Auf der Fahrt nach Hause, als er mir erzählt hatte, was er alles vorbereitet habe für Italien, sogar die Räder am Auto habe wuchten lassen, sprudelte meine Rentnergeschichte aus mir und vieles andere Erlebte, für ihn Aufbewahrte, und Leander hörte zu, lächelnd, manchmal etwas einwerfend. Seine Hand streichelte mein Bein. Die Sonne schien. Italien lag vor uns. Wir waren glücklich.

Nun sehnte ich mich nach der Fahrt, die ich mit den Rentnern geteilt hatte. Ich fragte mich, ob noch jemand im Zug wäre, der einen frischen Tod in sich trüge, vielleicht unterwegs zu einer Beerdigung. Ich schaute vorbeigehenden Männern nach, die älter waren als Leander und schrie stumm: warum. Ich dachte an den Vater meines Vaters der gestorben war mit siebenunddreißig und an alle Todesfälle in jungen Jahren, von denen ich wußte. Den Walkman setzte ich nie ab, auch nicht, wenn ich zur Toilette ging; die Musik war unsere Verbindung, dort traf ich dich. Zuweilen ein Gefühl wie verliebt. Mit dir in der Musik. Freigegeben. Ich fuhr zu einem Vortrag. Du sandtest mich in die große weite Welt, gut gerüstet mit dem Proviant deiner Liebe.

Leila, jetzt mußt du es alleine machen, und du kannst es.

Ich schaute aus dem Fenster, meine Gedanken zogen über das Land, wie ich es kannte von Zugfahrten. Oft hatte ich bei diesen Blicken aus dem Fenster an Tod gedacht. Schwere, dunkle Gedanken. Nun hatte ich keine Angst mehr, nicht mal vor dem Sterben. Auch eine Art von Freiheit. Und daß ich Leander juristisch gesehen so nah war wie jeder Mitreisende ... das wollten wir doch immer, dachte ich und war überhaupt nicht traurig, daß ich nicht in den Genuß einer Rente kam.

Wenn er jetzt durch den Zug ginge, ich wäre ein einziges: Wow! Wie gut er mir gefallen hatte, all die Jahre. Ich hatte mich nie daran gewöhnt, immer seine ganz besondere Schönheit auch hinter seinem Alltagsgesicht gesehen, das ich nach und nach kennenlernte. Das Flirren der ersten Monate, es war fast auf Knopfdruck abrufbar. Ich brauchte ihn nur eine Weile anzusehen aus der Tiefe der Fremde zwischen Mann und Frau. Manchmal stiegen mir Tränen in die Augen, weil Leanders Schönheit mich ergreifend berührte, und ich mußte ihn schnell anfassen, mich versichern, er war da, er gehörte zu mir, und das durfte ich, wann immer ich wollte.

In Leipzig stellte ein Mann das Mikrofon vor mich. Ich sah zu Boden, wollte keine fremden Hände sehen an solch vertrauten Gegenständen. Ich fühlte mich stark genug für den Vortrag, doch ich traute mir nicht. Hielt es für möglich, plötzlich nicht mehr sprechen zu können, in Tränen auszubrechen, alles war möglich, das hatte ich den Veranstaltern gesagt. Ich hatte schon bessere Vorträge gehalten, ich wußte eigentlich nicht genau, was ich sagte, aber da ich oft auftrat in der Öffentlichkeit, hatte ich genug Routine. Ich sprach wenig frei, las meinen Text meistens ab. Nie zuvor war mir aufgefallen, wie viele Fallen er enthielt. Nekrophilie las ich und Todesmetaphern, die leichtfertig wie Blumen in den Text gestreut waren. Wie hatte ich das schreiben können? An diesen Worten blieb ich hängen, zeilenlang, meine Stimme redete weiter, wann ist es zu Ende, dachte ich und fiel in die nächste Metapher. Während des Applauses verließ ich die Bühne.
Möchten Sie gleich in Ihr Hotel?
Ich wußte es nicht. Wußte nicht, wohin ich wollte. Ich bleibe noch ein wenig, sagte ich und hoffte, niemand würde mich ansprechen, und saß und schaute die Menschen an. Wie oft war ich heimgekommen mit einem Sack voller Geschichten. Auch diesmal würde ich welche mitbringen, andere als gewöhnlich. In dieser Zeit füllte sich der Sack schneller als jemals zuvor und irgendwann würde er platzen und mich erschlagen mit den Fragmenten, von denen mich niemand erlöste. Ich stand so schnell auf, daß ich selbst erschrak, denn die Eile wies auf ein Ziel hin, das ich nicht kannte. Der Veranstalter brachte mich ins Hotel. Schon in meinem Zimmer konnte ich mich nicht mehr erinnern, wie er aussah, noch hatte ich irgendeine Vorstellung von dem Raum, in dem ich eine Stunde zuvor gesprochen hatte. Ich setzte mich ans Fenster. Der Duft blühender Kastanienbäume wehte süßlich durch die milde Nacht. Ich war in Leipzig. Ich könnte auch in Los Angeles, Kleindingharting, Petersburg gewesen sein. Es war vollkommen gleichgültig. Ich hatte keine Heimat mehr. Abgeschnitten. Herausgefallen.
Einsamkeit hatte mich oft in Hotelzimmern überfallen. Ich hatte an Leander gedacht. Meinen wärmsten Ort auf Erden. Manchmal rief ich ihn an. Sagte: Ich habe Einsamkeit. Leander erzählte mir etwas von unserem gemeinsamen Daheim und was wir unter-

nehmen würden, wenn wir uns wiedersähen. Das beruhigte mich, und ich konnte die Fremde genießen. Das Telefon stand am Bett. Ich nahm den Hörer ab. Zögerte. Und dann tippte ich so wild auf die Tasten, daß ich mich verwählte. Beim zweiten Versuch sprang unser Anrufbeantworter an, der jetzt meiner war. Leander könnte im Studio sein, dachte ich. Das Spiel ließ sich nicht aufrechterhalten. Es hatte keine andere getroffen. Ich war keine andere. Ich war es selbst.

Sechster Tag

Verzehrende Sehnsucht nach Daheim. Noch bevor ich die Augen öffnete. Wo war das, Daheim? Ich schaute auf den grauen Bildschirm gegenüber meinem Bett. Der halb zugezogene Vorhang des Hotelzimmers spiegelte sich darin. Liegenbleiben? Aufstehen? Wozu? Langsam, wie schwer verletzt, stieg ich aus dem Bett. Auf dem Weg zur Dusche fiel mir der Traum ein. Herzklopfen. Ich hatte von Leander geträumt! Ich sah ihn in einer Hinterhofgarage, er taumelte. Ich rannte über die Straße zu ihm und kam rechtzeitig, ihn aufzufangen. Mit ihm sank ich zu Boden. Er lag in meinen Armen. Schaute mich an: Leila, es geht nicht anders, ich muß sterben.

Ich erwiderte: Ich weiß Leander. Und Leander schloß die Augen.

Um mich herum Watte. Ich wünschte anderen im Frühstücksraum, wie es sich gehörte, Guten Morgen, bestellte Kaffee, sagte: Nein danke und Ja bitte und war abwesend. Wußte nicht, wo ich war. Wußte keinen Ort auf Erden, an dem ich sein wollte. Verließ das Hotel, ging zum Bahnhof, konnte mich, kaum war ich in eine Straße abgebogen, nicht an die vorherige erinnern, ging einfach und schaute unablässig in den Himmel. Alle Menschen, die ich nach dem Weg fragte, waren sehr freundlich. Ich setzte Schritte voreinander, mechanisch, und doch erforderten sie meine gesamte Konzentration. Ich hätte stehenbleiben und Leipzig nie mehr verlassen können. Mein Gehen bedeutete nichts. War nur ein Nachbeben des Rasens in mir. Wo ich am Abgrund entlanglief. Es gab nichts mehr. Nur das Gehen und meine Blicke in den Himmel. Und immer wieder Leander. Er saß in einem Glaskasten und versuchte verzweifelt, mich wissen zu lassen, daß alles gut sei, daß ich nicht traurig sein solle.

Ich flüsterte Ja, immer wieder Ja, reihte mein Ja wie Perlen aneinander und wollte wirklich mein Bestes geben, ihm zeigen, daß unsere Liebe mich nährte, denn wie mußte er leiden, mich leiden zu sehen. Solange ich in Watte wandelte, weder hier noch da, aus der Zeit gefallen, würde Leander gefangen sein.

Ich stieg in den Zug nach Berlin, wo ich einen weiteren Vortrag halten sollte. Ich fuhr nicht wegen des Vortrags, sondern weil meine Schulfreundin in Berlin wohnte und Tomma dieses Wochenende keine Zeit hatte. Ich dachte, es sei gut, bei einem Menschen zu sein, der mich lange kannte. Über die Erinnerungen mit Leander hinaus kannte. Starrte aus dem Fenster, hielt mich an der Musik, und Tränen rannen über mein Gesicht, die ganze Fahrt. Dachte fast nichts. Lebte fast nicht. Starrte nur und atmete und drehte die Cassette um. Beate stand am Bahnhof. Das hatte ich nicht erwartet. Beate legte Wert auf ihren geregelten Alltag. Später erfuhr ich, sie hatte Urlaub genommen. Das rührte mich. Gleichzeitig zeigte es die außerordentliche Situation. Sie hatte eine Freundin in Not. In größter Not. Mich.
 Minutenlang umarmten wir uns. Wohin möchtest du, fragte Beate.
 Zur Gedächtniskirche, sagte ich. Dort hatte ich meinen letzten Geburtstag ohne Leander verbracht. Wochen bevor ich ihn kennenlernte, hatte ich nach einer Trennung mit einer Piccoloflasche Sekt auf einer Bank an der Gedächtniskirche gesessen. Ein Obdachloser hatte die Bank tobend für sich beansprucht und mir um Mitternacht per Handkuß gratuliert. An der Gedächtniskirche wollte ich eine Klammer schließen. Eine Zeitklammer um die Jahre mit Leander. Ich war hier gewesen bevor ich ihn kannte und ... danach.

Beate war sehr lieb, doch ich hatte nicht bedacht, schon immer war es dunkel um sie. Normalerweise machte mir das nichts, ich hatte meistens genug Licht für zwei, doch nicht an diesem Tag und auch nicht am nächsten. Wir saßen in der Küche, tranken Kaffee, und ich erinnerte, wie ich im Januar das letzte Mal in Berlin gewesen war. Dieselbe Küche. Kaffee mit Beate. Im Januar hatte ich mich aufs Heimkommen gefreut, so wie ich mich jedes Mal darauf gefreut hatte, denn Heimkommen bedeutete, zu Leander zurückzukehren. Ich erzählte Beate von Leanders Tod, dann fuhren wir zu meinem Vortrag. Ich sollte nur ein kurzes Referat halten, außer mir würden vier andere Referenten sprechen. Ich war vor allem nach Berlin gefahren, weil ich mir von den Menschen etwas versprach. Orientierung. Halt in meiner Arbeit. Zuspruch durch Gemeinsamkeit. Schließlich forschten wir alle am selben Thema. Ich wünschte, dies ließe mich spüren, daß ich eine Aufgabe hatte, daß es außer Leander noch ein Wir gab in meinem Leben.

Auch den Veranstalter in Berlin hatte ich informiert, jedoch darum gebeten, 'es' nicht weiterzuerzählen. Als ich den Saal betrat, wo die meisten schon versammelt standen mit Gläser in den Händen, ging ein Drehen durch den Raum. Ich sah vor allem Rücken. Und erkannte sie alle. Besonders einen, den ich Freund genannt hatte in Gedanken. Ich stellte mich an seine Seite. Wie geht's, fragte er.

Auf diese Frage hatte ich noch nie mit 'gut' geantwortet, wenn ich es nicht wußte. Wie geht's war für mich immer mehr gewesen als die Begrüßungsformel 'how are you', auf die es nur eine Antwort gab: fine. Es ging mir nicht gut. Es ging mir nicht schlecht. Es ging mir überhaupt nicht. Es gab nicht einmal eine Instanz, die etwas über mich aussagen konnte. Ich war doch gar nicht anwesend. Und während ich dies feststellte - mit der Verzögerung meiner Gedanken, es war, als hätte Leanders Tod eine Lähmung in mir verursacht - trat der mich gefragt hatte von einem Bein auf das andere, hob sein Bierglas und stellte es wieder ab, wand sich in meinem Schweigen. Ich wollte es gerade sagen, wollte sagen, gar nicht, da fragte er: Wie ist es denn, wenn jemand stirbt?

Es nahm mir nicht den Atem, ich verstand sehr wohl, was da ängstlich vibrierte hinter seiner Bemerkung. Für ein paar Augenblicke brach die Lähmung auf, und ich dachte wieder, dachte schnell und so, wie es sich für mich gehörte.

Geil, sagte ich und zeigte meinen Rücken. Eine Aussätzige war ich geworden durch meinen Verlust. Lediglich zwei Menschen, Todesmutige sozusagen, erreichten mich. Der eine schaute mich an über die Köpfe vieler hinweg mit einem Blick voll Mitgefühl; ich ging zu ihm, und er umarmte mich lang und fest. Die andere brachte mir ein Glas Wasser und strich dabei zärtlich über meine Hand. Am Telefon hatte ich den Veranstalter gebeten, als erste referieren zu dürfen, damit ich unmittelbar danach gehen könnte.

Ich wurde gefragt, ob ich einem anderen Referenten den Vortritt lassen könnte, er habe Lampenfieber. Nein, sagte ich und staunte. So ein Nein hatte ich noch nie gesagt. Es trug die Klarheit meiner Liebe. Ich hielt meinen Vortrag, und als ich mit Beate nach Hause fuhr, überlegte ich, wie ich mich anstelle der anderen verhalten hätte. Ich würde nicht unsicher Halt in Floskeln suchen, was demjenigen, den ich trösten wollte, erst recht die Fassung raubte, weil er deutlich spürte, er sei umgeben von jener Gleichgültigkeit, die ihm jetzt den Boden entzog. Jetzt, wo der Mensch, der nicht gleichgültig gewesen, fort war – und was bliebe: eine Welt aus Floskeln.

Ich lag auf der Luftmatratze, wie ich schon einige Male gelegen und an Leander gedacht hatte – mit ihm eingeschlafen war in der Gewißheit, ihn morgen, übermorgen zu sehen. Ihn begehrt hatte aus der Ferne. Eine Erinnerung peitschte mich. Das Rechnen in Stunden. Keine zweihundert. Da hatten wir Liebe gemacht in Italien. In Italien hatten wir uns jeden Tag geliebt, waren wieder einmal, noch einmal neu verliebt ineinander, weil wir uns immer wieder neu entdeckten. Danach lag ich an seiner Schulter, meinem Platz. Wohlig und zeitvergessen. Einmal fragte Leander: Spürst du's? Da merkte ich: ich war ganz im Jetzt. War inmitten eines Sees, war der See, wellte Wogen und dachte nicht, war nur da, eins mit ihm. Daß er mich darauf aufmerksam gemacht hatte! In den Wellen wollte ich sein mit Leander und es nicht vergessen. Am Morgen seines Todes sah ich ihn im Spiegel. Sah, wie er kam. Warum hatte ich nicht länger in den Spiegel geschaut. Nie so schön sein Gesicht ... nie mehr.

Nie mehr! Nie mehr!

Wenn Tomma nachts nicht angerufen und mir gesagt hätte, daß sie mich brauchte, ich hätte nicht gewußt, warum ich leben sollte.

Siebter Tag

Ich war nicht daran gewöhnt, daß meine Stimmungen flatterten, schneller als Wäsche im Wind. War mir selbst die große Unbekannte. Ich wachte auf an diesem Morgen in Berlin und fühlte mich, als wäre ich dem Tag gewachsen. Deshalb beschloß ich, erst am nächsten Tag an den Ort zu fahren, den ich Daheim nannte. Es zog mich wie magisch dorthin, weil etwas in mir glaubte, Leander warte auf mich, und gleichzeitig wußte ich, er wartete nicht, weswegen ich die Enttäuschung hinauszögern wollte.

Beate hatte den Tisch gedeckt, lieblos wie immer, lieblos wie ich, darin ähnelten wir uns. Frühling in Berlin. Vogelgezwitscher und Notarztsirenen. Ich war allein bei einer Freundin in Berlin. Es ging mir einigermaßen, und ich fragte mich, ob Leander zu mir gekommen war in der Nacht, wir uns getroffen hatten im Zwischenreich und daher meine Stärke rührte. Das Leben sah lichter aus, ich atmete ein wenig leichter und glaubte vielleicht sogar – wie konnte ich –, ich hätte das Schlimmste hinter mir. Ich erzählte Beate von Leander, zählte die Zeichen auf, die mich glauben ließen, sein Lebenskreis habe sich vollendet, und nun müsse ich für mich sorgen, dafür sorgen, meinen Kreis zu runden.

Woher nimmst du die Kraft, so zu sprechen, fragte Beate, und ich sah, sie fragte nicht nur aus Anteilnahme, eine Spur Neid mischte sich in ihre Frage, ein Neid, den ich in Zukunft noch oft und stärker spüren sollte von Menschen, die mir mit der Maske mitfühlenden Lächelns gegenübersaßen.

Aus den acht Jahren Leben mit Leander, sagte ich schlicht. Er hat mir alles geschenkt, was ich brauche, die kommende Zeit zu überstehen. Es liegt an mir, ob ich nutze, was er mir mit auf den Weg gab.

Hast du denn keine Angst, fragte Beate.

Nein, sagte ich, und versäumte hinzuzufügen: im Moment

gerade nicht, denn ich vergaß, wie schnell sich alles verändern, die ganze Welt aus Frühlingsduft und bunter Fülle in die Apokalypse kippen konnte. Mein täglicher Rhythmus ein Schlingern und Schleudern, ein Fallen und erschöpftes Rasten. Ich werde jetzt, sagte ich, all das tun, was ich nicht getan habe, als ich mit Leander zusammen war. Nicht, weil er es nicht wollte, sondern weil ich es nicht wollte. Ich werde die Hälfte meines Lebens erobern, die ich ihm überließ.

In Beates Augen las ich, wie sie meine Antwort übersetzte. Du hast ihn nicht geliebt, las ich. Ich wußte nicht, dies war nur ein Splitter, ahnte noch nichts von den Felsbrocken, die auf mich niederprasseln würden, weil es Verhaltensweisen gibt, die einzuhalten sind. Ich brach mit den Konventionen und deshalb mit den Menschen, die sie wahrten. Weil Leander und ich uns oft nicht an die Regeln gehalten hatten, glimmte in den Augen mancher Menschen Schadenfreude. Das war die Strafe, die ich bezahlen mußte. Für das Glück außerhalb.

Glaubst du, du wirst jemals wieder einen Mann finden, benannte Beate ihre größte Sorge.

Natürlich, rief ich und wunderte mich. Aber ich war eine geliebte Frau und lebte noch immer in dem Bewußtsein, es gäbe Leander, und wenn es ihn nicht gab, mußte es doch einen anderen geben. Ich habe das Gefühl, fuhr ich fort, in meiner Nähe ist ein Mann, der wartet auf mich. Und dahinter steht noch einer. Aber weiter weg. Im Nebel. Einer, der noch nicht einmal weiß, daß er sich auf mich zu bewegt. Doch bereits während ich diese Worte sprach, fragte ich mich, ob sie nicht bloß einem Wunsch folgten. Einen Mann, irgendeinen, damit der Platz an meiner Seite besetzt war.

Beate musterte mich skeptisch.

Ich glaube, diesen ersten Mann werde ich kennenlernen in den nächsten beiden Monaten, spätestens im August. Im August, da hatte ich Leander kennengelernt. Vielleicht war dieses Spüren wieder nur das Spiegelbild meines größten Wunsches.

Woher nimmst du diese Sicherheit, fragte Beate.

Ich habe die letzten acht Jahre im Licht gelebt. Und wenn ich dies zwischendurch vergaß, dann nicht, weil es aufgehört hätte. Ich hatte aufgehört, es zu schätzen.

Nach dem Frühstück war ich sogar unternehmungslustig. Ich war in der Stadt der Singles, da gehörte ich hin. Ich wollte sie mir ansehen, mit den Möglichkeiten spielen. Ich war frei. Nichts hielt mich, weil Leanders Liebe mich nicht mehr hielt an Orten. Konnte gehen, wohin ich wollte, ein Satz, der nicht bloß Angst machte.

Gibt es den Flohmarkt am Siebten Juli noch, fragte ich ...

Doch als ich mit Beate durch die engen Gassen ging. Als ich überall Dinge sah, die ich dir kaufen wollte und jedes Ding mich folterte. Und nicht nur die Dinge. Alles erinnerte. Der ungeduldige Ruf einer Frau nach ihrem Mann: Komm! Ein Kebabstand, ein Sonnenschirm – es gab fast nichts, das mich nicht an dich erinnerte. Das erlitt ich seit Tagen. Überall lauerte es, in jeder Sekunde fiel mir etwas ein, weil mein Blick irgendwo hängenblieb. Die ganze Welt war besetzt von dir, du warst die Welt, und wenn ich die Augen schloß, stiegen die Bilder aus meinem Inneren auf. All diese Erinnerungen, die mich, als du noch lebtest, lächeln ließen, weil sie eine heiße Welle in deine Richtung schickten, dorthin, wo ich dich vermutete, daheim, im Studio, sie richteten sich nun gegen mich mit glühenden Klingen, trafen immer, hinein in die Wunden. All die bummelnden Paare. Hand in Hand und Arm in Arm, Küsse und Blicke. Samstagnachmittag in Berlin. Warum, warum, warum, kreischte es in mir, und es war nicht die Frage, warum du sterben mußtest, sondern warum wir, abgesehen von den letzten sechs Wochen, nicht mehr das getan hatten, was sich für Paare gehörte. Hätten wir es getan, wärst du vielleicht noch am Leben? Ich schrie dich an. Warum hast du keine Zeit gehabt? Warum war dir alles andere wichtiger? Warum hast du mich im Stich gelassen? Die Wut währte nicht lange, denn ich antwortete mir selbst, daß du ein Entweder-Oder-Mensch warst, und so wie du mich ausschließlich geliebt hattest fünf Jahre lang, so hattest du dich später dem Studio gewidmet. Du wolltest es so. Es war deine Entscheidung. Diese Arbeit hatte vielleicht gefehlt, deinen Lebenskreis zu vollenden. Ganz aufzugehen in einer Aufgabe. Und während ich die Warums und Weils und Wenns hin- und herschob, breitete sich dein friedliches Gesicht sanft vor mir aus. Der Himmel über mir war grau. Berlin war keine schöne Stadt unter einem solchen Himmel. Es regnete. Beate aß einen Hot Dog. Ich wartete, ohne zu wissen, worauf, ging neben ihr, weinte tonlos, konnte nicht aufhören, konnte nicht sprechen, setzte mich ins Auto, ließ mich fahren, sah nichts, nur grau und dumpf, um mich, in mir. Wohin? Egal. Meinetwegen Grönland. In Beates Wohnung setzte ich mich aufs Sofa. Starrte auf die Uhr. Ich wollte, wollte, wollte, mußte zu Leander. Weg! Wohin? Starrte auf die Uhr. Schloß die Augen. Überall Schwarz. Eins, flüsterte ich. Geschafft, zwei, geschafft. Saß auf dem Sofa und zählte Sekunden in dem irrwitzigen Glauben, es müßte leichter werden, jede Sekunde, die verginge, brächte mich dem Licht entgegen, doch ich fand es nicht, war nur die Zahlen, die ich sagte. Vierundneunzig. Ich werde verrückt. Zweihundertzwölf. Gleich werde ich verrückt. Dreihundertdreiundzwanzig. Nur noch eine Haaresbreite davon entfernt. Dreihundertsechsundneunzig. Gleich halte ich es nicht mehr aus. Vierhundertzwölf. Gleich macht es Klick, und dann bin ich erlöst, dann muß ich nicht mehr wissen, wer ich bin, wer Leander war, vierhundertdreiundzwanzig, dann ist alles gut, gleich macht es Klick. Klick, Klick, Klick, siebenhundertvierundsechzig, klick, geschafft, siebenhundertfünfundsechzig, geschafft, klick.

Die Zeit, die vor Ihnen liegt, erinnerte ich gelesen zu haben, ist keine Angelegenheit von ein paar Wochen. Jeder Monat birgt neue Fallen. Der dritte Monat ist erfahrungsgemäß am schlimmsten und im achten Monat steigt die Wahrscheinlichkeit, an Krebs zu erkranken, sprunghaft an. Auch eine Zunahme von Herz- und Kreislauferkrankungen ist im Verlauf von Trauer zu verzeichnen, denn der Verlust des Lebenspartners oder eines Kindes gilt als das den höchsten Streß auslösende Ereignis.

Beate schaltete den Fernseher ein. Ich ging aus dem Zimmer, konnte das Gesicht des Nachrichtensprechers nicht ertragen, das aussah wie immer, während er von Hunderten von Toten berichtete, die mir beinahe gleichgültig waren. Ich quälte selbst die depressive Beate. Wer hielt mich aus? Ich war dunkel, gefallen vom Licht in die Finsternis, die mich aufsog. Man würde mich meiden. Ich war eine Zumutung. Ich würde mich zurückziehen müssen von den Menschen, weil ich nicht mehr ertragbar war, asozial. Der Tod ist etwas Unanständiges in unserer Gesellschaft, wer ihn erleidet oder durch ihn leidet, disqualifiziert sich. Wer trauert, wehrt sich gegen die Gesetze des Lebens und akzeptiert nicht: es muß weitergehen. Weiter. Nicht innehalten. Zwei, drei Tage Urlaub stehen einer Trauernden zu, und selbst, wenn sie sich nach dreißig Jahren Ehe zurechtfinden muß, die Maschinen müssen laufen, sie bestimmen den Rhythmus, Menschen zählen nur als Zahlen, und wer trauert, ist schwach und versagt, denn es gibt nur eines, was wirklich Bedeutung hat: weiter. Die Mobilität wahren. Schnell. Sich ablenken. Nicht zurückblicken und sich nicht umsehen. Weiter. Schnell. Gegen den Krebs und alles andere, was dann ausbricht – wie ein scheuendes Pferd vor dem Hindernis, ist ein Kraut gewachsen, sind Messer gewachsen, die wegschneiden, was nicht hätte entstehen sollen, aber Schneiden ist Fortschritt, es muß etwas getan werden, weiter. Hauptsache, nicht selbst aushalten, so wie das Leben nicht ausgehalten wurde, es gibt immer einen oder etwas, das die Verantwortung übernimmt. Weiter. Nicht fragen. Weiter. Trauer schwächt die Arbeitskraft, die Produktivität ist die einzige Daseinsberechtigung, und sie zu verteidigen gegen die humane Reifung ist das erklärte Ziel aller zivilisierten Gesellschaften, in denen sich Frauen keine Haare raufen, niemand Klagelieder singend durch Städte zieht, in denen die Fassung enger geschnürt wird und enger, bis das Innere zerbricht.

Auch ich wurde gerichtet, mußte mich richten nach diesen Gesetzen. Niemand war für mich zuständig, würde mir Schonung zugestehen und mich nähren ein Jahr lang. Leander würde mir nichts hinterlassen, erbberechtigt war ich ohnehin nicht, und wenn sein Sohn laut Nachlaßgericht plus minus Null aus Leanders Angelegenheiten herauskam, war das Ziel erreicht. Ich mußte Geld verdienen, damit ich die Wohnung behalten konnte. Mich um Aufträge bemühen und funktionieren.

Das tut dir gut, würden sie sagen, das lenkt dich ab.

Aber ich wußte, nichts und niemand durfte mich von meinem schwarzen Haus ablenken. Es gab nur ein Weiter, das Sinn machte. Die Eroberung des schwarzen Hauses. Nicht auf einmal. Schritt für Schritt und sehr langsam. Es ging lediglich darum, die Tage zu schaffen, selbst die Tage waren zu lang, die Stunden, die Minuten. Der Mann, dem ich mein Auto verkauft hatte und der im Krieg in Bosnien war, fiel mir ein. Im Krieg, hatte er gesagt, ist ein Tag nicht ein Tag, eine Stunde nicht eine Stunde. Im Krieg hat jeder Tag fünfhundert Stunden.

Das Gefühl, ich müßte heim, nach Hause, es wurde immer drängender, nur weg, weg, weg, weg. Ich sprang auf und stopfte in meine Tasche, was herumlag.

Du kannst bleiben, so lange du willst, sagte Beate, doch ich wußte, sie wäre froh, wenn ich ginge, ich hatte ihre dämmrige Wohnung verdunkelt. Sie meinte es gut mit mir, doch sie konnte mir nicht helfen. Niemand konnte mir helfen.

Am Bahnhof Zoologischer Garten unendlich viele Menschen auf Treppen und Bahnsteigen, der Zentralcomputer war ausgefallen, es konnten keine Züge abgefertigt werden. Ich stand gequetscht in den Massen, fremde Gesichter so nah, wartete, ein Tier.

Das hat gerade noch gefehlt, sagte Beate und wartete mit mir, bis ich sie nach Hause schickte. Ich stand zwei Stunden eingekeilt, stieg dann in irgendeinen Zug, saß auf meiner Tasche, zwischen Klo und Tür. Da kam es wieder, das Klicken. Leise, einem unbeirrbaren Rhythmus folgend. Klickte aus der Ferne, klickte sich näher, klickte in mir und um mich. Gleich werde ich verrückt, verrückt, ich kann es nicht mehr aushalten, nicht mehr aushalten, nicht mehr aushalten, stand in Göttingen am Bahnsteig, Göttingen, dort warst du gewesen vor zwei Monaten und begutachtetest einige Geräte aus einem zu versteigernden Tonstudio, wo hast du gestanden, auch an diesem Bahnsteig? Deine Schuhabdrücke, meine, wie nah bin ich dir, ich habe dich abgeholt am Bahnhof, wann, welcher Zug? Wie getrieben zu dem Fahrplan, dich suchend, suchend, überall, und in den nächsten Zug und schreien wollen, schreiend durch die Gänge rennen, es nicht aushalten können, aber müssen, müssen, müssen, sonst würde Tomma vergeblich auf mich warten, und weiterfahren und endlos, ins Nichts fahren. Und Angst, daß das Wetter schlecht bleiben würde. Angst vor der Zukunft. Nie mehr Leander.

Stürzte aus dem Bahnhofsgebäude, suchte Leander, rannte auf die Straße, da packte Tomma mich: Wohin läufst du denn? und ich war so froh, sie zu sehen, so froh. Sie war mit dem Motorrad da, hatte warme Sachen für mich dabei und zog mir die Reißverschlüsse zu, wie Leander es getan hätte. Weiß sie das, fragte ich mich. Ihre Fürsorglichkeit war wie Prügel und tat so gut. Hinter ihr saß ich auf dem Motorrad, ihr Sturzhelm, der gleiche wie der von

Leander. Wir fuhren über Land, der Duft der deutschen Nacht, ohne Leander, ohne Leander, passierten das Ortsschild, fuhren durch die kleine Stadt, hübsch dachte ich, doch bin ich hier zu Hause? Und sperrte die Wohnungstür auf voller Angst und bebend. Rief: Leander? und bekam keine Antwort und ging durch alle Räume. Leander war nicht da. Würde nie mehr da sein. Dieser Ort war der Rest, der mir geblieben war.

Achter Tag

Unser Briefkasten war gefüllt mit schwarz umrandeten Kuverts. Ein Brief allein hätte eine Todesbotschaft sein können. So viele auf einmal verrieten es. Ich setzte mich mit dem Terminkalender neben das Telefon und verabredete mich, Termine für acht Tage im voraus, jeweils zwei pro Tag, denn mehr als fünf Stunden hielt ich das Alleinsein nicht aus. Ich legte die Termine so, daß ich stets einen Leander oder mir nahestehenden Menschen traf, dem ich ausführlich von seinem Tod erzählen wollte, und einen ferneren. Zweimal am Tag in das Kreischen zu fallen, wäre lebensgefährlich gewesen.

Ich saß mit fast fremden Männern in der Küche, eine Kerze brannte, und ich erzählte deinen Freunden von deinem Tod. Dein Tod schaffte eine Nähe zwischen ihnen und mir, die ungewöhnlich war und zuweilen nicht ohne Erotik. Wenn sie meine Hände hielten und streichelten, und ich spürte, sie spürten: hielten kein totes Witwenfleisch. Oder spürten sie nicht, weil es sich nicht ziemte, dies zu spüren, spürte nur ich es, für die sich überhaupt nichts mehr ziemte, die am Abgrund lebte, in der sozialen Randgruppe der Trauernden? Manche deiner Freunde hatten mich begehrt, ich hatte die Glut in ihren Augen gesehen. Keiner hatte sich mir genähert, unsere Liebe war wie eine Mauer. Dein Tod umrankte die Mauer mit Stacheldraht. Mich zu wollen bedeutete, über den Friedhof zu gehen um Mitternacht.

Deine Freunde erzählten mir ihre Erinnerungen an dich. Manche kannten dich ein Vierteljahrhundert und länger. Darum beneidete ich sie. Ob mir aufgefallen sei, was für eine schöne Stimme du hattest, fragte einer. Ich nickte und hörte dessen Stimme, hohes Fisteln. Ein anderer sagte, du seist so besonders aufmerksam und charmant gewesen. Ich nickte und dachte daran, wie er mich mit dem vollen Mineralwasserkasten die Treppe hatte hinaufgehen lassen, ohne mir zu helfen.

Fremde Männer in der Küche in lauen Nächten, und ich beobachtete sie. Was ich sah, gefiel mir nicht. Nicht nur, daß ich dich liebte. Du hattest den Maßstab hoch gelegt. Und wenn sie im Stehen pißten oder ihre Autos in die Werkstatt gaben, dann disqualifizierten sie sich, die ich ohnehin nicht wollte. Oft hatte ich bei Vorträgen Männer kennengelernt, war mit ihnen durch fremde Städte gezogen, und alle hatten sie Dinge gesagt, die mich innerlich kopfschütteln und voller Wärme an dich hatten denken lassen. Du warst der richtige für mich. Niemals hatte ich vermutet, noch einmal suchen zu müssen. Männer wie Leander, hatten einige meiner allein lebenden Freundinnen gesagt, müßte es öfter geben. Manchmal, wenn ich haderte mit Leander in den letzten Monaten vor seiner Verwandlung, hatte mir das geholfen, wieder den zu sehen, der er einst gewesen war, der stets durch ihn hindurchschimmerte und der er am Ende wieder wurde. Ein feinfühliger Mann mit Instinkt und Muskeln, Abenteuerlust, Fürsorglichkeit, Mut, Erotik, großem Begehren – und einer bewußten Art zu leben.

Kurz vor Leanders Tod fragte ich ihn, ob ihn die Haare an meinen Beinen stören würden, denn als er mich gekauft hatte, seien dort keine gewachsen. Leander lachte: Ich sehe doch auch anders aus als damals, als du mich gekauft hast. Nun stand ich wieder im Regal. Würde mir Gedanken machen müssen über meine Haare und Eigenheiten. Sah mich in Diskotheken und Kneipen; Hunderte von Stunden hatte ich früher dort zugebracht und geglaubt, diese Zeiten seien vorbei. Sah mich alleine nach Hause fahren, ausgehofft. Das konnte es nicht sein. Das wollte ich nicht. Tief in mir lauerte der Wunsch, schnell einen Mann zu finden und noch tiefer die Wahrheit: den ich suchte, gab es nicht mehr. Was ich wollte, war mein altes Leben, das mir keine Angst machte, und das bedeutete, Leben mit Leander.

Zwischen den Besuchen räumte ich auf. Tat nichts anderes als putzen und räumen. Unsäglich langsam und dennoch besessen. Ich hatte gehört, daß viele Menschen Wochen, Monate brauchen, ehe sie beginnen, den Nachlaß eines Verstorbenen zu ordnen. Ich wollte Klarheit. Ordnung. Meine Ordnung. Dem inneren Chaos etwas entgegensetzen.

Im Wohnzimmer stand das Regal, das ich Schlamperregal getauft hatte, ein wunderschönes Designermöbel, auf das du alles legen konntest, wofür du keinen Platz fandest – das war beachtlich viel. Dies war deine dir von mir zugewiesene Zone, und ich hatte, was du im Gehen und Stehen ablegtest, dort gestapelt. Alle paar Wochen versuchtest du, dich durchzuarbeiten, meistens, weil du etwas Bestimmtes suchtest, du kamst nie bis zu den Glasböden, nie war das Regal wirklich aufgeräumt. Nun räumte ich es leer. Jeder Handgriff ein inwendiges Reißen und Brechen. Fand vieles, was du noch hattest tun wollen. Schmuck, den ich dir zum Reparieren gegeben hatte, Zeitungsartikel, die du lesen solltest. Alles in der Leichtigkeit des Glaubens abgelegt, das Leben gehe einfach weiter. Immer wieder Rechnungen. Ob Obi oder Tengelmann, ich erinnerte mich an alles und rechnete zurück, auf jeder Rechnung stand ja das Datum und die Uhrzeit. Und dann putzte ich das Regal und staunte, wie schön es aussah. So, wie ich es mir immer vorgestellt hatte. Grauenhaft.

Am Nachmittag klingelte dein Assistent, er suchte einen Schlüssel, ging schnurstracks zum Schlamperregal, streckte die Hand aus und zuckte zurück als wäre er von einer Schlange gebissen worden. Fassungslos starrte er mich an.

Ich habe ein bißchen aufgeräumt, sagte ich und hatte das Gefühl, ich müßte mich entschuldigen. Die Augen des Assistenten füllten sich mit Tränen. Für ihn war es das Regal, durch das er begriff; für jeden war es etwas anderes. Zusammen suchten wir den Schlüssel. Ich fragte den Assistenten aus über die laufenden Projekte. In mir brannte eine verzehrende Sehnsucht nach dem langweiligen Klatsch aus dem Studio. Wer mit wem, und welche Intrigen gesponnen wurden. Ich gehörte nicht mehr dazu. Nie mehr würde Leander mir von seiner Arbeit erzählen und ich ihn mit meinen Ratschlägen aufregen. Ich würde nicht mehr erfahren, welche Aufnahmen bevorstanden, bekäme keine frisch gepreßten CDs mehr. Niemand würde mir die Hintertüre öffnen. Ausgesperrt.

Jetzt merken sie im Studio, sagte der Assistent, was sie an Leander gehabt haben, und ich nickte und schämte mich, denn auch ich merkte es; überall, wo ich hinblickte, hattest du etwas geschaffen mit deinen Händen. Eine Freundin hatte sie einst golden genannt. Ob du einen Plattenspielerdeckel aus Plexiglas geformt, Lampen gebaut, Küchenschränke geschreinert, es gab nichts, was du nicht selbst gemacht hattest, vom Feinschliff bis zur Säge, mein Bastlerkönig. Je mehr ich entdeckte, desto kleiner wurde ich. Schrumpfte auf Kinder-, Säuglingsgröße. Ausgeliefert der großen fremden Welt. Und keine goldenen Hände, die mich durchs Leben trugen.

Nach dem Zähneputzen trocknete ich die Zahnbürste ab, ehe ich sie auf die Ladestation stellte. Hundertmal hattest du mich darum gebeten, und ich hatte es vergessen. Ich würde es nie mehr vergessen. Und du, dachte ich. Würdest du das Schlamperregal aufräumen, wenn ich tot wäre? Die Schranktüren im Schlafzimmer schließen und Fingerabdrücke auf Spiegeln vermeiden? Wir hatten uns deswegen nie gestritten, uns lächelnd hingenommen, du viel mehr als ich, weil du mich immer ganz gelassen hattest, während ich zuweilen an dir herumzupfte und mäkelte. Was würdest du tun, wenn ich tot wäre, fragte ich mich und glaubte, du würdest mit dem Motorrad wegfahren. Nachts sitzen unter dem südlichen Sternenhimmel und mich suchen im Mond. Hättest wahrscheinlich erst spät begonnen, Ordnung zu schaffen, und deine Hürden wären nicht meine. Im Badezimmer hatte ich es leicht. Für dich wäre dieser Raum voller Frauentand eine Qual. Genauso schlimm, wie die Kleiderschränke zu öffnen mit all meinen bunten Sommersachen, glückliche Zeiten, wie hätten sie dich gewürgt, wie froh war ich, dir dies ersparen zu können. Doch die Cremedose im Bad mit deinen Fingerspuren. Deine Bürste voller Haare. All die Dinge, die von deinem Körper zeugten, den es bald nicht mehr geben, der bald verbrannt würde. Du warst noch keine zwei Wochen tot, und ich stopfte die Mülltonnen voll, warf deine Rasiersachen weg und deinen Deostein, all das, was mich manchmal gefreut hatte zu sehen im Bad, deine Dinge neben meinen, Mann und Frau, weg, weg, weg.

Beim Zubettgehen entdeckte ich im Spiegel drei weiße Haare. Meine ersten weißen Haare. Sie waren erbleicht in den Tagen deines Todes vom Scheitel bis zur Spitze.

Neunter Tag

Manchmal Gefühle wie verliebt. Ich schlief wenig, aß wenig, rauchte so viel wie in unseren ersten Tagen und dachte permanent an dich. Suchte dich in meinen Erinnerungen. Und hatte Angst, dich nicht frei zu lassen. Ich sprach von dir, wie ich es auch in der ersten Zeit des Verliebtseins getan hatte, mich vergewissernd, daß es dich gab, und mit jedem Mal, wo ich von dir erzählte, wurde ich ein Stück sicherer, und nun vergewisserte ich mich, daß es dich gegeben hatte.

Dein Zimmer lag direkt neben meinem, und wer die Wohnung besichtigte, lachte. Bei dir sah es aus, als hätte ein Einbrecher Dokumente gesucht und wäre dabei überrascht worden; mein Zimmer strahlte die Gemütlichkeit eines Hochsicherheitstraktes aus. Auf deinem Schreibtisch Chaos, mit dem du dich in deinen letzten Stunden beschäftigt hattest. Du warst: aus dem Leben gerissen.

Ich war häufiger in deinem Zimmer gewesen als du in meinem. Stand an der Türschwelle, kam langsam näher, küßte deinen Scheitel, du streicheltest meine Beine empor und sagtest: Bald höre ich zu arbeiten auf. Viel zu oft war dein Bald ein Zu-Spät, und wenn du ins Bett kamst, schlief ich.

Noch nie hatte ich in deinen Papieren gewühlt, kannte nur den Inhalt mancher Schubladen. Jetzt mußte ich alle öffnen. Alles betrachten und dies gewissenhaft, denn deine Ordnung war mir ein Rätsel. Schon als ich die Geburtsurkunde suchte, die nötig war, um einen Totenschein auszustellen - ich fand sie zwischen den Gebrauchsanweisungen. Fand später noch Kopien bei den Kontoauszügen und Zeugnissen. Schimpfte mit dir und lächelte. So lebendig wurdest du in dieser Suche. Hatte keine Angst, etwas zu finden, was ich nicht finden sollte. Liebesbriefe fremder Frauen aus jüngster Zeit, Fotos, intime Beweisstücke - und du wärest nicht mehr da, mir zu antworten, warum und ob es ernst war. Nach einer Stunde in deinem Zimmer zitterten meine Hände, und ich rang nach Atem, ständig Herzklopfen, eine kleine Pause und weiter. Schwere Bürde, diese Arbeit. Zwischen all den Akten und offiziellen Schreiben immer wieder Besonderheiten. Ein paar Polaroidfotos, die Leander und die Mutter seines Sohnes zeigten. Auch beim Sex, sie küßte seinen Schwanz, und ich freute mich, daß ich noch ein paar Bilder von seinem wundervollen Schwanz hatte. Sollte ich diese Bilder der Mutter seines Sohnes geben? Erinnerte sie überhaupt, daß sie existierten? Sie würden ihr nichts mehr bedeuten, mir jedoch bedeuteten sie etwas, und ich legte sie zu den Dingen, die ich behalten wollte. Es kam mir immer wahnsinniger vor, sich auf irgend etwas zu verlassen, wenn man doch nie wußte, ob man die nächsten drei Sekunden erlebte. Verspottete mich und meinen Kampf mit Bagatellen, die ich zu großen Problemen stilisiert, die ich erörtert hatte voller verseuchter Altlasten, und wußte dennoch, dies gehörte zum Menschsein, in Allmachtsphantasien versinkend zu vergessen, was Leben ist.

Ich zelebrierte meinen Abschied, indem ich zum letzten Mal ein Stück von dir entdeckte. Fand mich zurecht in deinem Chaos, das ich Ordnung zu nennen begann. Stapelte die Gedichte, die du geschrieben hattest, sie beruhigten mich, waren Proviant. Drei Tagebücher. Proviant. Entdeckte Fotos von fremden Frauen und freute mich, weil du viel geliebt hattest. So intensiv, wie du später gearbeitet hattest. Das Herzklopfen, es verließ mich nie. Zärtlich berührte ich alle Dinge, die dir gehörten. Zärtlich ordnete ich deinen Nachlaß. Stets warst du mit mir. Ich war kein Eindringling, du legtest alles in meine Hände, so wie du mir deine letzten Jahre geschenkt hattest. Und immer das Gefühl, unsere Geschichte entwickle sich weiter, indem ich dies tat. Ich war dir nah als lebtest du. Wenn ich mich außerhalb der Wohnung aufhielt, wollte ich schnell zurück. Ich muß heim, sagte ich zu der Freundin, mit der ich am Fluß entlangspazierte, und sagte doch nicht, wozu. Du wartetest. Dein Zimmer wartete. Es würde nicht ewig währen. Mit jeder Minute schrumpfte mein Vorrat. Etwas in mir glaubte, er könnte sich verflüchtigen, weglaufen – und deshalb mußte ich an diesen Ort. Den einzigen, der voll war von deinen und nur deinen Dingen.

Was machst du eigentlich zu Hause, fragte die Freundin und ich sagte es ihr.
Glaubst du, das ist gut für dich? Lenk dich lieber ab! Es ist schlimm genug, so wie es ist.
Wenn ich mich jetzt ablenke, wachsen meine Gelenke falsch zusammen, und sie dann erneut zu brechen, wird mich brechen. Ich muß durch die Dunkelheit. Egal wie. Meinetwegen robbend.
Am Fluß sah ich eine Frau mit lila Schuhen. Und wieder war ich froh, daß du gestorben warst und nicht ich. Sie wären dir auf die Seele gesprungen, diese lila Schuhe, wenn es mich nicht mehr geben würde. Ich sagte zu der Freundin, daß die Männer, die in Filmen für ihre Frauen sterben, keine Helden sind, denn Helden sind jene, die zurückbleiben, und wären die sich für Helden ausgeben solche, würden sie dies ihren Frauen ersparen.
Die Freundin mußte heim. Kochen für Karl. Ich begleitete sie nach Hause. Auf dem Herd stand, noch warm, das vorbereitete Essen. Es roch nach Abend bei Kerzenlicht. Heimelig. Es roch so normal und gut, und der Geruch würgte mich. Gleichzeitig freute ich mich, daß sie kochen konnte für einen. Als ich für Leander gekocht hatte, wußte ich nicht, dies allein könnte genügen, glücklich zu sein. Würde ich erinnern, in ein paar Monaten, Jahren, wie einfach Glück war? Ich brauchte mir nicht vorzuwerfen, das Glück mit Leander mißachtet zu haben. Ich hatte immer gewußt, welches Wunder ich erleben durfte, meinen Mann gefunden zu haben. Selten war mir dies eine Selbstverständlichkeit, denn ich hatte viele Jahre Zeit gehabt, mich in Irrtümern zu verlieren, weil ich selbst im Irrtum hauste. Viele Jahre Zeit gehabt zu begreifen, daß das, was ich als Mädchen und junge Frau gedacht hatte – eines Tages findet man seinen Prinzen und ist glücklich bis ans Lebensende –, in die Abteilung Märchen gehörte und nicht das Normale, sondern das Besondere war. Weil dazu zwei Menschen gehörten, die den Mut hatten, sich nicht aneinander zu gewöhnen. Das kleine Glück, für einen geliebten Menschen kochen zu dürfen, das hatte ich übersehen.

Ich kehrte zurück in sein Zimmer, kehrte zurück zu Leander. Nahm zärtlich Papiere in die Hand, drehte sie um, und erst, wenn ich sicher war, kein schnell hingeworfenes Gedankengut zu vernichten, das er geschrieben hatte auf Fetzen und Rechnungen, legte ich es zum Altpapier. Währenddessen hörte ich seine Schallplatten. In dieser Musik aus den 70ern, die Sinfonien waren, winkte der junge Leander mir zu, den ich nie gekannt hatte.

Ich fand eine neue Nadel für den Plattenspieler, erinnerte mich, Leander hatte sie gekauft, weil er geträumt hatte von dem vertrauten Geräusch einer knisternden Schallplatte, das Geräusch allein schon Musik.

Ich möchte wieder Platten hören, hatte er gesagt und war dann doch nicht mehr dazu gekommen. Ich rief im Studio an, und sie schickten einen Praktikanten. Er hatte Geduld in den Händen wie Leander, doch es waren keine schönen Hände, rot behaart bis zu den Fingerknöcheln. Bevor er ging, fragte ich ihn nach einem kleinen Gerät, das ich gefunden hatte, aber nicht bedienen konnte.

Du mußt einen Kopfhörer nehmen und brauchst wahrscheinlich Batterien, sagte er.

Ich befolgte seinen Rat und drückte auf Play. Leanders Stimme! Sie durchfuhr mich wie ein Stromschlag. Meine Hände zitterten. Deine Stimme! So ruhig und weich, so tausendmal gehört und doch vergessen. Du diktiertest einen Brief. Nach ein paar Minuten schaltete ich das Band ab und legte es vorsichtig auf das Schlamperregal. Ich hatte einen Schatz gefunden. Ich mußte haushalten mit deiner Stimme, sie war nicht mehr einfach da zwischen Tür und Angel. Ich konnte mir Troststücke davon abbrechen, mit Bedacht, mußte sparen, denn eine lange Zeit ohne deine Stimme stand mir bevor.

Zehnter Tag

Gefeiert hätten wir nicht, doch ich hätte dich daran erinnert beim Frühstück oder in der Nacht davor: Heute wohnen wir drei Jahre hier. Ich hätte dir erzählt aus vergangenen Zeiten, du hättest es über dich ergehen lassen, geduldig, obwohl du lieber mit mir im Jetzt gewesen wärst, denn wenn ich von der Vergangenheit sprach, atmete ich Seifenblasen in die Luft; immer war früher alles besser, und statt zu sehen, daß ich im Bett lag mit dir an einem herrlichen Morgen, zählte ich die Morgen der Vergangenheit auf, die allein dadurch, daß sie vergangen, so wunderbar waren, wie kein Morgen im Jetzt sein konnte. Indem ich dies festschrieb, nahm ich auch dem morgigen Morgen den Glanz. Ich hätte dich erinnert an die ersten Wochen, in denen wir unser gemeinsames Zuhause gestalteten. Vergessen hätte ich unsere Meinungsverschiedenheiten über Kleinigkeiten, die mich angriffen und dich lächeln ließen; ich war es nicht gewöhnt, zu teilen mein Daheim. Du hättest nicht nach meinen Seifenblasen geschlagen, du wußtest ja, sie zerplatzten von alleine, ich aber hätte Gift in sie geblasen, denn daß ich sie durch unser Schlafzimmer schweben ließ, machte dich zum Versager, und du hattest nicht mein Erinnerungsvermögen und konntest dich nicht wehren. Nun, da ich unser Nest auseinanderriß, gab es nur noch ein Synonym für Glück: daß du am Leben warst.

Die Anrufe wurden weniger. Ich saß in deinem Zimmer und räumte. Tat nichts anderes, als mich mit dir zu beschäftigen. Fand ein goldenes Armband und beschloß, du wolltest es mir zum Geburtstag schenken, obwohl ich glaubte, du hattest es vor vielen Jahren gefunden im Rinnstein. Fand Kleinigkeiten, die wir zusammen gekauft hatten aus einem Nachlaß. Eine bekannte Journalistin – 'in den besten Jahren', wie es hieß – war plötzlich verstorben. Ich hatte es in der Zeitung gelesen, erfuhr aber erst in der Wohnung, die ein Nachbar öffnete, daß es ihre Habseligkeiten waren, in denen ich wühlte. Ich erwarb ihren massiven Glasschreibtisch und freute mich darüber, denn mit ihm erstand ich eine Geschichte. Wir fuhren mit dem Auto voll schöner Dinge in unsere neue Wohnung und ahnten nicht, wir hatten nur noch drei Jahre, und dann würde solch ein Schicksalsschlag auch uns in den besten Jahren auseinanderreißen.

Ich war froh gewesen, als die erste Woche vorüber war, in der ich ständig gedacht hatte, heute vor einer Woche. Nun, in der zweiten Woche, merkte ich, ich dachte weiterhin zurück. Immer nur zurück. Vor zwei Wochen waren wir in Mailand, du hattest einen Freund besucht und warst nach Mitternacht ins Hotel gekommen. Dein Begehren weckte mich. War dies der Moment, wo du es mir zum letzten Mal sagtest: Ich liebe dich? Und ich? Wann habe ich es gesagt, wahrscheinlich häufiger als du, aber wann?

Wenn ich mich nicht erinnern konnte, stürzte ich in mein Zimmer, riß meinen Kalender aus dem Regal und blätterte. Es war wie eine Sucht, ich suchte dich in der Vergangenheit, als würde das Wissen, was wir vor zwei Wochen getan hatten, dich zurückbringen. Jedesmal schwor ich mir, nicht mehr zu blättern, und ging in dein Zimmer und räumte weiter, bis es mich erneut überfiel: Was haben wir vor zwanzig Tagen, was vor zwei Monaten gemacht.

Als ich beim Räumen deines Zimmers eine Videokassette in einer Schublade fand, erschrak ich. Warum lag sie nicht bei den Cassetten im Wohnzimmer? Wenn ich etwas sehen würde, wozu ich dich befragen müßte? Mit Herzklopfen schob ich die Cassette in den Videorekorder. Für Sekunden stand die Sicherheit, mit der ich deinen Nachlaß regelte, und die Nähe, die ich dabei zu dir empfand, denn ich tat es mit der Gewißheit, daß wir alles voneinander wußten, auf der Kippe. Unsere ganze Liebe konnte nun, da du nicht mehr da warst, plötzlich auf der Kippe stehen. Als die ersten Bilder über den Fernseher flimmerten, atmete ich erleichtert auf. Es war ein Demonstrationsfilm für ein Mischpult.

Die Wohnung wurde heimeliger, nach und nach. Ich tat vieles, was ich nicht getan hatte, als Leander lebte. Hatte nur selten Kerzen angezündet, nun brannten sie oft und in allen Zimmern. Blumen schmückten den Küchentisch. Stand häufig am Fenster und schaute auf die Straße wie alte, einsame Frauen es tun. Ich versäumte nichts. In mir war kein Streben. Ich mußte nirgends hin, keinen Vortrag fertigstellen, ich hatte alles, was ich hätte tun sollen, abgesagt. Es war leicht gewesen, und zuweilen hatte ich mich gewundert, daß man mir glaubte, aber mit dem Tod scherzt man nicht. Nichts lief mir davon. Leander konnte mir nicht mehr davonlaufen. Ich fragte mich, ob meine immerwährende Sehnsucht nach Leander und unserem Zuhause, wann immer ich auf Reisen war, eine Ahnung beinhaltet hatte: Wir haben nicht mehr viel Zeit. Die Mutter seines Sohnes erzählte mir am Telefon, Leanders Sohn habe den Tod des Vaters geträumt, exakt ein Jahr zuvor, sie habe den Traum notiert. Ich sammelte diese Indizien und legte sie wie Puzzlestücke aneinander. Zu dem ganz großen Teil in der Mitte meines Bildes, dem Satz, den Leander zu einem Bekannten gesagt hatte, kurz vor seinem Tod: Ich bin jetzt im reinen mit mir. Ich wollte, mußte glauben, daß sein Tod einen Sinn hatte. Wenn schon die allseits angebotene Religion, die meinen Schlaf störte, seit ich auf dem Lande lebte, die Menschen nicht mehr bergen konnte, und die Zeiten vorüber waren, in denen Sterben fatalistisch hingenommen wurde, was blieb dann noch, wenn eine nicht an den Zufall glauben wollte, der schlichtweg Ungerechtigkeit heißen konnte. Mir blieben die Zeichen aus unseren letzten Wochen. Immer wieder fielen mir Stimmungen ein, in denen Leander und ich in tiefem schweigendem Einklang waren. Warum sollte seine Seele es nicht gewußt haben, und somit auch meine. Bilder aus der Toskana. Waren diese Tage nicht anders als frühere Urlaube?

Egal, was andere Menschen darüber dachten, und ich konnte es lesen in ihren Augen, für mich war es wichtig zu glauben, Leander habe getan, was er tun konnte, um sein Fortgehen so leicht wie möglich zu gestalten für die, die übrigblieben. Sein Tod im reinen war mein größter Trost. Er war gestorben, wie er gelebt hatte. Bescheiden. Hatte nicht um Hilfe gerufen, sich einfach hingelegt, und das Essen war fertig, alles war erledigt, er hatte sogar Tomma eingeladen, fast zu seinem Sterben eingeladen, damit er mich in der Obhut meiner besten Freundin wußte. Fürsorglicher hätte er nicht gehen können. Und wenn er gewartet hätte, vielleicht, um in meinen Armen zu sterben, hätte ich niemals diesen Abschied erleben dürfen, hätte den Notarzt gerufen, alles versucht, ihn zurückzuholen, was ihm vielleicht gar nicht recht gewesen wäre. So fand ich ihn, als man ihn nicht mehr zurückholen konnte. Er war noch warm, doch es war zu spät.

Pfingsten stand vor der Tür, und ich hatte die Seiten gewechselt. Feiertage waren traurige Tage. Dies kannte ich aus früheren Zeiten. Als wären Wochenenden und freie Tage nur mit der Beziehungskarte betretbar. Wer keine hatte, fuhr schwarz und wurde meistens erwischt. Mittags besuchten mich meine Eltern, saßen bedrückt in der Küche. Hinter den Worten meiner Mutter hörte ich, was nun mir geschehen war, war ihre größte Furcht. Ihre Verzweiflung rührte mich an. Sie versuchten es mit: die Zeit heilt alle Wunden, und das Leben geht weiter, und ich sagte ja, weil ich sie nicht beunruhigen wollte, doch es kostete mich viel Kraft. Sie, die sonst stets einen Vorrat von Menschen, denen es schlechter ging, bei sich führten, schwiegen oft. Der Tod war stärker als ihre Glaubenssätze, Kalendersprüche. Wie können wir dir helfen, fragten sie, und ich bat sie, mit mir einkaufen zu gehen, nur ein paar Dinge für das lange Wochenende. Ich lotste sie zu einem Supermarkt, den ich noch nie betreten hatte. Schnell raffte ich Waren zusammen, meine Mutter wollte dies und jenes kaufen, ich ließ mir ein paar Lebensmittel aufdrängen, sagte nicht, daß ich kaum aß. Durch den Supermarkt wehten Fahnen voller Urlaubsstimmung. Wohin? hörte ich oft. Und dann: Italien. Schöne Reise! Die Menschen lächelten und freuten sich, und alles war hell und unbeschwert. So hätte auch ich eingekauft. Hell und unbeschwert. Nicht für Italien. Für ein langes Wochenende mit Leander. Meinem über alles geliebten Leander.

An der Kasse öffnete ich das Portemonnaie von Leander. Meines hatte ich weggeworfen. Da fiel das Bild der jungen Frau heraus.

Was ist denn das, rief meine Mutter, hob das Bild auf und las die Widmung auf der Rückseite des Paßfotos: Für mein Bärchen in großer Liebe. Entsetzen stand in ihrem Gesicht. Sie bereute ihren Ausruf, so als hätte ich nichts gewußt von dem Bild, als hätte sie eine grauenvolle Entdeckung gemacht, die sie mir gerne erspart hätte.

Ach, das hat er mal auf der Straße gefunden, wußte nicht, wohin damit, typisch Leander, und hat es in seine Börse gesteckt, sagte ich leichthin und sah Leander vor mir, wie er mich zwei Wochen vor seinem Tod umarmt hatte: Leila, falls du mal mit meinem Geldbeutel einkaufen gehst, denk dir nichts!

Um Gottes Willen! rief meine Mutter. Stell dir vor, er hätte es dir nicht gesagt! Stell dir vor, du hättest es gefunden!

Ich hätte nichts vermutet, sagte ich, und eine ruhige, nachträgliche Freude breitete sich in mir aus. Ich hätte gedacht, dies sei eine Freundin von früher, und er hätte das Bild, weil er eben gerade keinen anderen Platz wußte, mit sich getragen.

Meine Mutter schüttelte den Kopf. Das konnte sie nicht verstehen. In ihrer Generation war es wichtig, das richtige Bild am richtigen Platz zu tragen.

Vor dem Geschäft traf ich eine Frau, die mir einen warmherzigen Brief geschrieben hatte. Ich kannte sie kaum und war berührt von ihrer Anteilnahme. Nun hastete sie an mir vorbei, fünf volle Taschen im Einkaufswagen, fröhlich winkend: schöne Pfingsten, und ich stand, als hätte sie mich geschlagen: Für die anderen ging es weiter. Für die anderen war Leanders Tod ein Schock ähnlich dem eines Kindes, das von der Leiter fällt; der Schmerz ist schnell vergessen, das Leben ist schön, dort drüben liegt ein bunter Ball. Ich aber hatte mir das Rückgrat angebrochen und saß im Rollstuhl, und es lag an mir, ob ich wieder gehen lernen würde. Ich hätte nichts dagegen gehabt, wenn noch jemand gestorben wäre, niemand, der mir besonders nahestand, damit ich mich verbinden könnte mit einem Menschen, der meine Situation teilte; einen Leidensgenossen wünschte ich mir. Nur mit einem solchen, glaubte ich, könnte ich mich wirklich austauschen, nur ein solcher würde das Kreischen verstehen. Natürlich war ich dankbar für die Menschen, die mir beistanden. Ich übersah jedoch nicht, daß bei einigen, die mit mir sprachen, ein Hauch kalter Faszination mitschwang. Mir zu begegnen war ein bißchen wie ins Kino zu gehen und einen Thriller zu sehen, sich für Sekunden in ihm zu verlieren und dennoch zu wissen: man ist auf der sicheren Seite.

Bevor meine Eltern nach Hause fuhren, holten sie die Fotos aus unserem Urlaub für mich ab. Sie legten sie auf den Küchentisch und warteten, vergeblich, daß ich das Päckchen aufriß. Als sie fort waren, nahm ich es mit ins Bett. Hielt es lang in den Händen und öffnete es dann, wie Menschen mit Anstand Geschenke auspacken. Ganz oben schon: Leander in Florenz. Es war gar nicht schlimm. Natürlich, das war Leander, so sah er aus, mein Leander. Sein

Gesicht beruhigte mich. Es gab ihn noch. Ich wußte, wie er aussah. Es war überhaupt nichts Fremdes in seinem Gesicht. Ich blätterte zum nächsten Foto, sah sie alle an, erinnerte die Situationen, die zu ihnen geführt hatten und war verschmolzen mit Leander, als läge er neben mir. Immer hatten wir Urlaubsfotos im Bett angeschaut, ich hielt sie dicht vor meine Augen, er streckte meinen Arm weit weg, ich bog ihn zurück und dann lachten wir. Ich kannte Leanders Gesicht auswendig. Kannte jede Pore, jede Falte. Nichts Vertrauteres auf der Welt. Vor hundertfünfzig Jahren konnten Hinterbliebene keine Fotos betrachten. Besaßen vielleicht nicht einmal Gemälde von denen, die nicht mehr waren. Und hatten auch keine Stimme konserviert, so wie ich. War dies leichter, weil man das Bild nicht erneuern konnte? Ich schaute die Bilder aus dem Urlaub wieder und wieder an. Dann holte ich andere Fotos. Nahm wahllos einen Haufen aus der Kiste. Im Abstand von drei Jahren fotografiert, zeigten die Fotos zwei verschiedene Leander. Er war übermäßig gealtert in diesen drei Jahren, ohne daß ich sagen konnte, woran ich dieses Altern hätte festmachen können. Ich hatte es nicht gemerkt, denn wenn man einen Menschen täglich sieht, gewöhnt man sich, wie man sich gewöhnt an den Anblick seines eigenen Spiegelbildes. Auch diese Fotos waren Proviant. Proviant, den ich bitter nötig hatte. Die Fotos waren nicht verderblich, so wie seine Wäsche, die ausriechen, seinen Duft verlieren würde. Manchmal fand ich ein benutztes Taschentuch, eine Socke – und ich freute mich über diese Reste seines lebendigen Leibes. Am liebsten hätte ich mich in die Wäschetruhe gelegt und geschnüffelt, geschnüffelt, geschnüffelt, doch ich hatte Angst, ihn zu rufen.

Und wieder stand ich am Fenster. Schaute auf die Straße und wußte nicht, wohin ich gehörte, und fremde Menschen gingen vorbei. Zielstrebig. Hatten Gespräche mit ihren Chefs, freuten sich auf den Urlaub, hatten Zahnweh, gute Laune, waren hungrig, mußten heim, heim, heim. Und ich blieb in einem Leben, das kein Leben war, hing irgendwo dazwischen, zwischen unserem Leben und dem Nichts. Sobald ich die Sirene eines Notarztes hörte, hielt ich inne, egal, was ich gerade tat, und hoffte, er möge rechtzeitig kommen.

Elfter Tag

Wie jeden Morgen wachte ich auf viel zu früh, konnte nie so lange schlafen, wie ich wünschte, und öffnete die Augen und blickte in den Abgrund. Zwei Wörter: nie mehr.

Ich hatte geträumt, einen Vortrag halten zu sollen. Der Saal war bis zum letzten Platz besetzt. Ich wollte zu lesen beginnen, da merkte ich, die Seiten meines Manuskriptes waren durcheinander, alte Vorträge mischten sich mit Fragmenten von neuen. Das Publikum wurde unruhig. Ich schaute in die Menschenmenge. Suchend. Wußte nicht, ob Leander da war, sagte aber: Leander, kannst du bitte nach Hause fahren und meinen Vortrag holen.

Mein Lebensbuch war zerfleddert. Alle Kapitel auseinandergerissen, nicht mal Sätze paßten mehr zueinander, und das mußte ich aushalten, gerade ich, die so viel Wert legte auf Ordnung und die Illusion der Berechenbarkeit der Dinge. Hatte nur eine Wahl: wollte ich leben oder nicht. Mußte diese Wahl immer wieder neu treffen, von Sekunde zu Sekunde.

Trotzdem Leander mein Lebensbuch finden konnte, war er nicht der Sinn meines Lebens. Dies war meine größte Hoffnung. Leander war ein Stück Heimat gewesen. Meinen Sinn im Leben, den hatte ich niemals einem Menschen anvertraut. Es gab noch etwas in mir, das wollte leben, egal ob mit Leander oder ohne. Ein wenig fühlte ich mich an herkömmliche Trennungen, kleine Tode, erinnert. Wenn Leander zu mir gesagt hätte: Leila, ich habe mich verliebt und will mich von dir trennen. Woher nahm ich die Sicherheit, dies wäre nie geschehen? Wäre es geschehen, stünde ich nun vor denselben Problemen. Ich müßte Leander aus meinem Leben treiben. Mich von der Zeit mit ihm verabschieden. Eine Wohnung suchen, hätte finanzielle Sorgen – aber es gäbe etwas, was mir dies alles erleichterte: Wut. Wie konnte er mich sitzenlassen! Die Wut, die einerseits so verzehrend wäre, wenn ich mir vorstellte, er frühstückte mit seiner neuen Liebe, küßte ihren Marmeladenmund, bummelte mit ihr durch die Stadt und täte all das, was er mit mir so selten getan hatte, wäre andererseits heilsam, denn mit ihrer Kraft durchschnitte ich die Verbindung. Ich hatte keine Wut, die die Wunde ausbrannte. Aber ich war ganz geblieben. Dies war die schwerste Prüfung meines Lebens.

Angst, seine Haut zu vergessen. Seinen Körper zu vergessen. Angst, seinen Geruch zu vergessen. Den Duft seiner Kopfhaut. Jeden Morgen als erstes, Riechen an seinem grünen T-Shirt, das ich sorgfältig wie einen Schwerverletzten in mein Bett gelegt hatte. Angst, zu vergessen, wie gut unsere Körper ineinanderverschlungen paßten im Schlaf. Angst, die Hitze seines Leibes zu vergessen und jede Pore. Doch ich mußte vergessen. Irgendwann würde mein Körper seinen vergessen haben. Ich konnte mich auch an andere Körper nicht erinnern, die noch lebten, irgendwo, aber ich wußte nicht mehr, wie sie sich anfühlten, obwohl ich Nächte mit ihnen gelegen hatte. Ich mußte vergessen, um weiterleben zu können. Und daß ich ihm nichts mehr erzählen konnte. Wenn ich nicht redete, gab es mich nicht, Armutszeugnis. Konnte ihm nicht sagen, was ich gedacht hatte all die Stunden ohne ihn, konnte keine Witze weitergeben und ihm erzählen von den Menschen, an deren Leben er durch mich teilgenommen hatte. Er würde nicht erfahren, daß das Katastrophenauto von Erika schon wieder liegengeblieben, daß Caroline verliebt war. Wir konnten keinen Klatsch mehr wälzen, wozu ich ihn überhaupt erst verführt hatte. Und es war ja nicht nur sein Körper und unser Reden. Es war alles. Seine Nähe. Daß er da war.

In meinem Alter würde ich mir normalerweise wünschen, die Zeit möge langsam vergehen, denn ich hatte bemerkt, daß sie dahinraste, mit jedem Jahr schneller. Ein Jahr hatte immer weniger Bedeutung. Es war nicht mehr ein Viertel eines Lebens - wie bei einem Vorschulkind -, war ein Dreißigstel und weniger. Es gab kaum noch Premieren. Was man zum ersten Mal macht, scheint intensiver und von längerer Dauer. Leanders Tod war eine Premiere. Doch alles, was ich mir wünschte, war, die Zeit möge rasen, rasen. Am liebsten hätte ich auf einen Knopf gedrückt und es wäre ein, zwei Jahre später, und ich hätte das schwarze Haus hinter mir gelassen. Ich hatte schwierige Zeiten bewältigt, doch ihre Schwierigkeit war mir stets in kleinen Klumpen begegnet; ich ging um Ecken, und da schwärte die nächste Katastrophe. Ich dachte an die Worte einer Freundin: Kein Mensch muß mehr Schicksal erdulden, als er aushalten kann, und haderte, weil ich immer über besonders viel Energie verfügt hatte. Doch wenn es um das Maximum geht, ist ohne Belang, wieviel es ausmacht – ein Kilo oder fünf.

Ich hängte Wäsche auf. Wäsche von Leander. Ich wußte nicht, warum ich sie gewaschen hatte, und da hingen sie nun, seine sexy Unterhosen. Hingen an der Wäscheleine, als wäre alles in Ordnung, doch das, was wichtig war an der Unterwäsche, war fort. Leander würde sie nie wieder anziehen.

Fand Dinge von Leander, über die ich ihn gerne befragt hätte. Wann hast du dieses Bild gemalt, was hast du gedacht, als.

Pfingsten – was würden wir getan haben? Ich malte es mir aus, es war vertraut. Es regnete, und wir würden beide in unseren Zimmern sitzen, arbeiten, uns verabreden und die Hälfte des Tages gemeinsam verbringen, das normale Glück. Ich würde irgendwann in dein Zimmer kommen, dich verführen, ins Bett ziehen. Was nun auf mich zukam, kannte ich nicht. Mit zitternden Beinen ging ich durch die Wohnung. Konnte fast nicht mehr. Nicht mehr weiter, nicht mehr vorwärts. Wollte fallen. Und dann einfach liegen bleiben. Immer traumwandlerisch. Irgend jemand erzählte am Telefon von Indien und Pakistan und Atomwaffenversuchen. Ich hatte keine Ahnung, was auf der Welt geschah, daß es überhaupt eine Welt gab, ich sprach nicht mit dir darüber, und überall wurde Spargel gegessen, ich hatte meinen Koch verloren. Fand Feuerzeuge, mindestens zwanzig Stück; immer hattest du dich beschwert, wir hätten keine. Fand Visitenkarten und Telefonnummern, Hunderte, wußte nichts von den Menschen, die sie dir gegeben hatten, und warf sie weg. In der Küche legte ich all meine Sachen, für die ich keinen Platz wußte, dorthin, wo du sie auch gestapelt hättest, und es störte mich nicht, wiegte mich bei flüchtigen Blicken in der Illusion, du seist da. Fand die CD, die du zuletzt gehört hattest. Wie gerne hätte ich deine Bilder zu dieser Musik gesehen. Nie mehr wollte ich so in einen Alltag verstrickt sein, daß keine Zeit mehr wäre, über Gedanken und Gefühle zu sprechen. Dies war das erste Nie mehr, das hell schimmerte.

Am Nachmittag kam Tomma, und ich zog sie durch die Wohnung und zeigte ihr all das, was mich ängstigte. Die kaputte Fliese, der zerbrochene Schubladengriff, die gesplitterte Holzleiste. Wäre Leander nicht gestorben, hätte Tomma mir einen Vogel gezeigt, so umarmte sie mich.

Leila, das kannst du alles selber, sagte sie.

Ich weinte. Weil ich es nicht können wollte. Weil ich Leander wollte. Der es konnte. Alles konnte.

Und das Loch in die Wand bohren für die Korbhalterung ..., fand ich etwas Neues, etwas, das Leander noch hatte tun wollen, etwas, was Tomma vielleicht gelten ließe.

Meine grobe Schätzung sagt mir, daß sich in diesem Haushalt mindestens drei Bohrmaschinen befinden, sagte Tomma. Eine davon wirst du behalten. Ich zeige dir, wie du Löcher in die Wand bohrst.

Muß ich das können? Muß ich das auch noch können, rief ich.

Tomma überlegte einen Moment. Nein, du mußt es nicht können, sagte sie dann. Eine Bohrmaschine heben wir trotzdem für dich auf. Sowas gehört in einen Haushalt. Wenn du es nicht selber tun willst, bist du auf Menschen angewiesen, die es können. Aber mach dir keine Sorgen, es finden sich bestimmt welche, die dir gerne helfen. Und das andere, das bringe ich dir jetzt bei.

Kurz darauf hatte ich mit ihrer Hilfe tatsächlich alle Kleinigkeiten repariert. Und als Tomma auf die Schublade voller Klebemittel wies und meinte: Du bist die Frau mit der größten Klebersammlung der Welt, lachte ich mit ihr.

Abends gestand mir ein Freund von Leander, er sei oft an meiner Wohnung vorbeigegangen, habe zu den hell erleuchteten Fenstern geschaut und nicht gewagt zu klingeln. Ich bin feige, habe er gedacht, wenn er den Fenstern den Rücken kehrte. Und - warum eigentlich.

Weil man sich bei mir den Tod holt, sagte ich.

Ich bin froh, daß ich nun hier bin, sagte er. Es ist gar nicht schlimm. Als ich Leander das letzte Mal sah, da hat er etwas getan, was er niemals zuvor gemacht hat. Er hat seinen Kopf an meine

Schulter gelehnt und gesagt: Ich habe jetzt so viel Lebensfreude. Daran denke ich immerzu.

Ich lächelte mit Tränen in den Augen. Auch dies: ein Zeichen.

Stören dich behaarte Frauenbeine, fragte ich. Ich wollte es einfach wissen, obwohl ich nichts von ihm wissen wollte.

Entgeistert starrte er mich an. Wie bitte?

Vergiß es.

Als sich der Freund verabschiedete, hatte er mir - wie die meisten - seine Hilfe angeboten. Seine, wußte ich, würde ich gerne annehmen. Auch dies seltsam. Ich wollte mir nur von manchen Menschen helfen lassen. Von Menschen, die Leander nahestanden.

Also, wenn du etwas brauchst, ruf an, sagte der Freund im Hausflur. Und, er räusperte sich, du brauchst keine Angst zu haben. Ich habe keine Hintergedanken.

Er war noch nicht zur Tür hinaus, da klingelte das Telefon. Tomma, die mir gute Nacht sagen wollte. Wenn jemand sagt, fragte ich, er habe keine Hintergedanken, dann hat er doch welche?

Du bist die schöne Witwe, sagte Tomma. Für sowas gibt es Witwentröster!

Ich dachte, das sei ein Schnaps!

Tomma kicherte, und ich war ihr unendlich dankbar, daß sie normal mit mir umging.

Es tut mir gut, wenn ich merke, daß ich attraktiv bin, gestand ich.

Das weißt du doch!

Da war es wieder. Das Weinen. Ich wünsche mir so sehr, daß einer da ist. Dabei weiß ich, will nur den einen. Und weiß auch, ich muß jetzt lange allein sein. Was für ein Mann soll das sein - nach Leander! Mal abgesehen davon, daß ich es mir nicht vorstellen kann. Ich selbst würde mich von mir fernhalten. Ich könnte es nicht ertragen, mit einem Mann zusammenzusein, der eine geliebte Frau verloren hat, der immerzu an sie denkt, und ich würde es spüren, würde mich verglichen fühlen und wie eine ... Lückenbüßerin!

Witwentrösterinnen, sagte Tomma trocken, davon gibt es wahrscheinlich mehr als Witwentröster.

Zwölfter Tag

Ich holte eine leere Kiste vom Speicher und schwor mir: Mehr als in diese Kiste paßt, will ich nicht behalten von dir. Schaute in die Zukunft. Realistisch. Ich hatte die statistische Mitte meines Lebens noch nicht überschritten und würde kein Museum machen aus meinem Leben ohne dich. Ich würde nicht jeden Tag in deinen Dingen wühlen wollen und dennoch von dem Vorrat zehren, den du in mich hineingeliebt hattest.

Wenn Leander noch gelebt hätte, wäre er an diesem Abend mit mir zu meinem Vortrag gefahren. Langsam ging ich durch die Straßen. Lauer Abend Sommer. Schaute fremden Männern fragend ins Gesicht. Ihre Antworten prallten ab an mir. Suchte nicht irgend jemanden. Suchte Leander. Sollte ich mich morgen verlieben, es wäre Leander recht, wenn er mich glücklich wüßte, und sein Tod hinderte mich an nichts, denn er hatte mich freigegeben. Und dennoch war er da. Es gab natürlich keine Beweise, und ich wäre nicht die erste, die behauptete, er sei da, ohne zu sprechen oder sich bemerkbar zu machen. Eine Gewissheit wie Liebe. Unsichtbar wie alle Gefühle. Nur zu spüren in einer Dimension jenseits der Worte. Wenn ich mich erinnerte: vor zehn Jahren liebte ich Franz, so war diese Erinnerung ohne Liebe, war eine Zustandsbeschreibung, hohl wie ein toter Baum. In den Worten von damals und heute war kein Unterschied, außer der Vergangenheitsform, und spräche ich in einer fremden Sprache, in der ich die Vergangenheit nicht beherrschte, bliebe mir keine andere Wahl als die ewige Gegenwart – und nur ich wüßte, weil nur ich fühlte. So wie ich nun fühlte: Leander war mit mir.

Zu dem Vortrag waren viele meiner Freunde und Bekannten gekommen; die Einladungen hatte ich verschickt, als Leander noch lebte, und da waren plötzlich Menschen, die es noch nicht wußten, die fragten: Kommt Leander nicht?

Leander ist tot, sagte ich. Drei Wörter. Wie: Leander ist Zuhause. Und dann ging ich zum Rednerpult und hielt meinen Vortrag. Dies war meine Aufgabe. Vorträge zu halten und Menschen etwas mitzuteilen über das, worin ich mich auskannte. Nach dem Vortrag ging ich mit ein paar Freunden in ein Restaurant.

Ich habe Angst vor der Fahrt nach Hause, sagte ich. Ich habe Angst davor, die Wohnung aufzusperren. Heute wird es kaum zu ertragen sein. Niemand wird da sein, der meinen Worten Heimat gibt.

Woher weißt du das, fragte der älteste Freund Leanders, der mir gegenübersaß. Wenn ich in seine Augen schaute, sah ich ein Stück Leander darin. Und fügte hinzu: Wenn du es jetzt schon weißt, wird dich nichts anderes erwarten.

Ich lächelte. Für einen Moment lang waren seine Augen die von Leander, obwohl sie grün waren und viel kleiner. Tief in mir spürte ich, was Freundschaft bedeutete, und daß ich sie annehmen mußte. Ich hatte keine Wahl. Wenn ich mich an andere Trennungen erinnerte, gab es stets nur den einen. Alle anderen waren Ersatz und schmerzten bloß. Nun konnte ich mich wärmen an dem, was Fremde und Freunde mir gaben, denn ich hatte eigenen Boden. Leander hatte mich nicht im Stich gelassen. Ich spürte ihn. Fühlte mich beschützt. Leander paßte auf mich auf.

Dreizehnter Tag

Es war wie ein Fluch. Fast alle Freundinnen, die mich besuchten, waren frisch verliebt. So auch Petra. Saß mit mir in der Küche, wir hatten uns lange nicht gesehen, und nachdem ich von Leander erzählt hatte, erzählte sie von Ernst, so gehörte es sich, zuerst sprach ich und dann sie oder andersherum. Nichts war mehr, wie es sich gehörte. Als sie weinte, weil Ernst vielleicht einen Job in einer hundert Kilometer entfernten Stadt annehmen würde, hätte ich sie am liebsten angeschrien: Du kannst ihn sehen. Du kannst ihn hören. Du wirst eine Telefonnummer wissen. Selbst wenn ihr euch trennen solltet, gäbe es eine Telefonnummer, die du wählen könntest. Du wüßtest: er hat eine Stimme. Und irgendwo gibt es eine Tür, an der steht sein Name und dazu gehört ein Klingelknopf. Und wenn er da ist - denn er kann da sein - wird er die Tür öffnen.

Ich stellte mir Glück wie einen Wanderpokal vor. Ich hatte meinen Pokal weitergegeben. Vielleicht an Petra. Aber bedeutete dies nicht auch, er würde eines Tages zu mir zurückkehren? Keine Rechnung, die man mit dem Leben zu machen gedenkt, geht auf. Das ist Leben.

Zu dumm, sagte Petra, am Tag der Beerdigung wollten wir nach Paris fliegen.

Du mußt nicht zur Beerdigung kommen, sagte ich. Es sei denn, du möchtest dich von Leander verabschieden.

Nein, das muß ich nicht, sagte Petra. Er war wichtig für mich, weil er wichtig für dich war.

Tränen stürzten mir in die Augen, und ich ging aufs Klo. Wollte Petra nicht zeigen, wie sie mich verletzt hatte, denn wer Leander abwertete, verletzte mich am tiefsten, so war es immer gewesen, und nun, da er sich nicht mehr wehren konnte, war es noch schlimmer. Hat sie denn dieses Weihnachten vergessen, dachte ich. Dieses Weihnachten, an dem sie frisch getrennt war und mich bat, es mit uns verbringen zu dürfen. Es war unser erstes Weihnachten in der neuen Wohnung, und ich hätte es lieber zu zweit verbracht, doch ich sah die Freundin in Not und fragte Leander, und er sagte: gerne. Und all die Male, an denen Petra mich besucht hatte und er aus dem Studio gehetzt kam, um für uns zu kochen. Ich ließ kaltes Wasser über mein Gesicht laufen, und als ich zurückkehrte zu Petra, begegnete ich nicht mehr meiner Freundin.

Bevor sie ging, unterwies sie mich an Leanders Computer, wie ich meine Steuererklärung fertigstellen sollte. Leander hatte mich in seinen letzten Tagen immer wieder aufgefordert: Leila, laß uns das erledigen, doch ich wollte nicht. Nun würde ich es alleine machen. Den Dachträger aber für die Räder, dachte ich, den werde ich nienienie installieren. Ich hatte nicht aufgepaßt, wie er es gemacht hatte, nur seine Hände gesehen, goldene Hände.

In der Küche manchmal das Gefühl, die Eingangstür zu hören. Ertappte mich beim Warten. Jetzt müßtest du doch mal heimkommen! Aber du würdest nicht kommen. Nicht heute, nicht morgen, nicht übermorgen, nicht überübermorgen, nicht überüberübermorgen nicht überüberüberübermorgen, nicht überüberüberüberübermorgen, nicht überüberüberüberüberübermorgen.

Ich übernahm deine Angewohnheiten. Wusch meine Hände mit Spülmittel, wie du es getan hattest, und ich hatte es immer unmöglich gefunden. Die Zahnpastatube, die deine Hände glatt gestrichen hatten, würde bald leer sein. Ich würde sie fortwerfen. Deine Fingerabdrücke fortwerfen. Du, du konntest immer bei mir sein, das wollte, das mußte ich glauben.

Spät nachts ging ich zu dem Geburtstagsfest, zu dem Leander und ich eingeladen gewesen waren. Ausdrücklich hatte man mir gesagt, ich solle kommen. Mühevoll riß ich mich von Leanders Zimmer los. Mein Vorrat dort ging zur Neige, und ich wurde immer langsamer. Ich ging nicht zu der Geburtstagsparty, weil ich mich ablenken wollte, sondern weil die Einladung herzlich geklungen hatte. Fast kam sie mir vor wie eine Heldentat. Eine frisch Trauernde einzuladen. Ich hatte Angst, fremde Menschen könnten mich befragen, wie ich vielleicht eine solche, die ich nun war und es nicht sein wollte, befragen würde. Doch man ließ mich in Ruhe. Hieß mich in Wärme und mit liebevollen Gesten willkommen.

Eine meiner Freundinnen in der kleinen Stadt nahm sich meiner an. Doch sie machte mir keinen Mut. Sagte ich Sätze, in denen zuweilen ein Funke aufglomm, der mein Leben ohne Leander beleuchtete, zog sie ihre Stirn in Falten, und ich mußte meine Worte gegen ihre Falten stemmen, gegen die lähmende Dunkelheit, die sie für mich schuf.

Am schlimmsten, sagte sie, wird die Beerdigung sein.

Das glaube ich nicht, rief ich und hörte das ängstliche Beben in meiner Stimme.

Doch, sagte sie, die schon auf vielen Beerdigungen gewesen war: Wenn sich der Sarg in die Erde senkt.

Es wird keinen Sarg geben, rief ich, als hinge alles davon ab. Leander wird verbrannt!

Das spielt keine Rolle, sagte sie und erstickte mein letztes Aber. Nun lebte ich schon zwei Wochen ohne Leander, und es war schlimm, war manchmal so schlimm, daß ich glaubte, es nicht aushalten zu können, doch ich lebte noch immer. Der totale Zusammenbruch, er mußte kommen, das schien einleuchtend. Ich ließ kaltes Wasser über meine Hände laufen, bis sie schmerzten, dann tanzte ich. Wenn mir die Musik gefallen hätte, wäre es mir vielleicht sogar gut gegangen. Oder so, wie gut bedeutete, ohne Leander. Was ist, wenn es mir gut geht, weil er mich liebt, weil er da ist, er ist da, weil er auf mich aufpaßt, er paßt auf mich auf, weil er mir Liebe schickt und Kraft, dachte ich und behielt es für mich, und war doch nicht getrennt von den Menschen auf diesem Geburtstagsfest. Das Paar, er hatte Geburtstag, sie hatte das Fest als Überraschung organisiert, erinnerte mich manchmal an Leander und mich. Auch wir hätten zusammen getanzt und kleine, liebevolle Zärtlichkeiten getauscht zwischen neue Flaschen holen und Gebäck herumreichen. Doch ich ging ohne dich nach Hause. Um halb zwei Uhr morgens. Und war so wach, wie du es oft warst, nach der Arbeit im Studio. So wach, daß ich den Fernseher einschaltete, so wie du es manchmal getan hattest. Aber ich schlief nicht davor ein. Ich saß auf dem Sofa, bis die Sonne aufging. Ich tat dauernd Dinge, die ich nie zuvor getan hatte. Es gab keine Ordnung mehr. Ich war frei.

Vierzehnter Tag

Ein Anruf von Leanders Bruder weckte mich. Er sagte nicht, heute sind es zwei Wochen. Fragte nicht: Wie geht es dir, sondern: Was hast du mit dem Computer vor?
Welcher Computer, fragte ich begriffsstutzig.
Was ist das überhaupt für ein Teil, wollte er wissen.
Ich kenne mich damit nicht aus, aber es ist wohl ziemlich aufgerüstet, gab ich Auskunft, CD-Brenner, Laufwerke, Drucker, Scanner.
Ich brauche einen Computer, sagte der Bruder
Wozu, fragte ich, denn ich konnte es mir nicht vorstellen.
Für die Buchhaltung von einem Freund.
Dazu brauchst du kein solches Gerät! Das wäre, als ob du allein in ein Achtzig-Zimmer-Haus zögest. Ein Plotter gehört auch dazu.
Ach, ein Plotter. Was ist denn das?
Damit kann man Architekturpläne ausdrucken, antwortete ich.
Das wollte ich schon immer, sagte der Bruder. Was glaubst du ist der Computer wert?
Keine Ahnung.
Weißt du eigentlich, sagte der Bruder, daß wir Leander damals auf eine Privatschule schickten, weil er sonst zweimal durchgefallen wäre, und weißt du, was das im Monat gekostet hat?
Ich schwieg.
Zweihundert Mark, sagte der Bruder. Und ich habe deswegen nicht Fußball spielen können. Und die Beerdigung müssen wir auch bezahlen, also meine Mutter und ich.
Ich konnte mein Schluchzen nicht bändigen, obwohl ich es unbedingt wollte, doch ich war erfüllt von Entsetzen und Grauen und hätte dich so gern beschützt vor dieser Eiswürfelfamilie. Mich in deine Vergangenheit hineingeliebt, alle Wunden geküßt, die dir die scharfkantigen Würfel gerissen hatten. Wie konntest du zu solch einem warmen Menschen wachsen? Als hätte mein Laut den

Bruder zur Besinnung gebracht oder ihn erkennen lassen, er wähle besser eine andere Taktik, erzählte er, wie lieb er dich gehabt habe, und kramte in eurer Kindheit nach gemeinsamen Erlebnissen. Ihr wäret verbunden gewesen wie Zwillinge, selbst fremde Menschen auf der Straße hätten dies erkannt. Solch liebevollen Geschwister wie ihn und Leander müsse man lange suchen. Nicht Brüder seien sie gewesen, sondern Freunde. Und seelenverwandt obendrein.

Kaum war dieses Gespräch beendet, rief ich Tomma an. Ihr konnte ich meine Empörung entgegenschleudern.

Tomma fragte: Was hast du erwartet? Das hört man doch immer wieder. Es ist egal, ob du mit Leander gelebt hast, du tauchst nicht mal auf in der Erbfolge. Du mußt dich mit dem auseinandersetzen, was ist. Und das heißt: du hast keine Rechte.

Ich glaube, Leander würde ihm den Computer nicht geben, sagte ich. Es sei denn, Leander hat sich verwandelt. Und dann weiß ich nicht, ob ich einig sein kann mit ihm in meinen Entscheidungen.

Behalte den Computer und verkaufe ihn, sagte Tomma. Leander schuldet dir ein paar tausend Mark.

Aber ...

Leander will es, sagte Tomma, und ich glaubte ihr.

Am Nachmittag kam unsere Freundin aus Italien mit ihrem Sohn. Auch sie: frisch verliebt. Diese neue Liebe gab mir Kraft, denn Giada hatte einmal einen geliebten Mann verloren, und daß sie nun verliebt war, erfüllte mich mit Zuversicht. Als ihr Sohn mich umarmte, spürte ich, er hatte die Kleidergröße Leanders. Ich fragte ihn. Und dann gingen wir ins Schlafzimmer und räumten Schränke leer. Und während ich deine sexy Unterhosen auf das Bett warf, dachte ich, ob du vor drei Wochen die eine oder andere getragen hattest, als du mit Giadas Sohn an dessen Moped schraubtest. Du warst wahrscheinlich schon verbrannt, Asche, und ich hatte es nicht gespürt, als dein Körper ins Feuer geschoben wurde, so wie ich nicht gespürt hatte, als dein Herz zu schlagen aufhörte. Der Sohn von Giada hatte dich sehr gern gehabt, und die Art, wie er die Kleidungsstücke bedächtig in Tüten packte, stärkte meinen Entschluß. Auch deine Schuhe paßten ihm, und wir luden das Auto von Giada voll bis unter das Dach. Manches hätte ich gerne behalten, doch was sollte ich mit Motorradstiefeln in Schuhgröße vierundvierzig. Ich fotografierte sie. Als ich sie zum Auto tragen wollte, krabbelte ein riesiger schwarzer Käfer vor meiner Haustür. Nie zuvor hatte ich einen solchen Käfer gesehen. Ich holte die Kehrschaufel, schob den Käfer vorsichtig darauf und brachte ihn zu einer Wiese. Giada und ihr Sohn fuhren winkend ab: bis morgen! Das bedeutete: bis zur Beerdigung. Vor meiner Haustür lag ein zweiter schwarzer Käfer. Auf dem Rücken. Tot. Ich kniete vor dem Käfer und weinte sehr. Holte die Kehrschaufel noch einmal und brachte den toten Käfer an dieselbe Stelle, an der ich zuvor den lebenden ausgesetzt hatte.

Und dann stand ich vor dem Kleiderschrank. Hinter den Schiebetüren rechts und links noch immer alles voll und bunt. Aber in der Mitte. In der Mitte. Nur noch Loch. Keine Pullover, keine Anzüge, kein Leander. Ich griff nach Schwarz. Rechts und links nach Schwarz. Warf aufs Bett, was ich fand, dorthin, wo zuvor deine Kleidung gelegen war. Röcke, Kleider, Blusen, schwarz. Und während ich das eine und das andere anprobierte, mir das Schwarz vom Leib riß und bunte Sommersachen anzog und wieder schwarz und in den Spiegel schaute, mein Gesicht, das so schmal geworden war und die Augen voller Unglück und Entsetzen, denn ich kleide mich an für ... Leanders Beerdigung! Die Bluse war verknittert. Kein Leander, der sie bügelte. Nie mehr ein Leander, der sagte: Zieh das aus, ich bügle es schnell. Und da brach der Schrei aus mir. Der gesammelte Schrei. Ich schrie nicht wie ein Mensch. Schrie wie ein Tier. Der Schrei warf mich zu Boden, wo ich mich wälzte, meine Fingernägel kratzten über das Parkett. Ich Schrei. Ich Strudel. Ich Nichts. Konnte mich kaum bewegen, nur krümmen und schreien, und mein Schrei war ein Loch, und ich fiel und fiel, nie mehr würde ich aufstehen können, die Kleidung für deine Beerdigung, Betonplatten, die mich zerquetschten, riß mich in die Tiefe, und ich fiel und fiel und fiel. Rief deinen Namen, Seil, das es nicht mehr gab. Es gab dich nicht mehr. Nie mehr würde ich mit dir fernsehend auf dem Sofa liegen, Apfelringe in deinen Mund schieben und dir bei den Werbeblöcken die Augen zuhalten. Das Zusammensein, nach dem ich mich sehnte, war beendet für immer. Beendet. Beendet. Beendet. Hol mich, rief ich ohne Stimme und lag am Boden und wünschte nur eines: Erlösung.

Sehr, sehr langsam erholte ich mich. Die ersten Worte, die ich sprechen konnte: verzeih mir. Verzeih mein Rufen. Ich wollte nicht stören deine Ruhe. Mit meinem Rufen trennte ich unsere Verbindung, denn wenn ich in den Schmerz fiel, verlor ich Leander. Der Schmerz war die Angst. Daß ich verlassen war. Allein. Und so am Leben wie niemals zuvor.

Fünfzehnter Tag

Auf dem Weg zum Friedhof schaute ich in den Himmel, den Vögeln zu. Ich schaute oft in den Himmel, seit du tot warst.

Mit vier Freundinnen ging ich zum Auto. Ihre Stimmen waren leise, und ihre Blicke streiften mich besorgt und liebevoll. Wie Schutzschilder waren sie um mich. Jede an einer Seite. Ihr Schutz tat mir wohl. Als wir am Friedhof vorbeifuhren, sah ich eine schwarzgekleidete Masse warten und wagte nicht, dorthin zu gehen, wollte spät erscheinen, denn jedes Wort, jedes Gefühl würde meine Kraft anzapfen, und ich brauchte alles.

Vor einem Monat standen wir am Bernardinopaß und schauten über die Landschaft, Hand in Hand.

Ich ging zu der schwarzen, wabernden Masse. Sah einzelne Gesichter aufblitzen wie in einem Videoclip. Leanders Familie, meine Familie, Freundinnen und Freunde, Kollegen von Leander und auch von mir, viele versetzten mich in Staunen, hatte nicht mit ihnen gerechnet. Selbst der Landrat wollte ein paar Worte sprechen, denn Leander hatte für sämtliche Musikaufnahmen des weltberühmten Konservatoriums verantwortlich gezeichnet. Ich suchte Leanders Sohn und fand ihn erst, als wir in die Aussegnungshalle gebeten wurden. Bunt war er gekleidet, sein Gesicht aus Stein, vielleicht wie meines, schockgefroren. Leanders Bruder kam auf mich zu: Zuerst spricht der Landrat, dann kommt die Musik, dann sprichst du, sagte er.

Ich begann zu zittern. Tomma drückte meine Hand.

Nein, sagte ich. Zuerst spreche ich. Das haben wir doch verabredet! Wie soll ich denn sprechen nach der Musik?

Der Bruder schaute mich böse an und ging.

Ein dicker, schwarz uniformierter Friedhofsangestellter gab ein Zeichen, das ich erst verstand, als Tomma mich zum Rednerpult schob, und dann legte ich meine Worte, meine letzten Worte für Leander, zärtlich um die Urne, die da stand inmitten von Blumen. Ich wollte die Trauernden trösten, indem ich erzählte von der Leichtigkeit seines Todes und versicherte, daß alles, so wie es war, gut war. Während ich sprach, spürte ich erstaunt, daß es mich weniger Kraft kostete, als ich erwartet hatte, und ich dachte an die Freundin, die mir das Schlimmste prophezeit hatte, und befürchtete: später, es wird mich später überfallen. Doch weder als der Landrat sprach, noch als die Musik erklang, überfiel mich irgend etwas. Der Friedhofsangestellte hob die Urne, die Menschen standen fassungslos herum, meine Mutter schob mich nach vorne, und jetzt erst reihten sich andere ein, es gab anscheinend eine Ordnung, jeder mußte bestimmen, welcher Platz ihm zustand in diesem Zug. Während ich langsam hinter dem Mann herging, meine Schritte setzte im Takt des dünnen Glöckleins, fragte ich mich, warum ein Fremder die Urne trug, wie gern hätte ich sie getragen, Leanders letzten Weg, doch was, wenn ich gestolpert wäre. Auf einmal standen wir vor dem Grab, der Träger stellte die Urne in das Erdloch. Eine Freundin von Leander spielte Saxophon. Es war heiß und der Himmel blau, so blau. Und dann standen die Menschen wieder herum, und da es meistens junge Menschen waren, wußten viele nicht, was sie tun sollten. Ich ließ Leanders Mutter, den Bruder und seine Frau und Leanders Sohn zum Grab gehen, dann ging ich und legte meine Rose auf das Grab, kniete vor dem Loch und schaute hinein, und nichts überfiel mich, meine Augen waren trocken, und Leander war kein Aschenrest in diesem Gefäß, Leander stand hinter mir. Ich ließ eine Handvoll Erde auf die Urne rieseln. Es dauerte sehr lang, bis wieder ein Mensch die paar Schritte zum Grab tat, und dann dauerte es wieder. Irgendwann fragte der Friedhofsangestellte Leanders Mutter, ob er das Grab schließen dürfe. Nicht einmal die Hälfte der Anwesenden hatte Erde gestreut. Die Mutter nickte. Die Familien gingen schnell, es blieben die alten Freunde von Leander, die sich alle kannten, und ein paar meiner Freundinnen, und sie verabredeten einen Treffpunkt, und ich hakte mich bei einem Freund von Leander ein und ging mit ihm zum Ausgang des Friedhofs. Der Freund war so groß wie Leander und hatte braune Augen, und sprach wenig, auch später, in einem Biergarten, saß er schweigend, während die anderen über die Erzählungen aus der Vergangenheit zu aktuellen Dingen kamen.

Mit Tomma fuhr ich nach Hause. Es war halb fünf Uhr nachmittags, und ich war müde, als hätte ich nächtelang nicht geschlafen. Jetzt war es vorbei. Unsere letzte große Zeremonie war vorüber. Unsere einzige Zeremonie. Nun konntest du verblassen. Meine Haut hatte vergessen, wie sich deine anfühlte. Meine Fingernägel und Haare wuchsen, waren schon so neu, daß sie deine Haut nicht mehr gestreift hatten, und meine Haut hatte sich geschuppt, meine Zellen hatten sich erneuert, sie wußten nicht mehr, wie es sich anfühlte, sich an dir zu reiben, hatten schon keine Erinnerung mehr an dich und deine Berührungen. Dein Leib, mein Brot – weg.

Sechzehnter Tag

Der Wecker klingelte. Hörte nicht auf. Warum stellst du ihn nicht ab ... ich, ich muß, ich muß den Wecker ... Stille. Kein Atem neben mir. Keine warme Hand auf meinem Bauch. Kein heißer Leib an meinem. Das Bett so groß. Und leer. Schnell aufstehen. Kaffee. Nicht soviel wie normal. Normal gab es nicht mehr. Normal bedeutete nun: Ausnahmezustand. Leben ohne Leander.

Allein am Tisch sitzen. Was für ein schöner Tag. Wir könnten heute abend, wir könnten nicht, wir konnten nie mehr. Kaufst du ein? Nein, ich. Immer ich. Nur noch ich. Wenn ich nicht einkaufte, würde ich verhungern. Niemand mehr, der für mich sorgte. Niemand mehr, der mir einen schönen Tag wünschte. Niemand mehr, der mich zur Tür brachte und küßte. Niemand am Fenster, wenn ich mich umdrehte, unten beim Schuster. Der Weg in die Garage zu meinem Auto war grau und kühl. Ich ging ja nicht fort von einem Stück Heimat, in das ich zurückkehren konnte, ging vom Nichts ins Nichts. Und die Straßen sahen aus wie immer und waren es doch nicht. Alles war fremd geworden, denn ich war fremd geworden in der Welt ohne Leander.

Über zwei Wochen war ich nicht im Institut gewesen, wo ich halbtags beschäftigt war. Auf der Treppe begegnete mir der Direktor, bat mich in sein Büro und sagte, er habe mir oft schreiben wollen, doch er habe keinen Anfang gefunden, und ob er mir helfen könne. Ich bat um eine Gehaltserhöhung. Während er beflissentlich nickte und sich sofort mit dem Personalbüro verbinden ließ, dachte ich, daß dies die unglaublichste Gehaltserhöhung meines Lebens war – ich hatte kein Argument, nur einen Toten. Auf dem Weg zu meinem Büro begegneten mir Kolleginnen und Kollegen. Einige nickten mir verlegen zu, andere betrachteten mich mitfühlend und manche drückten meine Hand, umarmten mich. Wenige wollten etwas wissen. Und wenn ich sagte, ich habe ihn liegen gesehen im Wohnzimmer, schossen manchen Tränen in die Augen. Nicht wegen Leander oder mir, sondern weil sie sich vorstellten, dies könnte ihnen passieren.

An meinem ersten Arbeitstag im neuen Leben tat ich nichts anderes, als meinen Schreibtisch aufzuräumen. Sehr langsam. Man ließ mich in Ruhe. Und dann fuhr ich nach Hause. Ich hatte mich jeden Tag auf Daheim gefreut, denn Daheim bedeutete, dich zu sehen. Auf dem Weg von der Garage zur Wohnung ging ich schneller, rannte fast. Sperrte die Tür auf. Leander? Keine Antwort. Nie mehr Antwort. Nie mehr deine Schritte auf der Treppe. Nie mehr dein Schlüssel im Schloß und: Hallo! Nie mehr ein Kuß im Flur und Arm in Arm in die Küche: Wie war dein Tag? Hast du Hunger? Soll ich kochen? Ich habe eingekauft. Stell dir vor ... Nie mehr. Meine Erlebnisse würden in Rinnsalen versickern im Nichts. Nie mehr Antwort.

Immer noch war mein Leben deinem Nachlaß geweiht. Beim Autofahren hörte ich deine Cassetten, in der Wohnung deine Platten. Ich sortierte deine Papiere, fand Namen, die Detektive auf Fährten gebracht hätten. Wer war Dr. Bornschein, der da so oft auftauchte? Aber ich war keine Detektivin, und es gab keinen Ort auf Erden, an dem ich dich aufspüren konnte. Und dennoch suchte ich dich. Ich suchte den, der du gewesen warst, bevor ich dich kannte. Suchte dich in Briefen und Behördenschreiben. Entdeckte viel Neues und doch nichts Neues, denn was dich beschäftigt hatte, war mir vertraut. Deshalb hatten wir uns so gut verstanden. Fand Röntgenbilder deines Kopfes und deiner Zähne. Und die Vollmacht, du solltest bestimmen über mein Schicksal, läge ich im Koma. Und viele Fotos. Irgendwann hatte dir ein Baum gefallen, ein Haus, Sonnenflecken in einem Fluß. Ich schaute die Fotos an und suchte dich darin. Nahm Dias und hielt sie ans Licht. Vielleicht meine Fingerabdrücke auf deinen. Fand den Diaprojektor, konnte ihn nicht bedienen, riß einen Hebel ab, und als ich dich rief: Leander, da erstarb meine Stimme; konnte den Satz nicht zuende bringen: Ich habe den Projektor kaputtgemacht. Du würdest den Projektor nicht reparieren. Nie mehr irgend etwas reparieren. Ich mußte geduldiger werden.

Der Anrufbeantworter zeigte fast zwanzig Anrufe. Viele bedankten sich für die schöne Beerdigung, und manche bedankten sich auch für meine Worte. Jens, der Freund, an dessen Arm ich gegangen war, wollte mich besuchen, bald. Für manche deiner Freunde war ich zu deinem Stellvertreter geworden. So auch für deinen Freund aus Rom, nie hatte ich viel mit ihm gesprochen, aber nun gingen wir in den Garten, tranken den Rotwein, den du für ihn gekauft hattest, und sprachen bis Mitternacht. Erst jetzt verstand ich, warum du ihn mochtest. Gemocht hattest. Dein Tod verband uns, und als er mich umarmte zum Abschied, sehr fest und innig, da spürte ich, er umarmte mich stellvertretend für dich. Er wollte mich nicht verlieren, um dich nicht ganz zu verlieren. Aber wen sollte ich halten, an wem sollte ich mich halten? Ich würde vierzig und fünfzig und sechzig und siebzig werden. Ohne dich. Du würdest verblassen. Ein großer warmer Fleck in meiner Seele bliebe. Erinnerungen. Eines Tages wäre das, was ich die glücklichste Zeit meines Lebens nannte, nur noch eine glückliche Zeit? Die Dinge, die ich aufbewahrte, die so wichtig waren für mich, wie dein kleiner Löwe, Kinderspielzeug, würden nichts mehr bedeuten. Was würde ich von dir bewahren? Viele Gesichter. Der Studioleander, der Morgenleander, der mit den Cowboystiefeln, Hausschuhen, der müde Leander, der Übermutleander, der Tänzer, der Koch, der Leander aus unseren ersten Nächten, der kranke Leander, Computerleander. Würden wir uns noch einmal begegnen, nach dem Ende meines Lebens, spielte es keine Rolle, ob du Hausschuhe trügest. Vielleicht war das Ende meines Lebens nur einen Wimpernschlag entfernt von dir. Du wüßtest dies. Ich nicht.

Achtzehnter Tag

Kann ich dir noch irgendwie helfen, fragte meine Freundin Sabine, in eine Parfümwolke gehüllt, denn im Anschluß an unseren Nachmittag im Garten hatte sie ein Rendezvous in der Stadt.

Du siehst toll aus, sagte ich und dachte, ob ich auch einmal wieder so schön und leicht und sommerlich strahlen würde. Und: Ja, du kannst mit mir zum Asylantenheim fahren, Kleidung von Leander abgeben.

Wir fuhren in Sabines Wagen. Die Rückbank voll Leander. Es war noch immer genug da, denn ich hatte mich nicht von allem trennen können, Hemden aufgehoben für Freunde von Leander und Jeans, die mir paßten. Vor einem Monat hat er noch gelebt, sagte ich, und nun bringen wir seine Kleidung weg.

Als Sabine fort war, begann ich wie besessen, den Küchenboden zu putzen. Das hatte ich lange aufgeschoben. Weinend betrachtete ich mein Werk. Der saubere Boden tat mir ebenso weh wie der dreckige. Der saubere, weil ich lächeln würde und mich freuen: Leander hat geputzt. Der dreckige, weil er ihn nicht geputzt hätte.

Der Tag kippte in einen Samstagabend. Lauer sommerlicher Samstagabend. Der erste von vielen, vielen folgenden. Was tun? Hätte Leander noch gelebt, hätte ich es gewußt, selbst, wenn wir nichts zusammen unternommen hätten. Leander war da, das genügte.

Das Telefon klingelte. Ein alter Freund Leanders lud mich zu einem Spargelessen ein. Es war der Freund, der auf der Beerdigung zu mir gesagt hatte, er habe mich nicht angerufen, weil sicher viele andere angerufen hätten, und ich hatte erwidert: Wenn das alle denken. Vielleicht wollte er sein Schweigen gutmachen. Eigentlich wollte ich nicht zu dem Essen, wußte aber nicht, wohin sonst, es war egal, nichts wartete, nur Leanders Zimmer, mein Vorrat, und der schrumpfte so sichtbar, daß ich Angst bekam und schließlich zusagte. Der Freund erklärte mir den Weg zu dem Haus, das Essen fand bei einem Bekannten statt. Als er geendet hatte, sagte ich wieder ab. Ich konnte mich nicht entscheiden, das kannte ich schon; ich, die stets durch Zuverlässigkeit gelangweilt hatte, war nun wankelmütig, wie ich es selbst kaum ertrug. Der Freund gab mir die Telefonnummer des Gastgebers.

Wer ist das, fragte ich.

Er heißt Anatol und kannte Leander, weil er gelegentlich im Studio gejobbt hat. Außerdem sind bei dem Essen noch ein paar Menschen, die du kennst. Wir würden uns sehr freuen.

Ich überlege es mir, sagte ich, und danke.

Als ich eine Stunde später Anatol anrief, hatte ich noch immer keine Lust und sagte trotzdem zu. Wohin, wohin mit mir.

Das freut mich sehr, Leila, sagte Anatol. Er hatte eine warme Stimme, und da fiel mir ein, ich hatte ihn schon einmal gesehen. Leander war krank gewesen, und ich hatte etwas ins Studio gebracht. Da war mir an der Tür ein Mann begegnet, ich erinnerte nicht, wie er aussah, doch er hatte mir Grüße aufgetragen für Leander.

Mit dem Motorrad fuhr ich zu Anatols Haus. Ich war oft Fahrrad gefahren mit Leander in dieser Gegend. Bilder, viel zu viele Bilder. Die Wiese, auf der sich unsere Schatten übereinandergelegt hatten. Schau Leila, hatte Leander mich aufmerksam gemacht. Halt an, hatte ich gerufen und unsere verschmolzenen Schatten im Abendlicht fotografiert. Das Bild hatte ich kürzlich in den Händen gehalten. Wie ahnungslos wir waren. Ein Jahr hatten wir noch. Und jetzt fuhr ich am Samstagabend zu einer Einladung von Leanders Freunden. Wollte umkehren. Konnte mich nicht mehr auf mich verlassen. Aus der Bahn geworfen. Jede Bewegung fiel mir schwer und machte mich traurig. Kein Sinn. Nirgendwo.

Anatols Haus lag hinter Bäumen versteckt. Ich hörte Stimmen, Gelächter. Es kostete mich viel Überwindung weiterzugehen. Dann sah ich den Garten. Der verschlug mir den Atem. Leander, siehst du das, fragte ich, ohne etwas zu sagen. Daß ich ihn nicht nicken sehen konnte! Daß ich alleine hier war! Weglaufen. Aber wohin? Kein Ort. Nirgendwo. Anatol begrüßte mich herzlich, nahm mir die Lederjacke ab und fragte, was ich trinken wollte. Ich beruhigte mich ein wenig. Mit einem Glas in der Hand ging ich durch den Garten. Am Ende des Grundstücks nur blühende Wiesen und in der Ferne die Berge. Eine Aussicht wie auf einer Postkarte. Plötzlich stand Anatol neben mir.

Kennt Leander diesen Garten, fragte ich.

Nein.

Es ist wunderschön hier, sagte ich leise und biß mir auf die Lippen, wollte nicht weinen, doch es tat so weh, so weh, daß ich allein hier war, daß Leander diesen Garten nicht sehen konnte. Anatol blieb schweigend neben mir, dann riefen die anderen zum Essen. Der Spargel schmeckte nicht. Schmeckte nicht wie bei Leander. Ich aß wenig und sagte fast nichts, und die Runde war lustig. Horst erzählte mir, er habe meine Nachbarin Ida auf der Straße getroffen, und sie habe ihm außerordentlich gut gefallen. Horst war offensichtlich verliebt. Ich freute mich, dann ertrug ich es nicht mehr, war denn dies ein Fluch oder war es der Frühling? Horst war schon lang allein und Ida auch, warum also nicht? Warum sollten sie nicht zueinander finden durch Leanders Tod, denn kennengelernt hatten sie sich bei der Beerdigung.

Sobald ich eine Zigarette in der Hand hielt, gab Anatol mir Feuer. Es war, als passe er auf mich auf, und das tat mir gut. Er war ein Fremder, es waren Menschen an diesem Tisch, die ich kannte, doch wäre dieser Fremde nicht gewesen, mit dem ich nicht sprach, ihn nur wahrnahm, wäre ich nicht so lange geblieben, wie ich es für höflich hielt. Anatol brachte mich zur Tür. Darf ich dich mal anrufen, fragte er.

Ja, sagte ich.

Als ich fuhr, in einen rot brennenden Abendhimmel, hatte ich ein paar Minuten das Gefühl, einen Freund gefunden zu haben, doch das Gefühl brach ab, viel zu schnell, und ich fuhr durch die Nacht, fuhr durchs Nichts ins Nichts. Es war keine Perspektive für mich, meine Zukunft mit Leanders alten Freunden zu gestalten. War eifersüchtig auf die Zeit, die er mit ihnen verbracht hatte. Ich hatte meine eigenen Freunde, mein eigenes Leben ... tatsächlich?

In der Wohnung lief ich auf und ab wie ein gefangenes Tier. Samstag abend. Wohin? Ich wurde verrückt an diesem Schmerz, der sich verändert hatte, denn nun war ich wirklich: alleingelassen. Ich hielt mir vor, daß mein Trennungsschmerz nichts mit Leander zu tun hatte, sich entfachte, weil ich nichts mit mir anzufangen wußte, und trieb mir die Fingernägel ins Fleisch, bis ich blutete.

Ich war verantwortlich dafür, wie es mir ging. Nicht Leander. Weder vorher noch nachher. Ich wollte mich nicht so entsetzlich fühlen müssen, weil Leander nicht da war. Er war oft nicht zu Hause gewesen an Samstagabenden, und ich war nicht verloren gewesen. Aber ich hätte ihn anrufen können! Er hätte die Einsamkeit, die ich nicht gefühlt hätte, gelindert, indem er sagte: Leila, ich bin doch da. Ich liebe dich. Das sagt er jetzt auch, wußte ich, ich kann es nur nicht hören. Kann es nicht hören, weil ich abgeschnitten bin. Rannte durch die Wohnung, gefangenes Tier, wohin, wohin, und Horst war in Ida verliebt, und Petra in Ernst und Giada in Massimo, überall waren sie verliebt, und ich blieb übrig und war so klein und konnte mich selbst kaum aushalten.

Ich rief Monika an: Gehst du mit mir in die Disco? An ihrer Stimme hörte ich, sie war müde, doch sie sagte sofort ja und holte mich eine Viertelstunde später ab. Die Nacht so lau und der Mond so voll. Ich, Getriebene. Es war der kürzeste Discobesuch meines Lebens, währte fünfundvierzig Minuten. Nie zuvor hatte ich so viele suchende Menschen gesehen. Blinkende Schriften auf Stirnen: Hilfe! Oder bemerkte ich sie nur, weil ich suchte, Leander suchte? Leander ist tot. Tot. Tot. Ich suchte einen Mann wie Leander. Einen Mann, der genauso aussah, den ich genauso begehrte. Er würde auf mich zugehen, und noch bevor wir miteinander gesprochen hätten, wäre seine Leidenschaft entflammt. Mein Mann ist tot, würde ich sagen, und er nähme mich in seine Arme und sagte: Jetzt bin ich da. Ich halte dich. Ich gebe dir alle Zeit, die du brauchst. Immerzu kannst du von deinem Mann sprechen. Ich habe Verständnis für deine Situation. Ich warte.

Ich durfte nicht suchen. Nicht draußen suchen. Hatte nur eine Chance. Nach innen gehen. Zur Ruhe kommen und Leander in mir finden. Ich mußte in mein Leben zurückfinden und es neu bepflanzen. Würde ich schönen Erinnerungen nachhängen, die auch tröstlich waren, weil sie mich erfüllten, lief ich Gefahr, die Erinnerungen zu glorifizieren. Das war nicht nötig. Sie genügten, großartig wie sie waren.

Leander hat mir die Sicherheit genommen und das Leben geschenkt, sagte ich am Telefon zu Tomma. Dann ging ich ins Bett, stand wieder auf und riß das Kalenderblatt dieses Samstags vom Abreißkalender in der Küche. Geschafft. Wieder einen Tag geschafft.

Zwanzigster Tag

Ida holte mich zum Frühstück in den Garten. Gestern habe ich Horst getroffen, sagte sie. Er hat mich eingeladen zu einem Spaziergang in eine Wiese voller blauer Blumen. Die blaue Blume aus der Romantik, das Symbol für die Liebe, ich behielt es für mich. Ida erzählte von einer Freundin, die in einer Horrorehe lebte, seit mehr als zehn Jahren schon. Ich freute mich, daß ich zuhören konnte. Schaute in den Himmel, roch den Duft, der mich umgab, und dachte, daß es auch schwere Schicksale ohne Tod gab, daß der Tod vielleicht gar nicht das schwerste Schicksal war. Auf der anderen Seite hatte es mich so schwer getroffen, daß ich vergessen hatte, Zahnpasta zu kaufen.

Nach dem Frühstück ging ich in Leanders Zimmer. Mit jeder Minute Aufräumen entriß ich ihm sein Zimmer. Es sah so ordentlich aus, wie es nie ausgesehen hatte, als er es bewohnte. Ich hatte mir eine Frist gesetzt, denn ich wollte Leanders Sohn ein Auto voller Papa bringen.

Plötzlich wurde es dunkel im Zimmer. Ein Gewitter zog auf. Wenn jetzt November wäre, dachte ich. Dann wäre alles noch fürchterlicher. Leander war gegangen in der Blüte. Seiner, unserer – und die Natur feierte Frühling. Leander war gegangen, als alles sich dehnte und wuchs und platzte in Fülle. Draußen grollte es. Drohend. Grollte tief und rollte grollend durch die Wohnung. Seit ein paar Jahren hatte ich Angst vor Gewittern, denn der Blitz hatte einmal in das Haus eingeschlagen, in dem ich gewohnt hatte. Es war nach Mitternacht gewesen, ich hatte mit Leander telefoniert, und plötzlich ein Reißen und Zischen, als wäre der Himmel ein überdimensionales Leintuch, das zerfetzte – und dann der Einschlag. Ich schrie und ließ den Telefonhörer fallen. Seither ängstigte mich das Grollen und Krachen. Leander hielt mich fest, lächelte manchmal, und ich fürchtete mich so gern in seiner Umarmung.

Nach dem ersten Donnern schellte es. Horst stand vor der Tür. Das Haus zog ihn an – Ida wohnte über mir.

Ida ist nicht da, sagte ich und lud ihn zum Kaffee ein. Vielleicht fühlte er sich Ida nah in meiner Wohnung. Es gab einen Menschen, gab einen Ort für ihn. Ich fragte, ob er ein Hemd von Leander wollte und öffnete den Schrank, in dem die Sachen hingen, die ich aufgehoben hatte. Horst zog sein Hemd aus, knöpfte seine Hose auf. Ein fremder Mann in meinem Schlafzimmer. Ich ging hinaus.

Als Horst sich verabschiedete, war das Gewitter vorüber. Ich taumelte durch die Wohnung. Wußte nicht mehr, wie es war, zu zweit zu sein. Ich verlor dich, Tag für Tag. Wußte nicht mehr, wie es sich anfühlte, mit dir im Bett zu liegen. Hatte vergessen die Wärme deines Körpers. Wußte nicht mehr, wie es sich anfühlte, mit dir am Tisch zu sitzen. Wußte es nicht mehr. Wie war das, mit dir zu sprechen? Was für ein Gefühl, durch die Wohnung zu gehen und irgendwo schlug dein Herz? Atmetest du ein und aus. Ich wußte es nicht mehr. Und die Räume veränderten sich. Unmerklich fast. Da eine Pflanze, dort ein paar Bücher. Es wurde anders. Stück für Stück anders. Ich fragte dich nicht mehr: Wie findest du das? Weinte viel. Große Traurigkeit. Wie ein See, den ich leerweinen mußte. Das Weinen war nicht zehrend. Niemals rote Augen. Es war ein Weinen, so schmerzhaft, wie ich nicht gewußt hatte, daß Weinen sein konnte. Es riß mich auf und metzelte mich. Doch immer klärte es auch etwas. Ein Weinen wie Putzen.

Am Abend brachte Ida mir Lasagne.

Du bist so lieb, sagte ich. Du zeigst mir, was Mitgefühl bedeutet. Ich lerne so viel von dir.

Ich habe auch viel gelernt von Leander und dir, sagte Ida. Was ich jetzt tue, das ist nur ein ganz kleines Stückchen, das ich zurückgeben kann.

Vorm Schlafengehen fand ich einen Zettel von Leander: Du bist so fern und doch spüre ich dich als Kraft in mir. Dieses Gefühl möchte ich in die Ewigkeit nehmen. Seine Handschrift, die ich so gut kannte, verriet mir, er hatte diese Zeilen nicht für mich geschrieben. Ich nahm sie mit ins Bett. Sie waren für mich.

Einundzwanzigster Tag

Montagmorgen. Eine neue Woche begann. Wieder eine Woche. Ich würde dieselben Dinge tun, die ich getan hatte, als Leander lebte. Ich war - bevor ich ihn kannte - im Institut tätig gewesen und war es noch immer. Ich fuhr dieselben Strecken, ging in dasselbe Fitneßstudio, kaufte in denselben Geschäften ein. Wie mit Scheuklappen mußte ich durch Läden hasten, mußte genau wissen, was ich brauchte, durfte nicht rechts, nicht links schauen. Durfte nicht sehen, was ich für dich gekauft hätte. Maracujajoghurt und Nippon und deine Lieblingsmarmelade.

Auf der Heimfahrt sah ich deinen Körper vor mir. Jeden Millimeter streifte ich entlang mit meinen Händen, Lippen. Fing an bei deinen Zehen, über die Knöchel, deinen ganzen Leib. Und wußte: Ich durfte mich nicht zurückziehen. Wenn ich nicht in Kontakt war mit anderen Menschen, dann war ich nicht in Kontakt mit mir. Und auch nicht mit dir. Einsamkeit ist Kontaktlosigkeit.

Am Nachmittag besuchte mich eine Freundin, die vor zwei Monaten von ihrem Mann getrennt worden war. Kein Tod, eine andere Frau. Ich erinnerte mich an das Telefonat, in dem sie es mir sagte. Mein Entsetzen - und dennoch meine Distanz. Es berührte mich nicht so, wie ich vorgab mit Worten, die klangen voller Mitgefühl. Ich hatte die Worte gesprochen, doch innen waren sie hohl. Ich fragte mich, ob andere bei mir so empfanden. Ich erinnerte mich, wie ich die Freundin das letzte Mal besucht hatte. Ich hatte sie zu einer Galerie gefahren, wo sie ihren Freund traf, und als sie ausgestiegen war, pralle Vorfreude auf einen schönen Abend, da hatte ich sie beneidet, denn solche schönen Abende gab es selten für Leander und mich. Einmal waren wir eingeladen gewesen zur Eröffnung einer Diskothek in der kleinen Stadt. Tagelang hatte ich mich darauf gefreut. Leander und ich gehen aus! Wie früher! Kaum hatten wir die Diskothek betreten, zupfte jemand an Leanders

Ärmel, und es folgten viele, und alle wollten etwas besprechen, etwas fragen. Leander war eine öffentliche Person. Nur zu Hause konnte ich zweisam sein mit ihm. So selten, viel zu selten.

Vor Leanders Tod hatten mich verliebte Paare gestört, weil sie Zusammensein zelebrierten, das mir fehlte. Nun, da mein Sehnen vergeblich war, freute ich mich über jedes Liebespaar.

Du und Leander, sagte die Freundin, ihr wart wirklich ein sehr glückliches Paar.

Ja, sagte ich mit Tränen in der Kehle. Es freute mich, wenn andere spürten, was ich wußte. Es war entsetzlich, denn es machte mir Angst, daß danach nichts Besonderes mehr sein könnte.

Am Abend kam Tomma und kochte. Ich merkte, wie sie sich sorgte um mich, und wollte sie nicht belasten mit mir, wie ich auch Ida nicht belasten wollte und niemanden. Gestand mir nur kleine Dosen Schmerz zu, die ich mitteilte. Tomma war dünn geworden. Tomma trug mein Leid, wie ich Leanders Tod trug. Und sie hatte ihren besten Freund verloren.

Der Geruch der angebratenen Zwiebeln würgte mich, du mußtest die Küche damit erfüllen und ich am Tisch sitzen und dich mit Fragen löchern, so war das Daheimgefühl, und danach mußten wir Radfahren bei diesem herrlichen Wetter, wenn du Zeit hattest. Statt dessen fuhr ich mit Tomma. Nicht mit dem Rad. Davor hatte ich Angst. Mit dem Motorrad. Tomma saß hinter mir. Wir fuhren über kleine, kurvige Straßen. Der Himmel brannte im Abendrot, die Luft so mild, und alles Schöne tat weh, weil ich es ohne dich sah. Plötzlich mitten in der Landschaft: riesengroße Satelittenschüsseln. Dahinter die Berge und irgendwo der Zwiebelturm einer Kirche. Ich hielt an. Staunend wie Tomma. Was für eine Entdeckung! Ich würde sie dir nicht zeigen können. Ich sah etwas, das mich beeindruckte, ohne dich. Würde dir nicht davon erzählen können. Normalerweise hätten wir beide diese Entdeckung gemacht und sie Tomma gezeigt. Nun stand ich vor den Schüsseln und den Bergen mit Tomma. Wir waren übriggeblieben.

Spät nachts setzten Tomma und ich unsere Testamente auf. Testament, schrieb ich über mein Blatt Papier und dann den ersten Satz.

Zeig mal, was du geschrieben hast, forderte Tomma mich auf.

Ich zeigte es ihr und Tomma platzte laut heraus. Sie brüllte, schlug sich auf die Schenkel und lachte Tränen.

Ich riß ihr das Papier aus den Händen, las es und verstand nicht, was sie daran lustig fand, mußte es ein paar Mal lesen, ehe ich begriff. Ich hatte geschrieben: Ich, Leila dos Santos, geboren am heutigen Tage, befinde mich im Vollbesitz meiner geistigen Kräfte.

Dreiundzwanzigster Tag

In der Nacht wachte ich auf von einem Stechen in der Niere. Allein lag ich im Bett in der großen Wohnung, und niemand neben mir, niemanden konnte ich wecken, und ich hatte Angst vor einem Schmerz, so klamm und hohl wie Einsamkeit. Mein Leben balancierte auf Klingen. Zwei Seiten. Die Dunkelheit, die Trauer und das Ende. Die Spannung und Freude auf all das, was vor mir lag. In der Mitte des Buches plötzlich ein unvorhersehbares Ereignis. Ich hatte geglaubt, das Buch zu kennen. Das Schema war klar, natürlich würden hier und da ein paar neue Figuren auftreten und Wandlungen. Doch dieser Bruch in der Mitte des Buches. Als finge ich ein neues Buch an.

Zum Frühstück erwartete ich Monika. Vielleicht geschahen die Wunder in der Nacht? Manchmal wachte ich auf am Morgen und alles erschien heller; ich wußte nicht, was ich geträumt hatte. Aber es war leichter. Vielleicht kamst du in der Nacht zu mir und lindertest meine Trauer?

Monika sagte, sie würde sich nie mehr verlieben, sie habe abgeschlossen mit ihrer Sehnsucht nach zweisamem Glück, allein würde sie bleiben bis an ihr Lebensende.

Wie kannst du das sagen, rief ich voller Wut.

Weil es so ist, sagte sie.

Ich werde nicht allein bleiben bis an mein Lebensende! Ich werde mich wieder verlieben! Ich weiß es! Ich werde wieder glücklich sein! Nicht nur durch einen Menschen, aber auch.

Monika musterte mich skeptisch. Es kratzte meine Zuversicht nicht. Lieber mit Schmerz und Zuversicht als ohne alles. Lieber das Leid, zu dem mein Glück mit Leander welkte. Wir hatten uns gegenseitig befreit und uns verziehen. Wir waren fertig miteinander. Unsere Beziehung hatte sich erfüllt. Füreinander waren wir das große Glück gewesen. Daß ich mir darüber sicher sein durfte!

Ich würde gerne Fotos von Leander sehen, sagte Monika. Wenn es nicht zuviel für dich ist?

Ich holte einige Alben und stellte beim Blättern fest: so sah das Glück aus. Es leuchtete in meinem Gesicht, glänzte in meinen Augen, die Leander anschauten, hinter dem Apparat. Er hatte mich oft fotografiert. Viel öfter, als ich ihn, doch auch von ihm gab es genug Nahrung für mich. Sein Gesicht war mir noch immer das vertrauteste. Das liebste Gesicht der Welt. Unvorstellbar, es nie wieder zu sehen. Kannte doch jede Pore. Kannte jede Pose. Die Art, wie er seine Hände auf Gegenstände legte. Der Zwischenraum zwischen Mittel- und Ringfinger. So viele Gesichter. Lachend und gelangweilt, müde und glücklich, belanglos und überrascht. Ein Foto von Leander und seinem Sohn. Erschöpft und überarbeitet sah Leander aus. Große Erleichterung, daß er nicht sterben mußte aus sprödem Grau. Daß er noch einmal aufblühen durfte. Sechs Wochen lang.

Sechs Jahre war es her, da ruderten wir die Ardeche hinab, und du fragtest, wie dein Rücken aussehe. Schön, sagte ich und fotografierte ihn. Jetzt schaute ich deinen Rücken an. Er war schön. Wunderschön. Gewesen. Und ganz am Anfang, als wir uns eben erst kennengelernt hatten und du zu deiner Frau und deinem Kind in den Urlaub fuhrst ins Tessin, um ihnen zu eröffnen, du würdest sie verlassen, hattest du mir am Telefon gesagt: Ich mache viele Fotos. Damit du weißt, wo wir waren. Das Wir meinte dich und mich, denn ich war immer bei dir. So wie du nun immer bei mir warst.

Vierundzwanzigster Tag

Herumstreifen in der großen Stadt. Zwischen zwei Terminen eine Stunde ohne Ziel. An Leander gedacht. Wie sonst auch. Wie so oft. Als er noch lebte. Ihn immer mit mir herumgetragen. Die große Freude meines Lebens. Worin bestand der Unterschied zwischen damals und heute? Wenn er nicht neben mir war, konnte ich nur Brücken denken, so hatte ich es stets gehalten, und nun war er tot, doch für den Augenblick, in dem ich an ihn dachte, spielte das keine Rolle, nur für das Danach. Meine Schritte hätten ein Ziel, würden enden: bei ihm. Ich erinnerte mich, wie oft ich allein durch die große Stadt gestreunt war, getrennt von Menschen, die ich liebte. Verzweifelt. Diesmal war ich keine Verstoßene. Ob du mich vor langer Zeit schon ausgesucht hattest, um deine letzten Jahre mit mir zu verbringen? Mich ausgesucht, dich zu begleiten in der anderen Welt? Die Begegnung mit dir war das größte Ereignis meines Lebens. Und dein Tod? Das war der Wendepunkt, würde ich später vielleicht sagen. Wohin ich mich wenden würde, war noch ungewiß.

Manchmal am Telefon oder auch sonst, wenn mich Menschen fragten: Wie geht es dir mit deiner Trauer? An ihren Stimmen hörte ich, was sie hören wollten. Ich sei darüber hinweg, wollten sie hören. Immerhin war nun fast ein Monat vorüber. Da wurde ich bockig und sagte, es gehe mir schlecht, auch wenn es mir gut ging. Nur jenen, deren Stimmen mitfühlend wie ein breites Becken Geduld klangen, konnte ich sagen: es geht, oder: besser, oder: auf und ab.

In einem Café traf ich einen Freund, der vor einem Jahr verkündet hatte: Ich bin am Ende, ich sehe keinen Ausweg mehr. Nach einer Trennung hatte er auch noch seine Firma verloren. Nun saß er mir gegenüber, legte Bilder auf den Tisch von seiner eben eröffneten

Galerie, danach Bilder von seiner neuen Freundin, seinem neuen Haus, vor der Tür stand sein neues Auto, und er strahlte. Vielleicht würde ich in einem Jahr auch Fotos zeigen? Ich war dankbar, daß ich Anteil nehmen konnte. Und wunderte mich, wenn ich nicht weinen mußte, obwohl alle Zeichen danach standen, und weinte, obwohl nichts dafür sprach, unberechenbar.

Sah viele Kleinigkeiten. Eine Frau, die die Wagentür laut zuschlug, und das zornverzerrte Gesicht des dazugehörigen Mannes. Wie oft, dachte ich, streiten sie um die Tür, wieviel Haß und wie lächerlich, nein, schrecklich.

Über den Tag voller Termine zuweilen vergessen, die Tragödie meines Lebens, kehrte sie am Abend wieder. Nicht du kehrtest wieder, sondern der Gedanke: nie mehr du. Immer zweigeteilt. Alt und neu. Angst und Mut. Zuversicht und Hoffnungslosigkeit. Am Abend war ich bei einer Forschungsgruppe gewesen, die mir eine interessante Tätigkeit angeboten hatte. Während ich meinen beruflichen Werdegang schilderte, fiel mir auf, wie gut er klang, wie qualifiziert ich war, was ich alles schon gemacht und vergessen hatte in meinem kleinen kachelofenwarmen Leben mit Leander. In dem hatte ich keine Geldsorgen. Jetzt schon. Mußte in die Welt ziehen. Jagen. Neue Aufgaben. Herausforderungen. Die ich niemals gesucht hätte, lebte Leander, denn ich war zufrieden mit unserem Leben, und hin und wieder einen Auftrag anzunehmen, aber nie zu weit weg von Leander. Und kein Leander, dem ich erzählen konnte: Stell dir vor! Die Freude kippte in den Schmerz. Im alltäglichen, wohltemperierten Glück mit Leander hätte ich mein Leben nicht so intensiv empfunden wie jetzt. Wußte nicht, wer trug das schwerere Schicksal. Du, weil du so früh gestorben warst, oder ich, weil ich zurückblieb. War das Leben die Hölle oder das, was danach kam? Und immer Bilder. Überall Bilder. Sie überfielen mich. Egal, wohin ich schaute. An der Tankstelle, beim Einkaufen, der Baum, der Himmel, und wenn ich die Augen schloß, zogen die Bilder aus meinem Inneren auf, niemals Ruhe. Hätte dich so gerne gesehen. Noch einmal, nur noch einmal. In deine Augen geblickt. Mich in deinen Augen gesehen und dich in meinen Augen. Wollte dich umarmen von oben über deine Schultern, wenn du beim Essen saßt. Deine Kopfhaut riechen. Deine Hände küssen. Einfach: daß du da warst. Es wurde immer dann unerträglich, wenn die Welt groß wurde, weil ich schrumpfte; Puppenstuben blähten sich zu Wolkenkratzern auf und dazwischen, immer kleiner, ich, tastend nach deiner warmen Hand, die mich führte und wachsen ließe. Doch dann rief dein Bruder an. Und ich wurde groß von selbst. Ich hatte ihm einen Brief geschrieben, der Computer würde verkauft, und das Geld würde ich behalten, anbei eine Kopie des Kontoauszuges, aus dem hervorging, daß ich dir ein paar Tausend Mark überwiesen hatte im Winter. Der Bruder wollte wissen, was es außer dem Computer zu holen gab. Und ich wurde so groß, daß ich nicht nur für mich sorgen, sondern dich auch noch schützen konnte. So war es gut. Nicht du solltest mich beschützen, sondern ich dich. Nur wenn ich groß war, konnte ich mit dir sein.

Stell dir vor, sagte der Bruder einlenkend, was Lisa in dem Brief geschrieben hat.

Welcher Brief, fragte ich.

Den sie aufs Grab gelegt hat bei der Beerdigung.

Ich erinnerte eine schöne, blonde Frau, die eine Rose mit einem Kuvert auf Leanders Grab gelegt hatte. Das war also Lisa. Sie gehörte zu Leanders Vergangenheit.

Du hast den Brief gelesen, fragte ich zögernd, weil ich es nicht glauben konnte.

Sein Ja klang trotzig. Und dann erzählte er mir, was in dem Brief stand. In einem Brief für Leander. Der keine Hände mehr hatte, ihn zu öffnen, keine Augen mehr, ihn zu lesen.

Sechsundzwanzigster Tag

Wohin ich nun fuhr, dort hatte ich nichts zu suchen. Fuhr in deine Vergangenheit. Zu deinem Sohn. War noch nie allein bei deinem Sohn gewesen. Immer mit dir. Meistens auf dem Weg nach Italien. Der Besuch bei deinem Sohn war die Ouvertüre zu unseren Urlauben. Fünf Wochen war es her, seit wir diesen Weg gemeinsam gefahren waren. Hatte Angst, in die Karte zu schauen. Angst, Namen von Orten zu finden, die wir passiert hatten, Hand in Hand. Ich fuhr in den Süden, aber was war das schon für ein Süden; der Süden ohne dich war kein Süden.

Seit Tagen schon Beklemmung wegen dieser Fahrt, dabei hatte ich mir den Termin gesetzt, bis wann ich deinen Nachlaß gesichtet haben wollte, um vieles davon deinem Sohn ins Tessin zu bringen. Ich war über Dreißig und fuhr zum ersten Mal allein mit meinem Auto ins Ausland, über zwei Landesgrenzen, es waren nur knapp fünfhundert Kilometer, nach Berlin wäre es weiter, wenn das Auto kaputtgeht, wenn. Du fehltest mir nicht als Mann auf dieser Fahrt, sondern als Freund. In vielen abenteuerlichen Urlauben hatten wir erprobt, wir konnten uns aufeinander verlassen. Waren durch die Wüste gereist und durch unruhige Länder. Waren dort mehr gewesen als Mann und Frau.

Ich legte eine Cassette ein, von meinem Besuch bei einer Wahrsagerin, sieben Jahre war dies her. Zwei wichtige Beziehungen sagte die Wahrsagerin, stehen in Ihrer Hand. Ich fragte nach Leander, konnte mir, ich kannte ihn ein Jahr, nicht vorstellen, ihn zu verlassen.

Mit diesem Mann, sagte die Wahrsagerin, werden Sie nicht alt werden.

Warum nicht, fragte ich.

Die Wahrsagerin mischte die Karten, legte sie aus: Dazu kann ich Ihnen nichts weiteres sagen. Das gehört zum Schicksal.

Ich spulte die Cassette zurück. Die Worte blieben dieselben. Niemals wäre ich auf die Idee gekommen, diese Auskunft bedeutete Leanders Tod. Ich hatte den Besuch bei der Wahrsagerin vergessen. Und ich brauchte keine Hoffnung auf ein neues Glück. Glück, das hieß, in deine braunen Augen zu schauen. Erst wenn das Glück sich einmal lösen würde von deinen Zügen, wenn du und das Glück nicht mehr verschmolzen wären, wie du und der Süden, könnte ich eine solche Hoffnung hegen.

Und ich fuhr, und jeder Ort, der mich erinnerte an irgend etwas, riß an mir, in mir, überall. Alles, was sonst so wunderbar war. Die ersten Palmen, ich rief nicht: Leander, eine Palme. Und es tat weh, unsäglich weh, denn ich schaute ohne dich. Bilder von Urlauben prasselten auf mich ein. In Europa gab es kein Meer, das wir nicht gesehen hatten, und all die Straßen, romantischen Übernachtungen im Freien, oft mit den Motorrädern, Wachposten neben uns. Irgendwo hielt ich an und legte mich vor meinem Auto ins Gras. Im tibetanischen Totenbuch las ich, daß gestorbene Menschen zuerst nicht begreifen würden, daß sie tot seien und keinen Körper mehr hätten. Sie müßten sich gewöhnen an diese neue Form des Daseins. Würden an Orte gehen, an denen sie glücklich waren. Die Gesetze von Raum und Zeit hätten keine Bedeutung. Ich fragte mich, ob wir uns an solchen Orten treffen konnten. Woher wußte ich, daß meine Gedanken an das Meer in Marokko nicht dadurch erwachten, daß du an diesem Meer warst mit deinem Bewußtsein? So wie mein Körper in der Schweiz im Gras lag, während meine Gedanken dich trafen in Marokko, Usbekistan, überall.

Dein Sohn stand auf der Straße. Wartete vielleicht schon seit Stunden. Er wartete, weil er nicht glauben konnte, ich kam allein. Er suchte dich. Und auch ich suchte dich. In ihm. In seiner Mutter. Wir umarmten uns so, wie wir uns noch nie umarmt hatten. Wir hatten keine unbeschwerte Beziehung, eigentlich überhaupt keine, das lag an mir, denn jahrelang hatte ich dieses Kind nur als Teil deiner Vergangenheit gesehen. Es dauerte eine halbe Stunde, ehe mein Auto ausgeräumt war. Niklas wühlte in seinem Zimmer in den mitgebrachten Sachen, stumm tat er es, und sein Gesicht war kantig geworden. Er war ein leuchtendes Kind gewesen, hatte immer ein bißchen ausgesehen, als hätte er in Vanillesauce gebadet. Der Zuckerüberguß war weggewaschen. Niklas war aus der Märchenwelt vertrieben. Ich konnte ihm nicht helfen, weil ich mich nicht wirklich um ihn gekümmert hatte, als du lebtest. Erst in den letzten beiden Jahren war der Kontakt besser geworden, noch immer zu wenig. Das Versäumnis tat mir leid, doch nun war es zu spät, und ich brauchte nicht zu lamentieren, es lag in meiner Verantwortung. Mit Niklas' Mutter saß ich am Balkon und trank Kaffee und suchte dich in ihrer Gegenwart. Fünf Jahre hatte sie leben dürfen mit dir. Sah uns zu viert sitzen auf diesem Balkon, Niklas auf deinem Schoß. Ich fand dich nicht in deinem Sohn. Fand dich nicht an diesem Ort. Und wäre am liebsten zurückgefahren; hätte noch zu Hause sein können vor Mitternacht, was sollte ich hier? Ich fand dich nicht in dieser fremden Frau. Auch für dich war sie eine fremde Frau geworden; du verstündest nicht, hattest du zu mir gesagt, wie du mit ihr leben konntest, und diese Fremde hatte dich erschüttert. Sie sprach von eurer Beziehung, und ich hörte: sie hatte dich nicht erkannt, und was sie dir vorwarf, noch immer mit dem Biß der Bitternis, das tat mir weh, und ich wollte dich beschützen vor ihren Unterstellungen, die nicht dich meinten, die ihr Bild von dir meinten, das du nicht erfüllt hattest, und all deine Wunden küssen und kosen und wiedergutmachen, und wußte doch, ich hatte wiedergutgemacht, was wiedergutzumachen war.

Später gab es Nudeln mit Pesto, und wenn ich ihren Mund betrachtete, sah ich das Foto von deinem Schwanz in ihrem Gesicht. Nach dem Essen kam ihr Freund, und es erleichterte mich, daß er mir nicht gefiel, daß ich ihn langweilig fand und grau; noch immer Konkurrenz zwischen uns, die endgültige Niederlage; wenn sie einen neuen Leander gehabt hätte, während ich meinen verloren hatte. Nach dem Essen kniete ich neben Leanders Sohn am Boden und sah ihm zu, wie er vorsichtig und mit unendlicher Zärtlichkeit die mitgebrachten Dinge betrachtete. Manches wirst du erst verstehen, wenn du älter bist, sagte ich und wies auf die Kalender und die dicke Mappe mit Gedichten, und schließlich nahm ich ihn in die Arme und sagte, er könne mich alles fragen, egal, was es sei, und daß er und ich Leander am meisten liebten und wir seine nächsten Menschen seien.

Ich habe gewußt, daß er sterben muß, sagte Niklas. Als ich ihn das letzte Mal gesehen habe und in sein Auto eingestiegen bin. Er hat mich doch von der Schule abgeholt. Ich habe ihn umarmt. Und auf einmal habe ich Angst bekommen. Ganz große Angst. Und gefroren habe ich auch. Jetzt weiß ich, was das war.

Auch ich, sagte ich, habe es gewußt.

Wir haben es gewußt, weil wir ihn geliebt haben, sagte Niklas.

Da spürte ich, spürte es so allumfassend und schrecklich, was Leanders Tod für diesen Jungen bedeutete. Ein Teil seiner Wurzeln war fort. Er würde in das Alter kommen, in dem er Fragen stellen würde. Papa, warum bist du weggegangen, warum hast du mich verlassen? Er würde keine Antwort bekommen. Keine Antwort.

Niklas, dein Papa hat dich sehr lieb gehabt, aber er hat sehr, sehr viel gearbeitet. Ich weiß nicht, ob du das verstehen kannst, sagte ich, und wußte nicht, wie ich sprechen sollte mit diesem Kind, und hörte auf, mir etwas auszudenken, und erzählte von meinem Leander, der ein anderer war als der seiner Mutter.

Am nächsten Morgen brach ich nach dem Frühstück auf, ich wollte weg, weg, und wußte doch nicht, wohin, denn das Daheim war ja keines mehr. Ich weinte viel, und die Straßen in der kleinen Stadt, in der ich polizeilich gemeldet war, leergefegt; es war heiß und es war Feiertag, und die Menschen vergnügten sich an den Seen. Warum hattest du mich in diese Stadt gebracht? Gab es einen Grund? Würde ich ihn eines Tages kennen? Während ich durch die Wohnung ging, die nun noch größer wirkte, fragte ich mich, woher ich die Kraft genommen hatte, die erste Woche ohne dich zu überstehen. Jetzt hätte ich sie nicht mehr.

Siebenundzwanzigster Tag

Nicht: geliebt zu werden, ist Glück. Sondern zu lieben. Geliebt fühlte ich mich. Geliebt von dir. Und ich liebte dich. Unvermindert. Meine Liebe wuchs und wuchs, aber ich konnte sie dir nicht zeigen. Konnte sie nicht durch meine Hände über deinen Körper fließen lassen. Konnte nichts tun. Doch. Ich konnte dir meine Liebe beweisen, indem ich nicht schrumpfte.

Was unternähme ich an einem Tag wie heute, wenn du im Studio wärst, dachte ich, und tat es. Fuhr an den See. Las zum ersten Mal seit deinem Tod ein Buch, das nichts mit Abschied zu tun hatte und schwamm. Immer war ich glücklich gewesen beim Schwimmen, sogar jetzt, ein bißchen. Um mich Paare, die sich eincremten und küßten und Arm in Arm gingen und die Sonne, das Wasser, lachende Kinder. Und ich. Ohne dich. Auf einmal überfiel es mich. Wie immer aus heiterem Himmel. Keine Warnung. Plötzlich verloren. Inmitten von Eis am Stiel und bunten Wasserbällen. Der Sommer war kein Sommer ohne dich. Wußte nicht, warum ich hier war, wußte aber auch nicht, wohin ich sonst sollte, versuchte, das zu tun, was ich für normal hielt, ging in einen am Ufer liegenden Biergarten, trank Apfelsaft, schaute auf den See, doch nichts war normal. Und während ich erklären wollte, was mir fehlte, denn der Tag war wunderbar, auch ohne dich, stammelte ich: du, du fehlst mir. Ich sprang auf, als hätte ich vergessen, die Herdplatte auszuschalten, rannte zum Motorrad, raste nach Hause, legte die Cassette mit deiner Stimme ein, nuckelte an deiner Stimme, so vertraut, hörte deinen Atem, die typische Art deiner Pausen, die Betonung der Worte und sah deinen wunderschönen Kußmund vor mir. Ich weinte sehr. War zu lang allein, brauchte Menschen, Brücken, jeden Tag, und rief Anatol an, mit dem ich vage verabredet war für diesen Abend, schon vor einer Woche hatte ich den Termin ausgemacht. Kann ich zu dir kommen, fragte ich.

Gerne, sagte er, ich koche etwas.

Anatol empfing mich so herzlich, daß ich fühlte, war ihm eine Freude. Der Tisch im Garten war gedeckt, das Nudelwasser kochte, und auf meinem Teller lag ein Gänseblümchen. Ich streifte ein wenig durch den Garten. Es war gut, hier zu sein. Als ich Anatol in der Küche am Herd stehen sah, seine breiten Schultern, seinen schönen, geraden Rücken, wollte ich ihn berühren. Ich umarmte ihn. Einfach so. Einen fremden Mann. Nie zuvor hatte ich so etwas getan, aber ich war nicht mehr die von nie zuvor. Anatol umarmte mich, und dann schob er mich sachte weg. Bring mich nicht in Verlegenheit, sagte er und drehte sich zum Herd. Es freute mich, daß ich ihn in Verlegenheit bringen konnte, ich war also noch Frau, war nicht nur Trauerfall. Und als er mir einen Teller reichte, und später, als er mir Feuer gab. Da sah ich es in seinen Augen. Er sah mich nicht an, wie man einen Menschen freundlich und bejahend ansieht. Er sah mich auch nicht an voller Mitgefühl. In seinen Augen las ich mehr. Und obwohl mich das überraschte – damit hatte ich nicht gerechnet, das traute ich keinem zu –, wußte ich es ohne Wenn und Aber. Nach dem Essen, das mich beim ersten Bissen traurig machte, weil es nicht so gut schmeckte, wie ich es gewöhnt war von Leander, gingen wir spazieren durch hohe Felder und blühende Wiesen in abendschwerem Duft. Anatol zeigte mir eine fast zugewachsene Bank am Fluß, wir setzten uns. Ich rückte nah an seinen Körper. Unsere Beine berührten sich. Die Grillen zirpten. Anatol legte mir seine Jacke um die Schultern und streichelte meine Hand. Sehr sanft. Seine Nähe tat mir wohl. Wir schwiegen viel, und das Schweigen war gut.

Denkst du viel daran, fragte Anatol, was du noch hättest tun können mit Leander.

Nein, sagte ich. Wir haben eigentlich alles gemacht.

Es gibt keine intensivere Form, sich mit dem Leben zu beschäftigen, als die, sich mit dem Tod zu beschäftigen, sagte Anatol.

Es macht mir Angst, sagte ich, daß nun alles frei und offen vor mir liegt.

Mich würde das freuen, erwiderte er.

Ich erzählte von Leanders Bruder und dem geöffneten Brief.

Um das Briefgeheimnis zu wahren, erwiderte Anatol trocken, sollten sie Urnen mit Schlitzen fertigen.

Ich lachte, und er lachte mit, erleichtert kam es mir vor, und ich bemerkte, wie er sich freute über mein Lachen und wie er aufpaßte, im Einklang mit mir zu lachen, nicht über mein Lachen hinauszulachen.

Kommst du wieder, fragte er beim Abschied, und hielt meine Hände, sehr lange.

Gern, sagte ich.

Achtundzwanzigster Tag

Der Anruf von Niklas' Mutter weckte mich. Im Bett liegend hörte ich ihre Stimme: Niklas hat nun alle Sachen, die du gebracht hast, durchgesehen. Er hat festgestellt, daß der CD-Walkman fehlt. Leander hatte doch einen? Niklas möchte den CD-Walkman. Ich hoffe, du bist gut nach Hause gekommen. Ciao.

Mein Herz klopfte in der Kehle. Bebend sprang ich aus dem Bett. Ja wollten sie denn alle nur irgendwelche Sachen? Hatte ich Niklas nicht genug gegeben? Ich hatte ihm vieles gebracht, das ich mir buchstäblich aus dem Leib hatte reißen müssen. Hatte Niklas auch versprochen, ihm die kleine Kiste mit Briefen zu geben; Tomma hatte ich sie gezeigt: Sollte ich sterben, mußt du sie Niklas bringen, und sieh sie vorher durch, darin sind Fotos, die solltest du entsorgen.

Ich suchte eine Schachtel, verpackte den CD-Walkman, den wir in jeden Urlaub mitgenommen hatten, und trug ihn zur Post. In der Schalterhalle beruhigte ich mich. Niklas meinte es nicht so. Niklas wollte etwas zum Anfassen.

Auf dem Weg ins Institut dachte ich zum ersten Mal nicht an Leander. Ich dachte an Anatol. An den vergangenen Abend. Und dachte auch im Institut an ihn und auf dem Weg in das Cafe, wo ich mit Petra verabredet war. Ich mußte ihr sagen, wie sehr sie mich verletzt hatte, weil Leander ihr lediglich wegen mir wichtig gewesen war. Sonst wäre unsere Freundschaft nur noch Farce.

Petra war sehr betroffen. Was erwartest du, fragte sie.

Nichts, sagte ich. Ich wollte es dir nur sagen, weil du meine Freundin bist, und ich möchte dich nicht verlieren.

Kann ich dir irgendwie helfen, fragte sie.

Du kannst Leanders Computer verkaufen.

Wir fuhren zu mir und luden den Computer in Petras Auto. Es dauerte Stunden, bis wir alle Dateien gesichtet und die Geräte

abmontiert hatten. Ich war froh um ihren Beistand; sie wußte, was mir dies bedeutete. Manchmal lachte Petra: Er ist wahnsinnig!
Wie meinst du das?
Er hat nur das Beste vom Besten installiert. Es ist eine absolute Profikiste. Ich weiß nicht, was er damit gemacht hat. Vielleicht hat er immer mehr Software angeschafft, um sich nicht wirklich fundiert mit der bereits vorhandenen beschäftigen zu müssen. Oder er wollte sich in der Zeit, als er so viel arbeitete, aus dem Weg gehen, und besser als mit einem Computer kannst du dir nicht aus dem Weg gehen. Der Computer frißt dich. Frißt deine Gedanken. Wenn du beispielsweise Rosen züchtest, kannst du dir nicht so ausweichen.

Ich hatte den Computer gehaßt. Nach dem Studio meine ärgste Rivalin. Doch nun, wo wir ihn zerlegten in tragbare Stücke, wollte ich mich nicht davon trennen. Ohne Computer war Leanders Zimmer nicht mehr sein Zimmer, war ausgeweidet. Anatol hatte keinen Computer. Anatol hatte Zeit, mit mir am Fluß zu sitzen, der ganze Mann nur Aufmerksamkeit. Das kannte ich gar nicht mehr. Kannte Gespräche zwischen Tür und Angel, und wenn ich mit Leander am Fluß entlangging, waren wir nicht so zugewandt gewesen, denn wir kannten uns Jahre, und unsere Aufmerksamkeit schweifte umher. Ich hatte mir die Ausschließlichkeit der Du-Begegnung in Augenblicken, weltvergessen, gewünscht. Und hatte mich doch abgefunden, denn dies gebührte der jungen Liebe. Schwer genug war es mir gefallen, mich davon zu verabschieden und zu akzeptieren: es gab verschiedene Arten von Liebe. Die junge Liebe zwischen Leander und mir hatte lang gewährt. Fünf volle Jahre – bis wir in die kleine Stadt zogen und er sich seinen Nebenfrauen widmete, dem Studio, dem Computer, den ich Compute nannte. Leander übernahm diesen Namen, vielleicht ohne zu wissen, er ging zu meiner Nebenbuhlerin. Und war so froh, daß ich mich entschieden hatte. Für Leander. Meinen Mann.

Am Abend rief die Freundin an, die mich auf das Geburtstagsfest eingeladen hatte. Ich muß dich sehen, sagte sie. Heute noch.
Magst du vorbeikommen, fragte ich.
Nein. Komm du.
Das wunderte mich, denn in meiner Situation kamen die Menschen zu mir. Ich ging durch die kleine Stadt. Es schmerzte, die Wege zu

gehen, die ich mit Leander gegangen war. Die Freundin öffnete die Tür und sagte: Ich habe Krebs. Ich habe lange überlegt, ob ich es dir sagen soll, ob du nicht deine Kraft für dich brauchst.

Wir umarmten uns. Sehr lang. Sehr fest. Wenn andere mich brauchten, ging es mir besser, relativierte sich mein Leid.

Du mutest mir nichts zu, sagte ich. Im Gegenteil. Kraft, die geteilt wird, erneuert sich schneller.

Dreißigster Tag

Dos Santos, meldete ich mich.

Leila, hier ist Anatol.

Du? Woher hast du die Nummer, woher weißt du, daß ich hier arbeite?

Du hast es mir erzählt.

Aha, sagte ich. Dies war mehr als ein freundschaftliches Erkundigen. Da war ein Mann am Telefon. Und der wollte mich.

Ich möchte heute abend mit dir zu einem Konzert gehen. Es findet in einer Kiesgrube statt, zwanzig Kilometer entfernt von meinem Haus. Kannst du mich abholen?

Hast du kein Auto?

Ich habe ein Fahrrad. Und zwei Beine. Kommst du um acht?

Ja, sagte ich und legte den Hörer langsam zurück. Ich hatte ein Rendezvous. Mit Anatol. Ich freute mich darauf und ärgerte mich darüber. Eine solche Verabredung sollte meine Stimmung nicht heben dürfen. Ich wollte es alleine schaffen.

Als ich Anatol sah und die Freude in seinem Gesicht. Als er mir Türen öffnete, mich vorgehen ließ. Wie er sich darum kümmerte, daß ich bequem saß. Er tat all das, was mir den Verlust von Leander so besonders hart hatte erscheinen lassen. Da war einer, der sorgte für mich. Dem war ich wichtig. Und während ich all das wahrnahm und genoß, sträubte ich mich dagegen, denn bedeutete dies nicht: zu versagen? Ich wollte doch stark und frei und unabhängig sein. Was erwartete dieser Mann von mir? Von mir! Ich war alles andere als begehrenswert. War schwer. Wie aus Eisen. Ich war eine solche, von der man sich fernhielt. Eine solche, die sich die Wimpern nicht tuschte, da sie dauernd weinte. Eine solche, die viel von einem Toten redete. Anatol hörte zu.

Hast du Leander gut gekannt, fragte ich.

Leider nicht, sagte er. Ich habe ihn nur ein paarmal gesehen. Er war ein sehr warmer Mensch und sehr kompetent in seiner Arbeit. Einmal trafen wir uns zufällig in der Stadt. Leander hakte sich bei mir unter. Er hatte keine Scheu, andere Männer zu berühren. Das ist mir aufgefallen.

Wir sind uns schon einmal begegnet, sagte ich.

Ich weiß, sagte er. Doch als ich erfuhr, Leander sei gestorben, wußte ich nicht mehr, wie du aussiehst, und dennoch ...

Dennoch?

Anatol musterte mich. Prüfend kam mir der Blick vor. Ich mußte zu dir.

Wie meinst du das?

Ich hörte, daß Leander tot war, und dachte an dich. Was ist mit der Frau von Leander, dachte ich. Ich kann das nicht erklären.

Hast du deswegen dieses Essen veranstaltet, fragte ich.

Nein. Es war auch nicht meine Idee, dich einzuladen. Aber so begegnete ich dir, und es ist gut so.

Ich war sehr traurig an diesem Abend.

Du warst die einzige, die wirklich da war. Du hast am Ende des Gartens gestanden und alles wahrgenommen. Es tat mir leid, daß du so früh gegangen bist. Ich hätte mich gerne mit dir unterhalten.

Ich bin nur so lange geblieben, weil du dort warst, sagte ich.

Nach dem Konzert lud Anatol mich zum Eisessen ein. Der Abend so lau, wir bummelten durch das historische Städtchen, und wenn Leander nicht tot gewesen wäre, hätte es ein wunderbarer Abend sein können. Die Luft duftete nach Romantik und würgte mich. Leander war tot. Anatol an meiner Seite machte dies ein wenig erträglicher. Als wir ins Auto einstiegen, weinte ich, denn wohin. Wohin? Anatol reichte mir ein Taschentuch: Wo du weinst, wachsen Rosen.

Kommst du noch mit hinein, fragte er vor seiner Haustür.

Ich überlegte einen Moment und nickte.

Du mußt wissen, sagte ich zu Anatol, während draußen ein Sommergewitter prasselte, Leander war die große Liebe meines Lebens. Unsere Beziehung war sehr glücklich, in jeder Hinsicht.

Ich möchte mit dir tanzen, sagte Anatol, nahm meine Hände, zog mich hoch vom Stuhl, stellte die Musik lauter und wiegte mich sanft.

Ich umfaßte seinen Körper. Spürte: ein schöner Körper. Es war mir vertraut, so eng zu tanzen mit einem Männerleib. Acht Jahre lang hatte ich in vertrauter Nähe zu einem Männerleib gelebt. Ich war einen zweiten Leib gewöhnt, und dieser war warm und fest und kräftig. Es war schön zu tanzen. Es war schön, am Leben zu sein. Anatol schob mich zur Terrassentür, öffnete sie und tanzte mit mir in den Regen. Die Tropfen prickelten, und schnell waren wir naß, und wir tanzten immer weiter, über den Kies, über das Gras, und ich war hier und im Jetzt. Als die Musik zuende war, führte Anatol mich ins Haus, brachte mir ein großes Handtuch und einen Bademantel. Während ich mich trocknete, ging er aus dem Zimmer, nahm mir dann meine nasse Kleidung ab und legte sie auf eine Heizung.

Ich hätte schreien mögen, so durcheinander war ich. Ich saß in einem fremden Haus bei einem fremden Mann in einem fremden Bademantel. Anatol kochte Tee, und als wir ihn getrunken hatten, war meine Kleidung trocken.

Kommst du wieder, fragte Anatol mich beim Abschied.

Ja, sagte ich.

Einunddreißigster Tag

Was geschah da mit mir? Das konnte doch nicht geschehen, und niemand durfte es wissen, niemand aus der kleinen Stadt, denn sie würden meine Gefühle für Leander messen an meinem Tanz und sagen: sie liebte ihn nicht. Solche, die sich für weitsichtig hielten, würden wissen, ich suchte Leander in Anatol. Das war es aber nicht. Denn würde ich Leander suchen in Anatol, müßte ich verzweifeln von Atemzug zu Atemzug. Er sah anders aus, bewegte sich anders, lebte anders, alles war anders an diesem Mann - bis auf die Wärme. Auch er hatte eine solche Glut wie Leander. Deshalb hatten sie sich wohl gemocht. Ich erinnerte mich, Leander hatte von Anatol gesprochen. Wenig nur, doch mit großer Sympathie. Beate aus Berlin fiel mir ein. Dieses Frühstück. Hatte ich es da nicht gesagt? Bildete ich mir das ein? Ich rief sie an und fragte: Beate, als ich bei dir war, habe ich da gesagt, ich werde einen Mann kennenlernen, bald, noch vor August?

Das hast du, bestätigte Beate.

Ich glaube, ich habe ihn kennengelernt, sagte ich.

Ich genoß es, allein in der Wohnung zu sein. Hörte Musik, streifte durch die Räume, nahm die Mappe mit den Gedichten von Leander, die ich noch lesen wollte, und merkte plötzlich: Ich mußte sein Leben nicht mehr rekonstruieren, wie vor Tagen, als ich das Gefühl hatte, ich könnte ihn noch einmal kennenlernen und zusammensetzen aus den Resten, die ich fand in seinem Zimmer.

In der Mitte der Mappe lagen ein paar Negative. Sie zeigten einen Gitarristen, der mir so gut gefallen hatte, daß ich Leander begeistert von ihm erzählte. Leander war mit mir zu einem Auftritt der Band gegangen und hatte sich amüsiert, weil ich schwärmte wie ein Pubertätspickel. Ich war glücklich an seiner Seite und dachte oft: Umgekehrt würde ich das nicht aushalten. Ein paar Tage lang zog Leander mich mit dem Gitarristen auf, und dann ging er heimlich zu einem Konzert der Band und fotografierte einen ganzen Film für mich. Der Bassist, der dachte, Leander sei Fotograf, sprach ihn an. Sie brauchten Bilder für ihre neue CD, ob Leander die Fotos zeigen wolle. Leander wurde eingeladen in den Proberaum der Band, und ließ die Fotos dort, damit die Band sich welche aussuchen konnte. Schließlich waren wir in die kleine Stadt gezogen, Leander war nie mehr bei der Band gewesen, und ich hatte die Fotos nie gesehen. Nun hielt ich die Negative ans Licht. Ich würde mir Abzüge davon machen lassen.

Fünfunddreißigster Tag

Die Nachricht auf meinem Anrufbeantworter traf mich nicht unvorbereitet. Ich sollte mich beim Wohnungsamt melden. Dem Klang der Stimme der Sekretärin konnte ich nicht entnehmen, ob sie mir eine günstige oder ungünstige Mitteilung machen würden.

Sie müssen verstehen, sagte der Leiter der Behörde, dem ich dann gegenübersaß, diese Wohnung ist an die Tätigkeit Ihres Lebensgefährten gebunden, und da Ihr Lebensgefährte verstorben ist, fällt die Wohnung zurück an die Stadt.

Aber Sie brauchen die Wohnung doch gar nicht, sagte ich.

Darüber habe ich nicht zu entscheiden. Ich gebe nur weiter, was ich gehört habe.

Von wem gehört?

Von oben.

Wo oben, fragte ich. Vom lieben Gott?

Er räusperte sich und nannte den Namen des Landrats, dessen besondere Förderung dem Konservatorium galt.

Also hat der Landrat Sie beauftragt, mir zu kündigen, fragte ich.

Der Leiter legte ein Schreiben auf den Tisch. Es war von jenem Landrat unterzeichnet, der so unbedingt hatte sprechen wollen bei Leanders Beerdigung und in seiner Rede lobend hervorhob, daß Leander in der kleinen Stadt verstorben war, womit er sich sozusagen den Titel Einheimischer erworben habe. Bis Jahresende, las ich, würde ich kulanterweise, so hieß es wörtlich, in der Wohnung bleiben dürfen. Ab dem kommenden Monat entfiele allerdings die günstige Miete.

Wer benötigt die Wohnung, fragte ich, denn es standen viele Wohnungen leer, da eine Kaserne geschlossen worden war.

Der Leiter zuckte mit den Schultern. Ich bin, wie gesagt, nur beauftragt, Ihnen dies zu übermitteln.

Von oben, ich weiß, sagte ich. Ich wollte es nicht, wollte es ganz bestimmt nicht, nicht vor so einem, doch die Tränen stürzten in meine Augen, und schon wieder hatte ich kein Taschentuch, und verließ den Raum, wortlos und weinend. Die Stadt war feindlich in diesen Minuten. Sie wollten mich nicht. Vielleicht, weil ich sie erinnerte. An ihre nicht gehaltenen Versprechungen. Leander war ein Mitarbeiter zugesichert worden. Alle halbe Jahre hatten sie es neu versprochen. Immer dann, wenn Leander nah daran war, alles hinzuwerfen. Zum nächsten Ersten, versprachen sie und schickten zur Besänftigung ein paar Langzeitarbeitslose zu Vorstellungsgesprächen oder zeigten Leander ihre Schreiben an die Zivildienstvergabestelle, wo sie eine billige Arbeitskraft beantragt hatten. Wir wollen den Bescheid noch abwarten, das verstehen Sie sicher. Und dann kam ein kleiner Urlaub, eine Woche Italien vielleicht, Leander erholte sich ein wenig, und danach war so viel zu tun, daß er keine Zeit hatte, sich nach dem Mitarbeiter zu erkundigen, und wenn er nachfragte, behandelten sie sein Begehren, als würden sie zum ersten Mal davon hören. Die Stadt war eine wabernde Masse, in der sich niemand verantwortlich fühlte, die Dinge von einem Referat an das andere und wieder zurück geschoben wurden, man leitete stets nur weiter, und sollte es versehentlich einen Zuständigen geben, man hatte es munkeln hören, war der Zuständige krank oder im Urlaub. Ich hatte mit Leander gestritten, denn mich, so glaubte ich, würde niemand so behandeln, auch nicht eine wabernde Masse, die genau spürte, wo sie ansetzen konnte, und wer mich hätte aussaugen wollen, wäre verendet mit einem Mund voller Eisensplitter. Aber Leander sah keine wabernde Masse. Sah die Künstler, die er nicht im Stich lassen wollte. Und dann ließ die wabernde Masse ihn im Stich. Nun, wo sie ihn erstochen hatte, blieb ich übrig. Ich Anklägerin. Ich störte das Straßenbild des romantischen Städtchens. Ich war eine, die paßte nicht in die mit Rama geschmierte Welt. Ich duftete nicht nach Sonntagsbraten und Apfelstrudel mit Vanillesauce zum Nachtisch, alles selbstgemacht nach Urgroßmutters Rezept. Und so lernte ich die Wahrheit der heilen Welt kennen, an die ich hatte glauben wollen, drei Jahre lang. Leander war eine stadtbekannte Persönlichkeit gewesen, die Zeitungen hatten ihm einen Nachruf gewidmet, in dem tauchte ich nicht auf, er hinterläßt einen Sohn, hieß es, denn wir waren nicht verheiratet, und nur das zählte in dieser liebenswürdigen

Stadt, wie sie genannt wurde in den Prospekten, die am Fremdenverkehrsamt auslagen. Vor Leanders Tod hätte ich das nicht glauben können, doch nun mußte ich erkennen, Vorurteile konnten auch Aphorismen einer Wahrheit sein.

Ich ging über die Brücke am Fluß, den ich geliebt hatte, vom ersten Tag an. Wollte ihn nicht mehr mögen, doch was konnte der Fluß dafür, er war auch jetzt noch schön in seinem sanften, smaragdenen Grün, und der Abschied von ihm würde mir nicht leichtfallen. Gehen? Bleiben? Wohin gehen? Zurück in die große Stadt? Dorthin, wo es zuviele Menschen gab, als daß eine Hinterbliebene die Fassade verunzieren könnte? Wütend sah ich den Menschen, die mir begegneten, ins Gesicht. Gehörten sie zu diesem wabernden Sie? Viele konnten es nicht sein, aber schon eine Handvoll vergiftete das Trinkwasser. Woher wußte ich, ob sie Leander gekannt hatten? Wenn ich mit Leander in der Stadt unterwegs war, mußten wir alle paar Meter stehenbleiben, weil er aufgehalten wurde. Samstagvormittag konnte eine Stunde vergehen, ehe er vom Einkaufen zurückkehrte. Manchmal wünschte ich ihm: Komm gut durch, das meinte, begegne niemandem, und er kam zurück, schwenkte die Tüte mit den Brezen: Leila, ich bin inkognito geblieben!

Ich würde die Wohnung nicht verlassen, stellte ich fest und wunderte mich. So kannte ich mich nicht. Ich würde mich nicht einfach entfernen lassen wie eine Warze am Stuck des historischen Rathauses. Leanders Kampf war in mir entfacht. Ich würde ihn anders austragen. Und ich begriff, warum Fehden über den Tod derjenigen, die sie begonnen hatten, hinaus reichen konnten. Ja, daß diese die entsetzlichsten waren, denn ein stärkeres Versprechen als das durch den Tod besiegelte, gab es nicht.

Ich rief beim Mieterverein und im Vorzimmer des Landrats an und ließ mir Termine geben. Ich hatte den Kampf begonnen.

Siebenunddreißigster Tag

Sanft hatte Anatol mich auf seinen Schoß gezogen, als ich weinte und weinte, weil ich mit einem Mann im Garten saß in lauer Sommernacht, und der Mann war nicht Leander. Leander würde nie wiederkommen. Nie, nie wiederkommen. Als wäre ich ein Kind, wiegte Anatol mich und hielt mich fest. Reichte mir immer neue Taschentücher, und manchmal fragte ich mich, mit welcher Selbstverständlichkeit ich da auf seinem Schoß saß.

Mein Empfinden veränderte sich. Schlagartig. Auf einmal spürte ich seine Hände nicht mehr als gütigen, warmen Trost. Spürte, dies waren große, starke Männerhände. Schöne Hände. Anatols Leib war kein Trostspender, war mehr, war ein Männerleib, und ein schöner noch dazu. Der Trost fiel aus seinen Händen. Das Kind fiel mit ihm. Anatol streichelte meinen Rücken, Frauenrücken. Meine Arme, Frauenarme. Meine Hände, Frauenhände. Was geschieht hier, dachte ich, denn ich begehrte ihn – meinte ich ihn, oder war es nur mein Leib, der rief, der nicht gewöhnt war, so lange zu leben ohne Sex – und ich hatte Angst vor dem, was passieren könnte, denn ich wollte mich nicht festlegen, aber ich hatte keine Stimme gegen mein Verlangen. Und daß er, was er tat, unbefangen tat, daß er immer spürte, wann es zuviel werden könnte, weichte mich auf. Wenn ich mein Nein eben erst vage wahrgenommen hatte, unterließ er, was ich ihn nicht gebeten hatte zu unterlassen. Als meine Gedanken und die Verzweiflung überhand nahmen, löste ich mich sanft von ihm – oder löste er sich von mir?

Ich muß heim, sagte ich, und dachte, was ist das, heim, wie lange noch, heim.

Laß uns im Jetzt sein, bat Anatol.

Ich nickte. Das ist unsere einzige Chance. Du darfst nichts von mir verlangen. Ich kann dir nichts versprechen. Ich bin unzurechnungsfähig.

Das genügt mir, sagte Anatol.

Ich fuhr durch die Nacht und kannte mich nicht mehr aus. Alles war da. Nebeneinander. Es warf mich von rechts nach links. Ich war am Leben. Manchmal frei. Und doch haderte ich mit mir, weil die Liebe und Zuneigung meiner Freundinnen nicht ausreichte. Es ärgerte mich, daß es mir besser ging, weil ein Mann an mich dachte, über Freundschaft hinaus. Wollte nicht Weglaufen vor meiner Trauer. Liebe ist Liebe? Einen Menschen zu lieben heißt, alle Menschen zu lieben?

Neununddreißigster Tag

Leander, rief ich, wir bekommen Männerbesuch! Und lief durch die Wohnung und ordnete hier und da etwas und trug ein sonnengelbes Sommerkleid. Am Abend bekommen wir Männerbesuch! Leander war meine beste Freundin.

Als es klingelte, viel zu früh, erschrak ich, doch vor der Tür stand Anna, eine Bekannte aus der kleinen Stadt, zu der ich den Kontakt verloren hatte, weil sie mich seit Leanders Tod mied. Nur zweimal hatte sie angerufen und erzählt: Eheprobleme und die Kinder krank – aber das war sonst auch kein Grund gewesen. Anna war eine solche, die, wenn sie nicht wußte, was sie tun sollte, gar nichts tat. Nun stand sie bedrückt vor der Tür.

Hallo Anna, rief ich. So eine Überraschung!

Sie zog ihr Gesicht in Falten, und ich dachte im ersten Moment, etwas Schreckliches sei geschehen, bis mir einfiel, das Schreckliche war ja bei mir geschehen, gerade spürte ich es nicht und wollte es auch nicht spüren, doch Anna wollte, daß ich es spürte, schließlich war sie zu mir gekommen, um zu sehen, was sie erwartete.

Wie geht es dir, fragte sie und trug die Antwort im Gesicht: schlecht.

Ganz gut, sagte ich und bat sie herein.

Du wirkst ganz anders, als ich dachte, sagte Anna.

Wie sollte ich denn wirken?

Ich weiß auch nicht, ich meine, also ich dachte, stammelte Anna.

Stell dir vor, redete ich über ihre Erwartungen hinweg, in zwei Stunden bekomme ich Herrenbesuch!

Anna starrte mich an, als hätte ich Leander guillotiniert. Das brachte mich erst recht in Fahrt, und ich erzählte von meinem Tanz im Regen mit Anatol, von seinen warmen, zärtlichen Händen und wie er mich hielt, wenn ich weinte. Annas Gesicht wurde mürrisch. Ich drehte mich im Kreis in meinem sonnengelben Kleid und fragte: Meinst du, ich soll einen BH anziehen?

Anna war empört. Doch sie sagte es nicht. Immer hatte sie mich beneidet, um sich selbst zu bemitleiden. Mir fiel alles in den Schoß, hatte sie glauben wollen und nicht gesehen, wie ich kämpfte. Und nun war ich endlich einmal richtig auf die Schnauze gefallen und lag schon wieder nicht im Dreck, sondern drehte mich im sonnengelben Kleid. Sie nahm Zuflucht zu einer Erklärung: Sicher bist du jetzt gerade nur euphorisch. Das Tal wird schon noch kommen.

Mein Magen krampfte sich zusammen. Ich wollte nicht vergiftet werden von Annas Erwartungen. Ich hatte ja selbst Angst, daß ich noch nicht ganz unten war. Bestimmt nicht wollte ich Anna dies zeigen. Und so sagte ich leichthin: Zwischen Leander und mir war alles gut. Es gab nichts Ungeklärtes. Je mehr Ungesagtes zwischen Menschen bleibt, um so schwerer fällt der Abschied.

Was ist das für ein Herrenbesuch, fragte Anna.

Er ist vierundvierzig, sagte ich, hat langes, schwarzes Haar und sieht aus wie ein Indianer. Groß ist er und muskulös. Er wohnt in einem Haus am Fluß, malt und spielt Klavier und rezitiert Gedichte von Pablo Neruda.

Später saß ich mit Anatol auf dem Sofa, aß Kirschen, spuckte die Kerne in seine Hände und wunderte mich, normalerweise würde ich keinem Fremden Kerne in die Hände spucken, doch ich hätte sie in Leanders Hände gespuckt, und deshalb spuckte ich sie in seine Hände, ich tat, was normal für mich war, und er, der verliebt war in mich, tat, was nicht normal für ihn war.

Woher kriegt man solch eine weiche Haut, fragte er, als er meine Arme streichelte. Ich streckte und sonnte und reckte mich in seiner Freude über mich und fragte dennoch: Warum ich?

Warum nicht?

Du bist sehr mutig.

Du auch. Ich möchte mit dir schlafen.

Aber ich nicht mit dir, sagte ich staunend, und dann lachten wir. Doch das Lachen versiegte, als er sagte, ich hätte an diesem Abend den Namen Leanders zwanzigmal so oft gesagt wie seinen. War dies der Wegzoll, den ich zu entrichten hatte? Ich konnte doch nicht. Konnte doch nicht anders, und jedesmal, wenn ich Leanders Namen nannte bei Anatol, näherte ich mich ihm.

Leander ist ein Teil von mir, sagte ich. Ich bin das Resultat meiner Vergangenheit. Auch meiner Vergangenheit mit ihm. So wie du mich kennenlernst, so frei und stark, das habe ich auch Leander zu verdanken. Das mußt du aushalten, sonst können wir uns nicht mehr sehen. Ich hatte kaum zuende gesprochen, da erschrak ich über meine Härte, doch ich hatte keine Wahl.

Ich will es aushalten, sagte Anatol und hängte mir zwei Zwillingspärchen Kirschen an die Ohren.

Vierzigster Tag

Ich wußte, es würde geschehen an diesem Tag, denn es mußte geschehen und sollte nicht geschehen in meiner Wohnung.
So viel Neugier auf diesen fremden Leib nach acht Jahren vertrautem Leib.
Ist dein Hemd zu knöpfen oder reißen?
Das kannst du halten, wie du willst.
Anatols Haut war weich, viel weicher als die von Leander, das brauchte ich nicht zu denken, denn alles, was ich feststellte, beinhaltete den Unterschied. Da lag ich mit einem Mann im Bett, ich, die gedacht hatte, nie mehr mit einem anderen als Leander zu liegen, weil ich es entschieden hatte, und zu oft gelegen war mit Männern. Hatte wenig ausgelassen. Und staunte, denn ich war älter geworden. Wenn ich mich an vergangene Nächte zu erinnern versuchte, in denen die Vorstellung vom Abenteuer wichtiger war, als das Greifbare, dann hatte ich oft gespielt, was ich vielleicht in Filmen gesehen und geglaubt hatte, es gehöre zu solchen Nächten. Nun war nachmittag und ich war ich. Lag es am Alter oder daran, daß ich mich noch immer geliebt fühlte, geliebt von Leander. Deshalb konnte Anatol doch auch nichts anderes tun, als mich zu lieben, weiterzulieben? Ich war neugierig auf seinen Schwanz; acht Jahre lang hatte ich den Schwanz von Leander geliebt und geküßt, geknetet und allerhand Quatsch mit ihm gespielt, und ich hatte Angst, denn Leanders Schwanz war an Schönheit kaum zu übertreffen. Ich erinnerte mich an mein Staunen in unserer ersten Nacht, und hatte nie vergessen, daß jeder andere mich enttäuschen müßte, denn das hatte ich immer gesagt und laut: Es kommt sehr wohl auf die Größe an. Und meine Hände, sie kannten noch das Maß und meine Mitte, alles kannte das Maß von Leander, und ich berührte Anatols Schwanz lieber doch nicht, wollte die Erinnerung nicht verlieren aus meinen Händen. Anatol fragte mich ein zweites

Mal, ob ich mit ihm schlafen wollte. Ich fand es sehr rücksichtsvoll, daß er fragte, als befüchtete er, ich überforderte mich, als wollte er mir die Möglichkeit zu einem Rückzug geben, obwohl ich so lag, daß er es wissen konnte. Ich sagte Ja, sagte es deutlich und so klar, wie ich ihm auch anderes verraten hatte über meinen Leib, was ich Leander in unserer ersten Nacht nicht verraten hatte, weil ich nicht wußte, wie ich es tun sollte, und brauchte Anatol wenig zu verraten, denn er fand die Geheimnisse von selbst, das machte mich staunen. Niemals zuvor war ich mit einem fremden Mann so nah gewesen, denn ich spielte nichts. Auch dies geschah auf dem Boden, den ich mir mit Leander erobert hatte.

Und dann weinte ich und konnte nicht mehr aufhören, spürte die erste Nacht mit Leander, als ich ein einziges Ja war, Körper, Seele, Geist und Herz. Neben Anatol, nur noch Reste, war auch ein Ja, aber ein gebrochenes, kein enthusiastisches. Kleines, erbärmliches Zucken. Ich mochte ihn, aber ich liebte ihn nicht, und trotzdem war es schön mit ihm. Bei Leander wollte ich den ganzen Menschen, nun wußte ich nicht, was ich wollte, war nicht mal verliebt, oder vielleicht ein bißchen, wie sollte das möglich sein, dennoch berührten Anatol und ich uns im tiefen Menschsein, so rein und ernst. Ich weinte. Lang. Leander, hilf, Leander komm. Nie mehr Leander. Leander! Mit dir liegen. So liegen, wie wir gelegen sind, Tausende von Malen. In deinen Armen liegen, und alles ist gut und breit und leicht und richtig. Dich lieben, mit jeder Pore lieben und überall, und mit dir zerfließen, auseinanderfallen und neu zusammenfinden, und die ganze Welt steht still, in uns und durch uns, du und ich eins. Und ich weinte und weinte und vergaß Anatol, der nicht wußte, was er mit mir tun sollte, und irgendwann flüsterte: Wenn ich dich allein lassen soll, mußt du es mir sagen, aber ich konnte nicht sprechen, wußte nicht, was ich wollte und weinte und weinte, und er blieb neben mir, ohne mich zu berühren, mit kummervollem Gesicht, was ich erspähte zwischen Schluchzen und Schneuzen, und erst nach langer Zeit erkannte ich, was für eine furchtbare Situation dies für ihn war, er schlief mit einer Frau und sie erlitt einen halbstündigen Heulkrampf, da konnte ich zu ihm rücken, ein kleines Stück, unsere Beine aneinander, und ich sagte: Ich liebe Leander so sehr.

Ich weiß, sagte Anatol. Aber Leander ist tot. Und trotzdem kannst du ihn lieben. Weiterlieben. Neben dir liege ich. Und ich bin da, dich zu halten und zu trösten.

Diese Worte brachten mich an seine Seite. Als ich das Dutzend Packungen Taschentücher neben dem Bett entdeckte, lachte ich und lachte, und konnte wieder nicht aufhören. Maßlos war ich geworden.

Einundvierzigster Tag

Ich konnte mit einem anderen Mann schlafen. Es war möglich. War sogar schön. Die Wärme tat mir gut, und daß ich nehmen durfte, was ich brauchte. Zu geben, glaubte ich, hatte ich nicht viel, denn mein Herz, das war ja nicht frei. Meine Liebe war bei dir. Ich löschte unsere Anrufbeantworteransage. Nicht mehr zwei Namen, nur noch einer. Brachte es aber nicht über mich, deinen Namen von den Türschildern zu kratzen. Auch nicht, als Anatol darauf wies. Das muß bleiben, sagte ich.

Sah mich selbst wie von außen, wagte nicht, von meiner Verirrung, Verwirrung zu erzählen, denn man würde daran messen meine Liebe zu Leander. Dabei war es doch meine Liebe für Leander, die mich zu Anatol führte. Ich fühlte mich wie zwei Frauen und sprang von der einen in die andere und zurück. Die eine Frau wäre gern mit Anatol im Bett gelegen, hätte Musik gehört, geraucht und so getan, als wäre die Lunge wie neu, die andere Frau wollte, daß Leander nach Hause kam. Und eine dritte Frau sagte: Es sind Musikfestspiele. Leander wäre von neun Uhr morgens bis zwei Uhr nachts unterwegs. Die erste Frau sagte: Mit Anatol kannst du tun, was du willst und wann du willst, er hat immer Zeit. Und der zweiten Frau war dies egal, alles, was sie wollte, war in Leanders Augen zu schauen und dort ihr altes Leben wiederzufinden. Eine vierte Frau meldete sich: Sie wollte ihre Ruhe. Am besten für immer. Erst im Weinen, da vereinten sie sich.

Am Abend kam Tomma. Ich fieberte ihr entgegen, mußte endlich erzählen und wollte ihre Meinung hören. Alles durcheinander. All das Schöne mit Anatol, das ich nicht verstand, das konnte doch nicht sein, wo ich Leander liebte. Es war mehr als Ablenkung, ich fühlte mich zu ihm hingezogen, außerdem hatte ich keine Kraft, mir etwas vorzumachen. Angst, bei ihm klebenzubleiben. Ich mußte es alleine schaffen, endlich alleine schaffen. Anatol war alles andere als der Mann, den ich mir vorstellte, und den ich auch nicht wollte. Anatol malte große bunte Bilder, die selten Käufer fanden. Seinen Lebensunterhalt verdiente er mit Jobs, und gelegentlich malte er ein Auftragsbild. Er las keine Zeitungen und hatte keinen Fernseher. Er wollte nichts wissen von der Welt, die er pervers nannte, und ich widersprach, weil die Welt, egal, wie sie war, mich interessierte, auch wenn er recht hatte. Es gab nur eines, was Anatol wichtig war: Zeit. Stundenlang konnte er Wolken am Himmel betrachten. Er sah das Universum in den kleinsten Dingen, zufrieden, dort, wo er war, hatte keine Ziele. Obwohl ich wußte, wie großartig dies war, genügte es mir nicht. Ich wollte mehr – ohne zu wissen, was, aber weiter, wollte erobern, nicht innehalten. Und schämte mich dafür.

Wenn ich dich richtig verstanden habe, sagte Tomma, willst du gar nicht mit Anatol zusammensein, also wozu denkst du über solche Dinge nach?

Das ist es ja, rief ich voller Empörung über mich selbst.

Mit einem sogenannten normalen Mann könntest du jetzt nichts anfangen. Glaubst du, irgendein Typ von der Straße oder von Karstadt würde dich aushalten? Seit du Anatol kennst, machst du mir einen viel besseren Eindruck. Du wirkst nicht mehr so ... verloren.

Das ist es ja, rief ich. Ich will nicht, daß es mir besser geht, weil sich einer meiner annimmt. Sonst wäre ... Leander umsonst gestorben.

Ich weiß nicht, was mit dir los ist, Leila! Auf der einen Seite behauptest du, du hättest kein schlechtes Gewissen, Leander gegenüber ...

... hab ich auch nicht!

... auf der anderen Seite benimmst du dich, als müßtest du es dir verschärft geben. Leander ist tot. Das ist schlimm genug. Schlimmer hätte es für dich nicht kommen können. Und jetzt taucht wie aus dem Nichts ein Mann auf, der dir all das gibt, was du so sehr vermißt hast. Er schenkt dir Zärtlichkeit, lenkt dich ab, ist lieb zu dir. Und du haderst schon wieder. Noch dazu, wo du mir erzählt hast, es käme dir so vor, als hätte Leander ihn dir geschickt. Tickst du noch richtig?

Nein, sagte ich leise.

Wovor hast du Angst, fragte Tomma.
Daß ich es mir leicht mache. Zu leicht.
Das kannst du nicht, sagte Tomma ernst. Leander ist tot. Diese Bürde mußt du ganz alleine tragen. Und wenn du jetzt einen Menschen gefunden hast, der dir ein bißchen dabei hilft, dann freu dich darüber.
Ich habe Angst, daß er auf mich wartet. Daß er mit mir rechnet. Ich will nicht, daß jemand mit mir rechnet.
Dann beende die Geschichte.
Das kann ich nicht!
Leila, Leila, sagte Tomma kopfschüttelnd.

Dreiundvierzigster Tag

Meine Gefühle für Anatol hatten nachgelassen. Würde ich ihn nie wiedersehen – ich überlebte es problemlos. Auch Leander würde ich nie wiedersehen. Egal, alles egal, weil es zuvor zu viel gewesen war. Ich fuhr in ein Restaurant, einen Freund von Leander zu treffen, der seit Jahren in Spanien lebte. Einen Freund, den ich falsch eingeschätzt hatte, wie so manchen. Jede Woche hatte er mich aus Spanien angerufen, obwohl er Leander Jahre nicht gesehen hatte.

Am Anfang, vertraute ich Bernd an, spürte ich oft: Leander ist da. Ich kann das nicht erklären. Ich spürte es mit einer nie gekannten Gewißheit. Nun vergeht die Zeit, und ich spüre ihn nicht mehr. Oder nur noch selten. Ich habe Angst, daß ich eines Tages vergesse, wie ich ihn spürte, und zurückfalle in mein unbewußtes, mechanisches Leben.

Geduldig erklärte Bernd mir, daß Leander und ich einen Prozeß durchmachten. In verschiedenen Welten, doch miteinander verbunden. Jeder auf seiner Seite und jeder mit seiner Aufgabe. Woher willst du wissen, fragte Bernd, daß das, was auf der Erde geschieht, real ist? Woher willst du wissen, ob du in einem realen Auto zu einer realen Arbeit fährst? Das ist doch alles nur ein Spiel.

Das denke ich in letzter Zeit auch manchmal. Ich habe mein Leben immer sehr ernst genommen, überhaupt nicht spielerisch. Seit Leander tot ist, hat sich das verändert. Als wäre durch seinen Tod das Kartenhaus unseres Lebens zusammengekracht. Und nun hebe ich Karte für Karte auf. Doch ich weiß, jederzeit kann ein Windstoß kommen. Es ist nur ein Spiel.

Du hängst nicht mehr am Leben?

Ich habe noch nie so am Leben gehangen wie jetzt und es noch nie so spielerisch gesehen. Zum ersten Mal ertappe ich mich gelegentlich dabei, keine Wünsche zu haben. Mich dem Leben nicht aufdrängen zu wollen. Ich nehme, was kommt, und so ist es gut.

Wünsche sind das einzige, was uns am Leben hindert, sagte Bernd und wollte beim Abschied wissen: Gibt es eigentlich jemanden, also ich meine ...

Warum fragst du das? Warum fragen das nur Männer? Du bist der dritte Mann, der mich das fragt.

Wenn du mich einmal besuchen magst in Spanien – bring mit, wen du möchtest.

Danke, sagte ich, und es bedeutete mir viel, daß ein Freund Leanders mich einlud, gleichgültig, mit wem ich käme.

Vierundvierzigster Tag

Ich wußte nicht, ob es richtig war, zu Anatol zu fahren, denn ich war traurig, abgrundtief traurig. Doch ich wollte wissen, wie ich mich in seiner Gegenwart fühlte.

Auf dem Tisch standen Kirschen. Bei René waren es Erdbeeren gewesen, bei Leander Weintrauben - und nun also Kirschen. Anatols Gesicht leuchtete vor Freude, mich zu sehen. Seine Blicke so zärtlich. Doch er hielt sie im Zaum, berührte mich nicht, wahrte Abstand, abwartend vielleicht. Es gefiel mir, daß er nicht glaubte, er habe Rechte, weil wir miteinander geschlafen hatten. Er sagte viele schöne Dinge, die ich in seinen Augen las, noch ehe er sie aussprach. Seine Komplimente freuten und schmerzten mich zugleich, denn es war nicht Leander, der sie sagte. Ich wußte nicht, was ich mit Anatol anfangen sollte, wollte in seine Nähe und doch nicht, war zu traurig, etwas zu unternehmen, und konnte mich auch nicht verabschieden, denn wohin?

Möchtest du eine Massage, fragte ich.

Sehr gerne, sagte Anatol und legte sich mit entblößtem Oberkörper auf den Teppichboden. Ich kniete neben ihm und betrachtete seinen Rücken. Ein schöner Rücken. Muskulöses, geschwungenes V. Fremder Rücken. Ich hatte Leander oft und gern massiert und hoffte, dieser fremde Rücken würde mir dabei helfen, wieder Fleisch zu werden, auch wenn sein Anblick mir Tränen in die Augen trieb.

Darf ich mich revanchieren, fragte Anatol.

Ich legte mich auf den Bauch. Bald schon hörte Anatol auf, mich zu massieren, streichelte mich. Zärtlich und stundenlang, so kam es mir vor, und ich weinte, weil er mich weich machte. Nachdem ich eine Packung Taschentücher verbraucht hatte, lachte ich, und mit dem Lachen kam die Lust, und dann schliefen wir miteinander, und was er tat, war gut, doch dann weinte ich schon wieder, und keine Kraft mehr, dieses Reißen und Fallen, Achterbahnfahrten, auszuhalten, das zerrte an mir mit der Gewalt der

Elemente. Anatol öffnete die nächste Packung Taschentücher und schaute mich an mit kummervollem Gesicht. Manchmal legte er zart eine Hand auf meine Hüfte, meinen Bauch, als wollte er die Verbindung nicht verlieren. Als ich mich beruhigt hatte, fragte er leise, ob er ein so fürchterlicher Liebhaber sei. Ich hielt ihm den Mund zu und beeilte mich zu versichern: Nein, überhaupt nicht. Ganz im Gegenteil.

Ich würde mich freuen, wenn du über Nacht bliebest, sagte Anatol. Ich wußte es nicht. Wußte nicht, was ich hier sollte, wußte nicht, was mit meinen Gefühlen war, und hatte Angst, mir etwas einzureden. Dabei glaubte ich doch, nicht gegen meine Gefühle leben zu können, wie früher, als ich manche Woche mit Männern verbracht hatte, die Zeitverschwendung für mich waren wie eine drittklassige Soap, nur, um nicht allein zu sein. Angst, daß meine Gefühle für Anatol abbrechen würden, wenn ich ihm am Morgen beim Frühstück gegenübersäße. Dann hätte ich alles verloren. Anatol war mir die andere Waagschale, wenig Gewicht, gerade so viel, daß ich nicht ins Feuer mußte. Meine Sehnsucht nach Leander, Wundbrand. So tief und weh und wild, und keine Tränen mehr. Erschöpft lag ich mit ins Kissen gedrücktem Gesicht, konnte mich nicht bewegen, konnte nicht sprechen, jeder Atemzug anstrengend, wollte nicht mehr: atmen.

Du bekommst mein Bett, ich schlafe nebenan, entschied Anatol und stand auf.

Bleib noch, bat ich. Als ich am Morgen aufwachte, lag ich in Anatols Armen. Schaute in seine Augen und erschrak nicht. Während Anatol Frühstück zubereitete und ein neuer, praller Sommertag sich im Garten ausbreitete, ich Anatol betrachtete, der pfeifend Brot schnitt, hoffte ich so sehr, Leander würde alles Unaussprechbare in mir spüren. Und wissen, wie sehr ich ihn liebte.

Anatol schenkte mir Kaffee ein, wieder ein Gänseblümchen auf meinem Teller. Tränen rannen über mein Gesicht.

Leila, sagte Anatol ernst. Wenn Leander ein Teil des Universums ist, dann ist er überall. Dann ist er alles und in allem. Er ist in dem Stuhl, auf dem du sitzt, er ist der Baum vor dem Fenster, er ist das Gras unter deinen Füßen und die Luft, die du atmest.

Danke, sagte ich. Und weinte stumm weiter. Aber nun wegen der Güte dieses Menschen.

Fünfundvierzigster Tag

Ich war aufgeregt, als stellte ich meiner Freundin einen neuen Freund vor. Doch das war er nicht. Um sechs hatten wir uns verabredet an seinem Haus, und als ich ankam, war Tomma schon dort, und sie wuschen Salat. Ich sah, daß sie ihn mochte, und das machte mich froh. Diese Begegnung war nicht leicht für Tomma, Leanders beste Freundin. Sie sah mich sitzen neben Anatol, der doch gar nichts zu suchen hatte an meiner Seite, denn an meine Seite gehörte Leander. So oft waren wir zu dritt gesessen, Tomma, Leander und ich.

Anatol war mindestens so aufmerksam wie Leander. Goß unsere Gläser voll, kaum hatten wir sie ausgetrunken, zückte sein Feuerzeug, wenn wir unsere Zigaretten nur berührten. Tomma grinste. In ihren Augen las ich die Frage: Wie schaffst du das, kaum ist Leander tot, hast du wieder einen solchen. Als wir uns verabschiedeten und Anatol mir in die Jacke half, rief Tomma: Bitte nicht!

Was meinst du, fragte Anatol.

Ich kann meine Jacke allein anziehen, und auch meine Schuhe brauchst du nicht in Marschrichtung vor mich zu stellen.

Anatol schaute mich fragend an.

Ich habe Tomma erzählt, sagte ich, daß du mir mal meine Schuhe gebracht hast.

War dir das nicht recht, fragte Anatol.

Ich habe es sehr genossen, sagte ich.

Ich wäre schreiend weggelaufen, sagte Tomma. Barfuß.

Anatol brachte uns zu unseren Motorrädern. Bevor ich den Helm aufsetzte, flüsterte Tomma mir zu: Ich weiß dich bei ihm in guten Händen. Und dann fuhren wir zu mir. Tomma nahm mir den Schlüssel ab, weil ich so sehr zitterte. Kein Leander, dem wir erzählen konnten: Wir waren bei Anatol. Und dann zu dritt sitzen, so wie es sich gehörte. Das Telefon klingelte. Anatol wollte wissen, ob wir gut angekommen seien. Ja, sagte ich und legte auf. Sortierte mit Tomma Leanders Versicherungsunterlagen, da klingelte das Telefon, und Anatol wollte wissen, wann wir uns wiedersähen. Übermorgen meinetwegen, sagte ich. Als er nach einer halben Stunde erneut anrief, um mich zu fragen, ob ich in drei Wochen mit ihm zu einem Sommerfest gehen würde, rief ich: Woher soll ich das wissen, und knallte den Hörer auf die Gabel. Tomma sagte kein Wort. Ich war ihr dankbar dafür. Wir gingen in den Speicher, wo Leander drei Räume belegt hatte. Die Zahlenkombination des einen Schlosses hatte ich vergessen. Ich hatte probiert, es zu öffnen, wie Leander Schlösser zu öffnen pflegte. Nie merkte er sich Zahlen, drehte an den Rädchen mit konzentriertem Gesicht, und innerhalb einer Minute war jedes Schloß offen. Bei mir hatte es nicht funktioniert, und als ich Tomma von diesem Trick erzählt hatte, war sie begeistert und wollte es unbedingt versuchen. Tomma drehte. Ich spüre nichts, sagte sie.

Er hat was gespürt, sagte ich. Ich habe es an seinem Gesicht gesehen.

Als das Schloß nach fünf Minuten noch immer nicht offen war, wollte ich aufgeben.

Leander, wie hast du das gemacht, fragte Tomma und drehte weiter.

Es geht nicht, sagte ich.

Es muß gehen, sagte Tomma. Wenn er das konnte, kann ich das auch. Oder glaubst du, man braucht einen Schwanz dazu?

Ich kicherte. Nach weiteren fünf Minuten hatte Tomma das Schloß offen. Sie jubelte und schwenkte es wie eine Trophäe. Schau Leander, rief sie, nahm mich in den Arm: Ist das nicht toll, Leila? Ich kann sogar noch von ihm lernen, wenn er tot ist!

Wir verschafften uns einen Überblick über die Dinge im Speicher. Viel Werkzeug, viel zu sortieren, viel wegzuwerfen. So wie ich Papier anhäufte, hatte Leander Werkzeug gesammelt. Nach zehn Minuten konnte ich nicht mehr. Dies waren Leanders ganz eigene Dinge; sie waren geblieben. Tomma lud einiges in ihre Motorradkoffer und fuhr nach Hause. Ich rief Anatol an. Ich mußte ihm sagen, wie bedrängt ich mich fühlte und daß er dadurch zerstörte, was in mir wuchs. Wenn Anatol mich nicht frei lassen konnte, blieb ich lieber allein.

Anatol entschuldigte sich. Der Schreck in seiner Stimme brachte mich zur Vernunft. Wieso sollte er Verständnis haben für mich? Woher sollte ich Verständnis für ihn aufbringen? Ich war doch gar nicht Ich. Ich kämpfte doch nur verzweifelt, die Tage zu überstehen.

Anatol, sagte ich, es tut mir leid. Aber ich kann nicht anders.

Sechsundvierzigster Tag

Vor unserem Umzug in die kleine Stadt hatte Leander all seine Liebesbriefe weggeworfen. Nur meine Briefe hatte er aufgehoben, und nicht nur die, auch kleine Zettel, herausgerissene Blätter mit liebevollen Worten – er hatte alles von mir gesammelt. Auch ich hatte seine Zettel gesammelt. Liebesgrüße auf Kaffeefiltern und gelben Klebezetteln. Anatol hatte mir zweimal Zettel geschrieben, und ich hatte sie weggeworfen. Das war der Unterschied. Vielleicht erlebte ich im Moment einen Beginn, den ich aber nicht Beginn nannte, weil ich keinen wollte. Ich achtete diese Zeichen nicht mit der Aufmerksamkeit einer neuen Liebe. Merkte mir die Sätze nicht, die Anatol sagte, so wie ich mir jene von Leander gemerkt hatte. Wieder einmal fragte ich mich, ob die Liebe in ihrem Beginn austauschbar und unabhängig von den Darstellern war. Darüber hatte ich mich oft unterhalten mit Leander. Meinen wir uns, hatte er in unseren ersten Tagen gefragt, oder ist dies alles nur Zufall. Liebe ist Liebe, hatte ich erwidert und dennoch Zeichen gesucht, die diese Liebe besonders machten. Auch das ein Symptom für die Austauschbarkeit, denn an das Besondere hatte ich in jeder neuen Liebe glauben wollen. Wenn die Liebe, dachte ich, durch alle Menschen fließen könnte, rein wie ein Gebirgsbach, könnten alle Menschen sie teilen. Dies wäre – das Paradies. Selbst die erotische Liebe könnte dort fließen, denn es gäbe keine Moral, sondern nur Begegnungen zwischen Leibern, die sich Gutes wollten. Wenn Liebe in mir war, konnte ich sie weitergeben und teilen. Die Liebe war in mir. Die Liebe von Leander und zu Leander.

Der Hausmeister des Studios klingelte. Er war der einzige, der sich gelegentlich nach mir erkundigte, und zweimal hatte er mir eine Flasche Wein vor die Tür gestellt. Ansonsten meldeten sie sich nicht. Mit dem Hausmeister saß ich auf dem Sofa, und merkte, auch er reihte sich ein in die Warteschleife. Ich war eine Möglichkeit, wie die Nachricht, daß ein Professor schwer erkrankt war und man damit rechnen konnte, die Stelle würde frei. Der Hausmeister erzählte von seiner unglücklichen Beziehung. Seit acht Jahren schon lebe er mit einer Frau, die er von Anfang an nicht habe ausstehen können. Er wisse selbst nicht mehr, wie es dazu gekommen sei, daß sie zusammenzogen. Eigentlich würden sie nur streiten.

Warum, fragte ich.

Er wußte es nicht. Es ergab sich so.

Selbst dieses grausame Leben, das ich nun führte, schien mir besser, als das, wovon der Hausmeister erzählte, niemals hätte ich getauscht, müßiger Gedanke.

Außerdem haben wir seit zwei Jahren nicht mehr miteinander geschlafen, sagte er.

Aha, sagte ich, wußte nicht, was ich dazu sagen sollte und vor allem nicht, wie den Lachreiz bändigen, der in mir sprudelte.

Und du, fragte er.

Was ich, fragte ich, weil ich es ihm nicht so leicht machen wollte.

Hast du jemanden, fragte er.

Ich verzog mein Gesicht zu einer Miene, von der ich glaubte, so zieme es sich.

Entschuldige, murmelte er und verabschiedete sich bald.

Jens, der Freund von Leander, rief an. Schön, deine Stimme zu hören, sagte er, und ich spürte, er meinte dies nicht wegen Leander, meinte es wegen mir. Am Klang meiner Stimme hörte ich, ich flirtete und wußte sogleich, das tat ich, um mir zu beweisen, ich war nicht verheddert in die Stricke, die Anatol mir zugeworfen hatte. Ich fand mich selbst ein bißchen langweilig, denn dieses Spiel kannte ich zu gut; sobald ich den Eindruck hatte, jemand wollte mich hindern, mußte ich mir beweisen, wie frei ich war, und das hatte Leander begriffen in unseren ersten Tagen und mich niemals gehalten; deshalb war ich immer wieder zu ihm zurückgekehrt, hatte mich nicht mal bedeutend von ihm entfernt. Ein einziges Mal hatte ich mich leidensvoll in einen Kollegen verknallt. Ich wußte nicht, was da mit mir geschah, war verzweifelt und erzählte es Leander, meinem besten Freund. Der nahm mich in die Arme: Was fehlt dir bei mir, fragte er, und ich wußte es nicht, aber daß er fragte, ließ mich den anderen schnell vergessen. Und am nächsten Tag war Weihnachten, und Leander sagte: Dauernd denke ich an meinen Nebenbuhler. Ich habe gar nicht mehr an ihn gedacht, stellte ich fest. So ist es mir lieber, lächelte Leander. Daß ich an ihn denke, nicht du.

Achtundvierzigster Tag

Ich hatte nichts eingekauft. So etwas wäre mir früher nicht passiert. Früher mußte ich sorgen für Leander. Für mich selbst sorgte ich nicht richtig. Der Mozzarella war aufgebläht wie eine Wasserleiche. Die Geschäfte hatten geschlossen. Ganz hinten im Gefrierfach fand ich eine chinesische Gemüsesuppe von Leander. Mit Tränen in den Augen erhitzte ich sie. Leander sorgte für mich.

Vom Fenster aus sah ich ein Rentnerpärchen, Hand in Hand. Früher hatte ich bei solchen Bildern an mich und Leander gedacht und uns gesehen mit weißen Haaren in fremden Städten, Ausflüge machen, vielleicht mit Reiseführern in alten, aderigen Händen. Nun gab es kein Bild mehr in meiner Zukunft, das ich dem Pärchen entgegenhalten konnte; ich konnte ihnen nicht nacheifern mit dem, den ich liebte. Ich rief Anatol an, denn ich war traurig und brauchte eine Stimme, nein, brauchte schon: seine Stimme.

Anatol sagte: Leander ist bei dir. Du kannst ihn spüren, wenn du es willst. Zünde eine Kerze an.

Ich hatte die Kerze gerade angezündet, da rief unsere Freundin aus Italien an, zehn Kilometer von meiner Wohnung sei sie entfernt, das war typisch.

Am liebsten, sagte Giada, würde ich dich sofort mitnehmen. Urlaub würde dir gut tun.

Ich traue mich nicht, sagte ich. Ohne Leander in Italien – aber ich werde kommen. Nicht morgen. Doch noch in diesem Jahr. Und du – was ist mit Massimo?

Giada grinste und erzählte von Irrungen und Wirrungen, und am Ende vertraute sie mir an: Er hat nur meinen Arm berührt, und ich hatte fünf Orgasmen.

Ich prustete los.

Hey, rief Giada, glaubst du mir nicht?

Doch, kicherte ich. Und dachte für mich, wenn ich dies Leander erzählte, würde er sagen: Weiß Giada, was ein Orgasmus ist? Und dann würde er mir von seiner ehemaligen Freundin Sabrina erzählen, die ihn verlassen hatte, weil sie mit ihm nur sechs Orgasmen hatte, während es bei Boris sieben waren.

Eigentlich, sagte ich zu Giada, muß Leander gar nicht hier sein, ich weiß, was er sagen würde, ich kenne sogar seine Assoziationen, kann auf sie antworten und weiß, was er erwidern würde.

Neunundvierzigster Tag

Der neunundvierzigste Tag. Laut tibetanischem Totenbuch der letzte Tag, an dem die Toten erreichbar waren. Danach gingen sie ins Licht. Obwohl ich dieses Datum lächerlich fand, denn ich glaubte nicht, die Toten hielten sich an den Rhythmus der Lebenden, war dies ein besonderer Tag. Das Telefon klingelte am frühen Morgen schon. Anatol, dachte ich. Doch es war ein Drogenabhängiger, den ich eine Weile unterstützt hatte und seither nicht mehr los wurde. Er träumte davon, mich zu heiraten, und war im letzten Jahr so massiv geworden mit seinen Avancen, daß ich ihm geschrieben hatte, ich würde nach Amerika fliegen und Leander in Las Vegas heiraten.

Bist du verheiratet, fragte er.

Ja, sagte ich, wir sitzen gerade beim Frühstück.

Dann will ich nicht stören, sagte er und legte schnell auf.

Leander, du bist neunundvierzig Tage tot, und jetzt sind wir verheiratet, verkündete ich und setzte Kaffee auf.

Auf dem Weg ins Institut legte ich eine Cassette ein, wußte nicht, welche, da war es eine von meinem Anrufbeantworter von vor neun Jahren. Ich staunte. Ich hatte gelebt, ganz eigenständig. Viele Menschen riefen an, ich war anscheinend dauernd unterwegs: Du bist nie zu erreichen. Ich lachte Tränen, über die Freundin, die mich immer wieder anrief, wegen eines Briefes, von dem ihr Leben abhing, weil der, mit dem sie eine Nacht verbracht hatte und von dem sie nur den Vornamen wußte, wenn es überhaupt sein richtiger war, ihr vielleicht geschrieben hatte, denn sie habe im Briefkasten den Zettel mit der Aufforderung zur Abholung eines unzureichend frankierten Briefes gefunden, und wer, so fragte sie mich beziehungsweise meinen Anrufbeantworter, würde dies tun, niemand falle ihr ein, er aber, glaube sie, sei ein solcher, der Briefe nicht oder zu wenig frankiere, er könnte doch, sagte sie, zu mir gefahren sein, meinen Nachnamen und die Adresse notiert oder sich gemerkt haben, und ich weiß doch, rief sie, übermorgen fliegt er nach Indien, also muß ich diesen Brief bekommen, sonst sehe ich ihn nicht mehr, ich habe bei der Post angerufen, bei vielen Postämtern, wenn ich diesen Brief nicht bekomme, drehe ich durch, glaubst du mir das, ruf mich sofort zurück!

Was waren wir jung und dumm! Ich hatte gelebt ohne Leander. War nicht nur unglücklich gewesen ohne ihn. Wußte nicht, daß es ihn gab. Lebte auf ihn zu. Und hatte gelacht, getanzt und Hirngespinste zelebriert.

So tröstete mich meine eigene Vergangenheit auf dem Weg ins Institut und auch auf der Heimfahrt. Zu Hause legte ich mich in die Badewanne. Sah deinen Rasierpinsel auf der Konsole. Stand auf, nahm ihn und trug ihn in die Küche zum Mülleimer, Wasserspur am Boden. Kein Mann mehr im Bad. Tod ist endgültig, sagte ich. Und so wurde dies mein neues Wort: endgültig. Nie mehr mit meinem besten Freund sprechen. Endgültig, endgültig, endgültig. Wollte dich nicht verlieren. Nie verlieren. Hätte so gern in einem Hotel in einer fremden Stadt in der Badewanne gelegen und daneben ein Telefon: Leander, ich habe Einsamkeit. Und deine Stimme hören. Mich von ihr umarmen lassen. Alles wäre gut.

Nach dem Bad schaute ich lang aus dem Fenster, in den Himmel, den Wolken zu, die trieben und zogen, irgendwohin. Leander. Leander, ich liebe dich. Und wärest du in jedem Baum und jedem Grashalm, in jedem Wurm und jeder Fliege, du, die ganze Welt, wie liebevoll würde ich alles behandeln.

Fünfzigster Tag

Die Gedanken trafen mich wie Giftpfeile. Warum hattest du so viel gearbeitet, warum hatten wir so wenig gemeinsam unternommen? Warum hattest du so wenig Bedürfnis nach Zweisamkeit? Es ließ mir keine Ruhe, obwohl ich es mir beantworten konnte. Du wolltest nicht weich sein, wolltest nicht auf dein Herz hören, das wußte, was passieren würde, und so war dein Rückzug die Vorbereitung auf unsere Trennung.

Dieses bittere Gefühl, ich trug es seit Tagen, eigentlich, seit ich Anatol kannte. Im Untergrund hatte es gewütet und wurde immer schlimmer.

Am Nachmittag kam Leanders Assistent, den ich angerufen hatte, weil mein Plattenspieler sich zu schnell drehte. Der Assistent spielte mit dem Gedanken, Leanders Stellung zu übernehmen. Wenn ich lediglich die Proben und Konzerte betreue, sagte er, habe ich vier Tage die Woche frei, schließlich entspricht mein Arbeitstag - von neun Uhr morgens bis nach Mitternacht - dann zwei normalen.

Ich nickte. Das hatte Leander auch gedacht.

Gestern bin ich von Vormittag bis Mitternacht im Studio gewesen, da ist meine Frau gekommen und hat mich gefragt, ob ich noch nach Hause finde. Das muß sie doch begreifen, sagte er und schaute mich zuspruchheischend an.

Wieder nickte ich. Vielleicht hatte ich mir zuviel bieten lassen, denn das hätte ich nie gewagt, Leander zu fragen, ob er nach Hause fände. Aber daraus, daß Leander offensichtlich nicht nach Hause gefunden hatte, erwuchs mir ja die Qual.

Abends hatte ich ein Rendezvous mit Anatol. Ich schminkte mich zum ersten Mal seit Leanders Tod und drehte mich vor dem Spiegel. Was ich sah, gefiel mir gut. Gern hätte ich mich vor Leander gedreht und das Feuer in seinen Augen gesehen. Dieser

Blick, dieser ausschließliche Blick, pures Wollen, hatte meine Knie weich werden lassen, acht Jahre lang. Die Leichtigkeit währte nur kurz. Schon als ich mit Anatol im Wagen saß, wurde ich schwer. Wohin fuhr ich? Wozu? Die Tage überstehen, nur die Tage überstehen, irgendwie. Als Anatol, den ich behandelte wie einen flüchtigen Bekannten, weil ich mich selbst nicht ausstehen konnte, in der Diskothek zur Toilette ging, hörte ich Leanders Stimme: Reiß dich zusammen, Leila! Du bist ungerecht gegen ihn.

Anatol kam zurück, ich forderte ihn zum Tanzen auf. Wir blieben bis in die Morgenstunden. Es war mir gleichgültig, ob wir hier waren oder woanders. Nur den Tag überstehen.

Ob er noch mit mir nach oben kommen dürfe, fragte Anatol vor meiner Haustür und fügte hinzu: Auf ein Glas Wasser.

Ja, sagte ich, aber ich will nicht, daß du bei mir übernachtest, und: Du bist der erste Mann, dem ich das Glas Wasser glaube.

Die Nacht war lau, und ich hatte Lust zu ficken. Anatol streichelte seine nie endende Zärtlichkeit über meinen Leib, und ich sagte: Entweder wir machen jetzt Sex oder du gehst.

Er starrte mich an. Begriff nicht, daß ich zu Bewußtsein gefickt werden wollte. Und war noch immer viel zu zärtlich, und ich wehrte mich gegen seine Zärtlichkeit, biß und zerkratzte seinen Rücken, doch er ließ nicht ab, vielleicht wußte er, daß Ficken nur zur Bewußtseinslosigkeit führen konnte, und endlich gab ich auf und weinte. Träne für Träne weinte ich mich zu ihm hin. Wieder wiegte er mich wie ein Kind und trug mich ins Bett. Und ich stammelte: Warum hat Leander sein Leben weggeworfen für das Studio?

Er war ein erwachsener Mann, sagte Anatol. Er hat entschieden.

Er hat mich vielleicht nicht mehr geliebt, sagte ich das furchtbarste.

Anatol sah mich erschrocken an. Leila! Nur weil er gestorben ist, ohne dich um Erlaubnis zu fragen, darfst du das nicht sagen. Du weißt es doch! Leander hat dich geliebt. So wie du ihn geliebt hast. Wenn du deine Liebe zu ihm spürst, wirst du auch seine zu dir spüren.

Anatol holte ein Buch und las mir Rilke vor. Die Wörter rollten wie Perlen durch meine Wunden, und was sie berührten, wurde heil.

145

Einundfünfzigster Tag

Wie geht es dir, fragte Anatol am Telefon, und es störte mich nicht, daß er anrief.

Besser, sagte ich.

Ich habe mir Sorgen um dich gemacht.

Danke, sagte ich, und es tat mir weh und gut, daß er sich Sorgen machte. Immer waren weh und gut nun zusammen.

Wenn du wieder einmal sehr traurig bist, bat Anatol, denke an die Menschen, die dich brauchen. Deine Freundinnen, deine Familie; denk an deine Arbeit. Du wirst gebraucht. Anatol zählte Namen auf, die ich gelegentlich erwähnt hatte. Seinen nannte er nicht. Das war es, was mich am tiefsten berührte.

Ich mußte mich versöhnen mit Leander. Wenn ich mit ihm haderte, haderte ich mit dem Leben. Das sagte ich Tomma am Telefon. Und nur, wenn ich mit Leander im reinen bin, fügte ich hinzu, kann ich mit Anatol zusammensein. Ich habe Angst, daß ich meine Gefühle für ihn verliere.

Das finde ich bemerkenswert, sagte Tomma. Ich in deiner Situation hätte Angst, daß Anatol seine Gefühle für mich verliert.

Nach dem Telefonat überkam mich ein drängendes Bedürfnis nach Sauberkeit. Ich riß Eimer und Lappen an mich und putzte und polierte wie besessen. Hinter dem Spiegel im Flur fand ich eine jener kleinen Cassetten. Deine Stimme? Alle anderen, die bei den Schallplatten lagen, hatte ich angehört. Noch einmal deine Stimme? Oder Musik? Mit zitternden Fingern legte ich die Cassette ein. Deine Stimme! Und deine Schritte, du gingst durch eine Straße, die klang nach großer Stadt und Häuserschluchten, das Klacken deiner Stiefel. Deine Stimme: Ich habe dich vermißt an einem der wichtigsten Abende meines Lebens. Ich war mit einem Fuß schon auf der anderen Seite. Habe deine und meine Seele gesehen auf der feinstofflichen Ebene. Und habe dich vermißt,

Leila. So sehr vermißt. Dennoch warst du immer bei mir. Ich bin jetzt zurückgekehrt zu mir selbst.

Schreckstarr saß ich am Boden. Spulte zurück. Hörte es mir wieder und wieder und wieder an. Leander sprach zu mir. Sprach zu mir letztes Mal. Egal, was Leander sich dabei gedacht haben mochte, irgendwann. Für mich war dies eine Botschaft. Danke, stammelte ich immer wieder. Für das Ende. Für das Dazwischen, für den Anfang. Danke, Leander. Ich kniete vor dem Spiegel. Sah in meine Augen. Es waren nicht meine Augen, waren deine Augen. Ich war in dir. Wir waren Teile des Ganzen. Auf verschiedenen Seiten. Doch vereint. Verzeih mir. Habe wieder versucht zu zerpflücken und zu erklären. Ich danke dir. Habe die Cassette gefunden, als ich den Glauben verloren hatte. Es ist vielleicht nur ein Wimpernschlag oder weniger, bis wir uns wiedersehen. Alles, was unter dem Strich steht, ist: Ich liebe dich.

Ich mußte die nächsten Schritte tun. Freigelassen hatte ich Leander im Großen. Doch aus meinem Alltag, da hatte ich ihn nicht entlassen. Nicht freigelassen seinen Körper in meiner Sehnsucht danach. Noch immer lag sein T-Shirt neben mir im Bett, und ich roch daran vor dem Einschlafen und beim Aufwachen. Der Geruch war schon gar nicht mehr wahr. Ich nahm das T-Shirt, drückte meine Nase unter deine Achseln, dünne Spur, fast nicht mehr zu erkennen, beim zweiten Atemholen schon verschwunden. Ich legte das T-Shirt in den Wäschekorb. Rauchte eine Zigarette. Rannte ins Schlafzimmer, holte das T-Shirt aus dem Korb und legte es zurück ins Bett. Es war zu früh.

Zweiundfünfzigster Tag

Fühlte mich leichter, doch traurig, unendlich traurig. Fuhr zu Anatol, an gelben Feldern vorbei. Eine schwarze Woche Wand lag hinter mir, ich hatte viel gekämpft, und vielleicht Leander und Anatol gleichgesetzt und geglaubt, ich müßte Leander herabsetzen, um mit Anatol zusammensein zu können. Der Kampf hatte mich erschöpft, denn wie sollte ich unsere Liebe verkleinern im nachhinein - und wenn Leander in mir lebte, bedeutete dies, mich selbst auszudörren.

Saß mit Anatol im Gras, Rücken an Rücken. Wußte nicht viel zu sagen. Wollte, daß die Zeit verging. Schaute in die Wolken. Gern wäre ich woanders gewesen, in einer anderen Zeit, in einer Zeit mit dir. Und während ich dies dachte, und es nicht denken wollte, wußte ich, wenn du noch lebtest, säßen wir nicht im Gras, und selbst, wenn wir säßen, hätte ich diese Sehnsucht. Das Gras, der Himmel, die Sonne, Mann und Frau, alles kugelrund, aber es war nicht kugelrund, weil du es nicht warst, und wenn du es gewesen wärest, wärest du nicht so mit mir gewesen, wie ich es mir wünschte. Auf einmal spürte ich ein Zucken an meinem Rücken. Ich drehte mich zu Anatol und sah: er weinte. Ohne daß er ein Wort sagen mußte, verstand ich, warum. Verstand es in aller Tiefe. Schaute in seine Augen und weinte mit ihm. Mit einem anderen Menschen saß ich im Gras an diesem Sommertag und weinte mit ihm über das Leben und voller Anteilnahme an seinem Leben, und unsere Tränen verbanden uns wie nichts zuvor.

Alles, was wir sind, sagte Anatol, als der laue Wind unsere Gesichter getrocknet hatte, ist Strandgut.

Vierundfünfzigster Tag

Ich sah Tannenzapfen und war mit Leander auf Lombok, Bananenblüten fotografieren. Noch immer gab es viel zu viel, das mich erinnerte. Und wenn es keine Bilder gab und ich vor mich hinträumte, träumte ich von der Zeit, in der ich Leander kennengelernt hatte. Davon hatte ich auch geträumt, als er lebte.

Ich war braungebrannt von den Ausflügen an die umliegenden Seen. Sah nicht aus wie eine gebrochene Frau. Wollte aber so aussehen, denn ich mußte zum Landrat. Ich nahm den schwarzen Rock, den wir auf Bali gekauft hatten, aus dem Schrank, obwohl ich sonst immer bunt gekleidet ging. Draußen schrillte ein Pfiff, und ich rannte zum Fenster. Begriff, kurz bevor ich es erreichte, Leander konnte nicht mehr pfeifen. Ich erkannte seinen Pfiff unter vielen. So laut und schrill und gellend. Damit hatte er mich gerufen, oft. Und auch ich hatte ihn gerufen mit der Trillerpfeife, die er mir geschenkt hatte, weil ich das Pfeifen nicht lernte. Einmal stand er mit einem Dutzend Kollegen in einer Gruppe, wir mußten dringend fort, da zückte ich die Trillerpfeife und pfiff, Leander drehte sich zu mir, winkte und kam. Und dann lachten wir über den Gesichtsausdruck der Kollegen.

Mein aufrichtiges Beileid, Frau dos Santos, sagte die Sekretärin des Landrats und bat mich, kurz zu warten. Bald öffnete sich die Tür zum Büro des Landrats, der einen Besucher jovial schulterklopfend mit einem Scherz verabschiedete. Der Landrat sah mich, schüttelte nicht einmal seine Hände, streckte sie gleich aus, und in den vier Schritten von der Schulter des Besuchers zu unserem Händedruck, verwandelte sich sein Gesicht in das eines sich um seine Schäfchen sorgenden Landesvaters.

Frau dos Santos, sagte er, nein, er sagte es nicht, er deklamierte es, zog die Vokale lang, sie eigneten sich am besten, Schweres zu tragen.

Nach dem Händedruck bat er mehrfach: Bitte, und geleitete mich in sein Büro.

Während er sich setzte, kopfschüttelnd, als habe er eben erst von Leanders Tod erfahren, wußte ich, ich würde ihm eine würdige Antagonistin sein.

Ist er oft hier gewesen, fragte ich mit leiser Stimme und ließ einen kummervollen Blick durch den Raum schweifen.

Äh, machte der Landrat, zögerte. Vielleicht, doch, doch ich entsinne mich.

Ich nahm ein Taschentuch aus meinem Handtäschchen, das ich zuvor hatte entstauben müssen, weil ich nicht mit Handtäschchen ausging, und tupfte um meine Augen. Ich hatte nicht gewußt, ob ich meine Requisiten brauchen würde, doch als ich das Gesicht dieses Mannes gesehen hatte, das eigentlich kein Gesicht war, nur eine rohe Masse, die er nach Bedarf in eine auch parteipolitisch passende Form brachte, hatte ich gewußt, es war gut so.

Schreckliche Geschichte, sagte der Landrat und rückte seinen Stuhl zurecht, als würde ihm dies helfen, die Fassung wiederzuerlangen, von der tiefen menschlichen Berührtheit zurück in sein Amt: Was kann ich für Sie tun?

Man hat mir die Wohnung gekündigt.

Tatsächlich, fragte der Landrat.

Gern hätte ich ihn gefragt, ob er nicht las, was er unterschrieb.

Diese Wohnung, sagte ich, ist das letzte Stück Geborgenheit, das mir geblieben ist. Wenn die Stadt keinen Bedarf an ihr hat, würde ich gern dort wohnen bleiben. Wenigstens ein Trauerjahr lang.

Selbstverständlich, rief der Landrat, ganz auf meiner Seite. Aber wissen Sie, damit habe ich eigentlich nichts zu tun. Ich selbst bin ja nicht nur für die Stadt, sondern für den ganzen Landkreis zuständig, und wir haben einen der größten Landkreise Deutschlands, wenn Sie allein an die Seegemeinden denken, sie zu verwalten erfordert viel Geschick, in den Sommermonaten verdoppelt sich die Zahl der Menschen dort, mindestens, wenn Sie die neuesten Zahlen der Fremdenverkehrs...

Sie meinen also, ich soll mich an den Oberbürgermeister wenden, obwohl der Oberbürgermeister für das Konservatorium gar nicht zuständig ist?

Wissen Sie, das Konservatorium, nun, das ist so eine Art Spleen von mir, aber nicht zu Unrecht – vorgestern erst haben wir wieder eine Auszeichnung erhalten. Aus Schweden. Und Sie, Frau dos Santos? Ich habe gehört, Sie wurden auch schon ausgezeichnet. Sie sind, also, Sie arbeiten, ich meine ...

Ich bin Sprachwissenschaftlerin mit dem Fachgebiet feministische Linguistik.

Hochinteressantes Thema, sagte der Landrat. Wir haben hier im Landkreis übrigens einen Wissenschaftsförderpreis zu vergeben, vielleicht wäre das mal was für Sie. Hoch dotiert ist er nicht, aber besser als nichts, oder?

Ich wende mich also an den Oberbürgermeister, fragte ich mit Nachdruck.

Sie waren nicht verheiratet, erkundigte sich der Landrat.

Nein, sagte ich. Wir wollten heiraten. Aber ..., ich brach ab. Hatte meine Stimme versagen lassen wollen, und sie hatte mir gehorcht. Ich sah zu Boden als kämpfte ich mit den Tränen. Tupfer, sagte ich mir und hob das Taschentuch, legte es sanft an meine Augen, Vorsicht Wimperntusche.

Der Landrat ging zu einem Bücherregal, kam mit einem doppelte Bibel dicken Buch zurück, blätterte. Zwischendurch ließ er mich wissen: Ich bin Jurist. Er las mir einen Absatz vor. Das Gesetz war von 1909. Hm, machte der Landrat, und es klang, als läge der Fall nicht eindeutig, worin ich eine Chance sah, doch ich ließ mir nicht anmerken, daß ich sie wahrgenommen hatte.

Weiß man eigentlich, woran Ihr Lebensgefährte gestorben ist?

Er hat sich totgearbeitet, sagte ich.

Der Landrat zuckte kaum merklich zusammen. Ja, fleißig war er, sagte er dann und stand auf. An der Tür, als er meine rechte Hand mit seinen beiden Händen geschüttelt hatte, sagte er: Eine persönliche Frage, wenn Sie erlauben.

Bitte.

Sie machen einen unglaublich starken und gefaßten Eindruck. Ich habe Sie bewundert. Schon bei der Beerdigung. Woher nehmen Sie diese Kraft?

Einen Augenblick lang glaubte ich, er frage aus Mitgefühl. Doch dann sah ich, er wollte ein Rezept. Eine Überlebensstrategie. Eine Fußnote für eine Rede. Wollte Nutzen ziehen aus meinem Besuch.

Von meinem Glauben, sagte ich vage.
Auch Hiob, rief er, hat gehadert.
Vielleicht hat er nicht geliebt, sagte ich und ging.

Zu Hause rief ich Tomma an und fragte, was sie über Hiob wüßte. Danach schrieb ich einen Brief an den Oberbürgermeister. Ich wollte einem solchen nicht noch einmal gegenübersitzen. Leander hatte den Oberbürgermeister gut gekannt. Besser als den Landrat. Ich schrieb einen Brief, der mir Tränen in die Augen trieb und las ihn am Telefon Freunden vor. So einen Brief hatte ich noch nie geschrieben, es war kein Brief, war ein Gnadengesuch. Ich brachte den Brief aufs Rathaus. Ich hatte ein gutes Gefühl – wenn ich auch nicht wußte, wie es weitergehen würde, aber das hatte ich auch vorher nicht gewußt, und dann war es weitergegangen, irgendwie. Niemals zuvor hatte ich mit solcher Klarheit wahrgenommen, daß ich mit Menschen wie dem Landrat nichts zu tun haben wollte. Nicht mal dieselbe Luft wollte ich atmen mit ihnen. Nie mehr würde ich ein braves Mädchen sein, das Konflikten aus dem Weg ging. Ich hatte keine Angst mehr.

Siebenundfünfzigster Tag

Eine Wissenschaftlerin, die gelegentlich im Institut arbeitete, hatte vom Tod Leanders erfahren und erzählte mir, zwei Tage vor ihrer Hochzeit habe ihr Verlobter angerufen: Ich bin in einer Stunde da. Er kam nicht an. Kam nie mehr. Am nächsten Tag erfuhr sie: er war tödlich verunglückt. Sie konnte es nicht glauben, rannte durch die Straßen, suchte ihn überall und wäre fast verrückt geworden. Nach fünf Jahren verliebte sie sich erneut. In einen Wissenschaftler aus Kanada. Sie war zum ersten Mal wieder glücklich, wollte heiraten, nach Kanada auswandern. Sie fuhr zum Flughafen, ihren Verlobten abzuholen, um mit ihm in einen Urlaub zu fliegen, ehe sie für immer übersiedelte. Am Flughafen erfuhr sie: Die Maschine war abgestürzt.

Wie haben Sie das überlebt, fragte ich fassungslos.

Ich weiß es nicht, sagte sie leise. Ich habe Jahre gebraucht. Und immer, wenn ich mich neu binden wollte, hatte ich Angst. Doch letztlich haben mich diese Toten stark gemacht wie nichts anderes. Das kann ich heute ermessen. Und auch Sie werden es spüren, eines Tages. Im Grunde ist dies eine Auszeichnung, auch wenn wir es erst später erkennen. Aber um die Auszeichnung müssen wir ringen.

Im Briefkasten lag Post für Leander. Ein Angebot einer Mischpultfirma. Ich starrte auf seinen Namen, geliebten Namen. All die Kosenamen, die starben mit ihm. Wie gern ich sie geschrieben hatte in den vielen Morgenbriefen, die ich ihm auf den Küchentisch legte, wenn ich das Haus verließ und er noch schlief.

Ich blätterte in Leanders Adreßbuch, das hatte ich mir aufgehoben bis zum Schluß. Schrieb ein paar Namen heraus. Fand Anatols Telefonnummer in Leanders Liste. Dann legte ich das Adreßbuch in die Kiste mit Leanders Dingen, die ich behalten wollte. Nun war sie voll. Es gab nichts mehr, das hinein sollte.

Hatte alles von ihm gelesen, was es zu lesen gab. Ich stellte die Kiste in eine unserer Kammern. Ein Jahr war es her, daß wir einige solcher Kisten gekauft hatten. Ich hatte einen Gutschein bei einem neueröffneten Möbelgeschäft gewonnen und war mit Leander aufgeregt dorthin gefahren. Mit vier hübschen Kisten waren wir heimgekommen. Nur eine Kiste war noch leer gewesen, als Leander starb. Eine Kiste für Leander.

Leander war gegangen im Mai. Mitten in der Kastanienblüte. Als das ganze Land geblüht und geduftet hatte. In der Fülle wollte auch ich ihn gehen lassen. Stück für Stück, immer mehr. Noch lange würde dies dauern, denn mein Herz war voll von Leander. Die Liebe in meinem Herzen sollte nicht verschwinden, sollte nur an einen anderen Platz. Mußte in eine hintere Kammer, nicht durch Wände getrennt, vielleicht Flügeltüren, wodurch sie fließen konnte immerzu. Doch sie durfte nicht mehr die Mitte besetzen. Mit der Liebe, die ihn suchte, konnte ich nicht weiterleben. Alles, was ich mit meiner Liebe für ihn tun konnte, war, ihm zu zeigen, daß ich leben konnte ohne ihn und gut.

Neunundfünfzigster Tag

Ich besuchte eine Freundin, die vor zwei Monaten umgezogen war in ein Einfamilienhaus am Stadtrand. Corinna führte mich durch zwei Stockwerke, zeigte viele Zimmer, ihr Büro, den Keller und überall Baustellen. Seit sechs Wochen, sagte sie, stehe ich mit der Sonne auf und arbeite bis es dunkel wird. Erst gestern ist das Dach fertig geworden, ich habe es neu isoliert.

Das hast du allein gemacht?

Handwerker kann ich mir nicht leisten.

Woher weißt du, wie das geht?

Ich habe es mir erklären lassen.

Staunend ging ich durch das Haus und fragte: Und die Schränke, die Regale, der Spiegel – wer hat ...

Ich, sagte Corinna ein ums andere Mal.

Ich bewunderte sie, aber ihre Selbständigkeit machte mich klamm. Ich wollte das nicht können, wollte Leander dabei zusehen, der es konnte.

Vielleicht hilft Anatol dir, wenn du umziehst, sagte Corinna aufmunternd.

Anatol? Ich glaube, der hat kein Faible für handwerkliche Arbeiten.

Du hattest doch sonst immer so geschickte Männer!

Anatol ist nicht mein Mann, wehrte ich ab. Er ist ein Freund.

Das wird er wohl wissen, sagte Corinna.

Als ich mich von ihr verabschiedete, war die Sonne gerade untergegangen. Freitagabend, aufgekratzte Stimmung in der Stadt. Alles elektrisch. Pfeifende Reifen und Subwoofer aus Autos. Neugierige Blicke an Ampeln. Ich sprühte mir Leanders Rasierwasser auf die Handgelenke. Der Duft unseres ersten Urlaubs. Er tröstete mich ein bißchen, und ich sah Leander in einem bunten, flatternden Hemd am Meer stehen. Ich verlangte von mir, nicht zu Anatol zu fahren und auch nicht nach Hause. Wollte wissen, wie das war, an einem Freitagabend allein in der Stadt unterwegs zu sein. Auf einem großen Fabrikgelände fand ein Sommerfest statt. Bands spielten, und es gab Theater, Kabarett, alles bunt. Ich war oft dort gewesen mit Leander, als wir noch in der Stadt gewohnt hatten. Ich parkte den Wagen und ging langsam im Strom vieler Menschen. Ging ohne Leander. Würde ihn nicht treffen. Würde wahrscheinlich niemanden treffen, vielleicht ein paar alte Bekannte, aber lieber wegschauen. Ich ergatterte einen Platz in Bühnennähe in einem Zelt, in dem Konzerte stattfanden. Die erste Stunde überstand ich gut. Die Musik gefiel mir. Doch plötzlich, später wußte ich nicht, was geschehen war, begann ich zu zittern. Schaute in die Gesichter der Umstehenden. Suchte Leander. Suchte ihn in jedem Mann, und es wurde immer schlimmer, und dann stürzte ich ins Freie, rannte zu meinem Auto, drehte um, denn wohin, wohin sollte ich denn, wollte doch nur zu dir, in deine alte Wohnung am besten, in die Zeit bevor wir in die kleine Stadt zogen, den Geruch dort im Flur, ich hatte ihn noch in der Nase. Der Ausblick von den Küchenfenstern, bunter Innenhof voller Wäsche. Heile Welt. Dort war sie wirklich heil gewesen. Ich würde, ich würde, würde. Leander! Du bist fort. Nein, du bist da. Da, da, da. Ich mußte es nur spüren. Warum tat das Leben manchmal so weh, weil es manchmal auch so schön war. Wollte erklären, was mir fehlte, und konnte es nicht. Keine Worte. Nur: du. Du fehltest mir. Ich fuhr durch die Nacht und sah den großen Wagen am Himmel, den du mir gezeigt hattest, wie so viele andere Sternbilder, meistens im Süden. So oft war ich nachts allein heimgefahren, und du warst nicht da. Aber daß ich dich nie mehr sehen sollte! Daß ich dir nie mehr etwas erzählen konnte! Daß du weg warst, weg, weg, weg! Wir gehörten doch zusammen! Du und ich. Wir. Das Wir war gebrochen in zwei verschieden große Stücke. Was war ich? Ein Buchstabe? Ein ganzer? Oder nur noch der Punkt eines Is? Mußte weiter, irgendwie, und hatte keine Wahl, außer ich brachte mich um, aber das war keine Wahl, also weiter und hoffen, daß es irgendwann besser würde, aber wie denn hoffen, ohne Leander. Alles durcheinander. Und die Bilder, die mich prügelten grün und blau; die Fahrt in der Nacht durch Ungarn ohne Windschutzscheibe, deine Hände. Das einzige, worauf ich mich verlassen konnte, war, daß das fürchterliche Weinen irgendwann aufhören würde, es hatte immer aufgehört, doch manchmal dauerte es länger, als ich auszuhalten glaubte, und die Tränen ätzten Gänge durch mich, aus wievielen Hohlräumen bestand ich schon, wie viele unterirdische Tunnel, wann würde alles einstürzen, weil nichts mehr da war, das den Schmerz tragen konnte, ich hatte doch immer weniger Kraft es auszuhalten, wurde doch immer weniger.

Sechzigster Tag

Draußen alles herbstgrau. Der Herbst stand mir noch bevor. Wenn nur noch Blätter auf den Straßen trieben. Ausgesperrt. Leander, du fehlst mir so, fehlst mir so, fehlst mir so! Herbsttraurig. Als hätte ich keine Haut mehr, als wäre mein Inneres nach Außen gestülpt. Nichts war besser geworden über Nacht, wie so manches Mal. Wurde es denn immer schlimmer, kam jetzt das, was manche mir vorausgesagt hatten? Wußte nicht, warum ich auf der Welt war. Du gehörtest doch zu mir. Wie meine Hände, Füße, wie alles an mir gehörtest du zu mir. Du warst meine amputierte Hälfte, und ich blutete eine ganze Körperseite lang. Und wußte nicht, wohin, es war egal, wohin, ich selbst mußte mich in mir gemeint fühlen, ein Ort war ebenso falsch wie Menschen, es gab kein Ziel, nur das eine: zu leben.

Ich rief Anatol an und fragte ihn: Wo ist Leander?

Anatol sagte: Er sitzt auf der Ehrentribüne für VIPs, fünfte, nein vierte Reihe, sechster Platz Mitte, beim Rolling Stones Konzert in Los Angeles, schaut auf die Bühne, klopft den Takt, läßt sich Champagner servieren und freut sich, daß er nicht arbeiten muß.

Ich lächelte. So leicht konnte es sein.

Magst du mich sehen, fragte Anatol.

Nein. Ja. Ich weiß nicht. Ich rufe dich an.

Es klingelte. Mein Vater. Ich hatte ihn gebeten, die handgemachte Lampe, die Leander mir vor Jahren zum Geburtstag geschenkt hatte, aufzuhängen. Mein Vater schwenkte eine Tüte mit Brezen. Schwenkte sie ein bißchen so wie Leander. Später packte er seine Tasche aus, hielt die Lampe an die Wand und erzählte mir, daß er über das vor einer Stunde neueröffnete Teilstück der Autobahn gefahren war.

Es ist offen, fragte ich entsetzt.

Freu dich doch!

Ich freue mich ja, sagte ich, drehte mich um und verbarg meine Tränen. Nun war es eröffnet, und Leander, der mir den Verlauf der Trasse immer wieder erklärt hatte – nie hatte ich mir etwas darunter vorstellen können –, würde es nicht mehr sehen.

Mein Vater bohrte ein paar Löcher, und ich hielt den Staubsauger und immer wieder Tränen, weil was mein Vater da tat, mußte Leander tun, und doch war mein Vater der einzige, der es tun durfte, wenn nicht Leander, jeder andere wäre noch schlimmer gewesen, nicht zu ertragen gewesen. Ich biß mir die Lippen fast blutig, um nicht zu weinen, wollte ihn nicht noch mehr besorgen, er war verzweifelt genug, weil er mir so wenig abnehmen konnte.

Mach mal das Radio an, bat er mich, bevor er fuhr. Gleich kommt der Verkehrsbericht.

In den Nachrichten hörten wir, daß vor der Eröffnung des Autobahnteilstücks ein Arbeiter ums Leben gekommen war. Er hatte eine Fahne aufgestellt und dabei die Starkstromleitung gestreift. Ich dachte an die Frau des Arbeiters. Seine Kinder. Drei Kinder, sagte der Nachrichtensprecher. Für sie fing alles erst an. Den ganzen Tag dachte ich immer wieder an diese Menschen, wie ich bei jedem Todesfall, den ich hörte, an die Hinterbliebenen dachte und ihnen Kraft wünschte. Aber dann hatte ich selbst wieder keine Kraft, und das Weinen zerrte an mir, und es gab nur eine Erleichterung: von Augenblick zu Augenblick zu leben. Doch ich rutschte immer wieder in unsere Vergangenheit, das Jetzt war nicht auszuhalten, weil du nicht hier warst, und deshalb war ich auch nicht hier. Ich ging zu Ida, tränenüberströmt. Lang hielt sie mich fest. Und dann klopfte sie mir auf den Po, wie Leander es getan hatte, oft hatte sie sich darüber amüsiert, und fragte: Willst du eine Engelskarte ziehen?

Was ist das?

Ida hielt mir einen Stapel Kinderkarten hin.

Die Karte, die du ziehst, zeigt dir, welcher Schutzengel in deiner Nähe ist.

Ich zog eine Karte, drehte sie um. Trost stand darauf.

Ida schenkte mir die Karte: Tut mir leid, Leila, ich bin zu einem Geburtstagsfest eingeladen und muß fort. Magst du mitkommen?

Nein danke, lächelte ich und hielt die Trostkarte hoch. Ich bin in guter Gesellschaft!

Am Nachmittag setzte ich mich in den Garten und las. Zuerst konnte ich mich nicht konzentrieren, doch auf einmal waren zwei Stunden vergangen, und mit staunender Dankbarkeit stellte ich fest, wie schön es war zu lesen. Die Bücher, die alle noch vor mir lagen, fielen mir ein wie Prophezeiungen. Es gab so vieles, was mich interessierte. Was ich wissen wollte. Überschriften purzelten wie Schlagworte in meinen Gedanken und fielen in das Wasser meiner Trauer, zu wenige, um darauf stehen zu können, doch geheimnisvoll vermehrten sie sich, und da und dort ragte plötzlich ein Stück Insel aus dem Wasser, manchmal gerade nur fußbreit, dann langgestreckte Stege, und ich schaute zum Horizont und wußte, ich würde ihn erreichen, irgendwie, zur Not war ich eine sehr gute Schwimmerin.

Am Abend lud mich Monika zum Billard ein, ich hatte es Jahre nicht gespielt und versenkte fast ausschließlich die weiße Kugel und lag auf dem Tisch und lachte. Da konnte ich es. Leben und lachen ohne Leander. Doch als ich nach Hause kam. Als kein Leander da war, dem ich erzählen konnte: Du, ich habe Billard gespielt, und stell dir vor! Kein Leander, dem ich ins Ohr beißen konnte. Blieb auf meiner Bettseite liegen, weil ich seine nicht zu wärmen brauchte. Er würde nicht kommen. Nie mehr wiederkommen. Ob ich leben konnte ohne ihn? Wußte es nur als Erfahrungswert, denn ich lebte ohne ihn schon mehr als zwei Monate. Länger als die längste Zeit, die wir getrennt waren, als ich durch Amerika fuhr mit einer Freundin. Hatte überlebt und manchmal sogar gelebt. Aber ob ich es konnte, so wie die alte Frau aus Kindertagen es mir erklärt hatte? Allein wie ein Sommertag?

Einundsechzigster Tag

Zum ersten Mahl fuhr ich über das neueröffnete Autobahnteilstück. Nur noch fünfundzwanzig Minuten dauerte die Autofahrt zum Institut. Ich weinte, weinte weniger, ein Anfall von Lebensfreude und Perspektive, Bücherlisten im Kopf, Freude an der Musik, Absturz bei einem Lied, Lebensfreude, als ich einen Italiener sprechen hörte, Sturz in unsere Urlaube, Spaß an der Sprache, andere Musik, im Auto getanzt, Lust auf Disko, geheult. So erreichte ich jeden Tag meinen Arbeitsplatz. Vierzig Kilometer Wahnsinn.

Vom Institut aus rief ich Anatol an: Ich komme zum Essen.

Fuhr vorher nach Hause und tauschte das Auto gegen das Motorrad. Raste an hohen Feldern vorbei, viel zu schnell, immer offen das Visier, und genoß den Wind und den Grasduft. Freute mich, daß ich diese Adresse kannte, wo ich willkommen war und mehr als das. Und war auf einmal so leicht und unbeschwert und voll ungestilltem Lebenshunger. Anatol hatte eben eine Hollywoodschaukel im Garten aufgestellt, und ich zog ihn zu mir, auf mich, in mich. Dann fand ich einen alten Ball im Gebüsch, warf nach Anatol und rannte ihm nach, überrannte ihn, schubste ihn ins Gras, wo ich mich auf ihn wälzte und mit ihm hin- und herrollte. Manchmal in meinem ausgelassenen Treiben wunderte ich mich, doch etwas in mir wollte leben, leben, leben, leben.

Anatol kochte, ich kitzelte ihn, als er die Nudeln salzte, er rief: Leila! Wenn sie nun versalzen sind! Ich erwiderte: Ich dachte, du bist verliebt. Nach dem Essen wollte ich ins Kino. Halt dich gut fest, rief ich Anatol durch meinen Sturzhelm zu und raste mit ihm durch die Nacht. Arm in Arm gingen wir zum Kino. Ich genoß jede Sekunde, ich war am Leben. Der Film war lustig, ich lachte viel, nur, als der Freund von Woody Allen plötzlich verstarb auf der Rückbank des Wagens, da kamen die Tränen. Nach dem Kino schlenderte ich mit Anatol durch die Stadt, wir aßen Eis, und ich wünschte, daß die Sekunden ewig währten, weil ich leicht war. Leicht und am Leben. Lange nicht hatte ich das so geschätzt wie an diesem Abend, denn ich kam aus schwerer schwärender Finsternis. Wir wurden immer übermütiger, klingelten bei fremden Leuten und lachten und jagten uns durch die Stadt. Anstatt auf der Bundesstraße zurückzufahren, fuhr ich über Feldwege und Wiesen, das Hinterrad überholte uns, wir schleuderten, ich konnte vor Lachen kaum mehr lenken, Anatol krallte sich an mir fest, und ich rief: Hör auf zu lachen, ich kann dich nicht ausbalancieren, und dann lachten wir erst recht, und ich gab Gas, daß der Kies wegspritzte.

Magst du bei mir übernachten, fragte ich Anatol.
Sehr gerne.
Anatol setzte sich auf das Sofa. Ich überlegte einen Moment und sagte: Komm ins Bett. Beim Zähneputzen war ich unsicher, doch als ich dann neben ihm lag im Bett, war es gut, daß er da war.

Leila, ich will gar nicht schlafen, ich bin viel zu glücklich, sagte Anatol.

Das freut mich, sagte ich, und da war nur ein kleiner Stich, weil ich mich erinnerte an meine ersten Nächte mit Leander, in denen ich nie hatte schlafen wollen, um keine Sekunde seiner Gegenwart zu verpassen. Einmal in dieser Nacht wachte ich auf, Anatol flüsterte mir ins Ohr: Ich hab dich so lieb, Leila, so unendlich lieb. Am nächsten Morgen wußte ich nicht, ob ich geträumt hatte, doch ich schaute in seine Augen und las: es war kein Traum.

Absender:

....
....
....
....

Antwortkarte

UNRAST Verlag
Postfach 8020

D-48043 Münster

☐ ich möchte das Gesamtverzeichnis und regelmäßig weitere Informationen über das Verlagsprogramm zugesandt bekommen.

☐ ich bin Buchhändler(in)/ Wiederverkäufer(in) und möchte ausführliche Bestellinfos über Handelsrabatte etc. zugesandt bekommen.

Buchtip 1999

MitGift
Roman

von Michaela Seul

382 S., Halbleinen gebunden
48,00 DM, ISBN 3-928300-75-X

»Ein Focus, der messerscharfe Bilder aufs Papier zeichnet, jede Maske und Lüge zerschlägt.« *der literarische Markt*

»Michaela Seul hat ein ganz wunderbares Buch geschrieben – bissig bis zum Erbrechen und rührend zum Heulen.« *Papillon*

»Spannend und wunderbar geschrieben, unbedingt empfehlenswert.« *ekz-Informationsdienst der öff. Bibliotheken*

»...und versteht es glänzend, ohne viel Aufhebens und mit großem Erzähltalent klarzumachen, was es im Verlauf von drei Generationen bedeutet, in unserer Gesellschaft ein weiblicher Mensch zu sein.« *Mathilde*

»...ein Geheimtip. Denn sie nimmt sich in einer äußerst subtilen Weise und mit filigranem Spott einer übertrieben wirkenden Moral an.« *Passages*

Für neugierige Leseratten haben wir ein 96-seitiges Lesebuch mit spannenden Auszügen aus allen bisher erschienenen UNRAST-Romanen, gedruckt das <u>gratis</u> bei uns angefordert werden können.

☐ ich möchte den Roman MitGift von Michaela Seul bestellen und habe deshalb einen Scheck/Schein über DM 50,00 (incl. 2,- Porto) dieser Bestellung beigelegt.

☐ ich möchte das **Lesebuch** mit Auszügen aus allen UNRAST-Romanen <u>gratis</u> (solange Vorrat reicht) zugeschickt bekommen.

UNRAST Verlag • Postfach 8020 • 48043 Münster • Tel.: (0251) 666293 • Fax: (0251) 666120 • e-mail: UnrastMS@aol.com

UNRAST
ROMANE

Jeannette Armstrong
SLASH
unrast roman 6
252 Seiten, 4-farbige engl. Broschur
29.80 DM/sFr – 233 öS
ISBN 3-928300-56-3

Tommy Kelasket - Spitzname *Slash* - und Jimmy sind zwei indianische Jugendliche, die gemeinsam im Reservat aufwachsen und die eine tiefe Freundschaft verbindet. Beide erleben den Rassismus der kanadischen Gesellschaft, die Verachtung und Diskriminierung, die traditionellen IndianerInnen entgegenschlägt, reagieren aber sehr unterschiedlich darauf. Während Jimmy versucht, sich anzupassen, sich wie die Weißen zu kleiden und zu benehmen - *genau wie die Leute im Fernsehen* - und seine indianische Herkunft und damit sich selbst haßt, hält Tommy an den kulturellen Traditionen und Werten fest, die ihm seine Familie vermittelt.

Als junger Erwachsener verläßt Tommy das Reservat und geht in die Stadt, wo er mit dem Schicksal vieler indigener Menschen in der Stadt konfrontiert wird, die in einem Zyklus von Armut, Gewalt und Drogen gefangen sind. Dort begegnet er schließlich der Sozialarbeiterin und engagierten Kämpferin Mardi, gelangt durch sie auf den Weg des politischen Widerstandes des *American Indian Movement* und schließt sich der kanadischen *Red Power* Bewegung an ...

Ein packender Roman über einen jungen Okanagan-Kanadier und seinen Weg des politischen Widerstands.

Horst Geßler
Elite ohne Macht
unrast roman 8
ca. 300 Seiten, 4-farbige engl. Broschur
ca. 34,- DM/sFr – 260 öS
ISBN 3-928300-73-3

Thomas Kabelang kehrt nach 1945 in die Trümmer seiner Heimatstadt zurück, die von der sowjetischen Armee besetzt ist. Die neuen Herren wollen alles gleichmachen - nein, das ist nicht mehr sein Land. Fast fünf Jahre braucht er, um die Trümmer in seinem Kopf loszuwerden. Fünf Jahre der Irrungen und Wirrungen, der Suche nach einem Lebensinhalt. Seine Freunde denken nur an Geld, manche gehen in den Westen auf Glückssuche. Kabelang entscheidet sich zu bleiben, schreibt eine Kommödie und gerät so in den Kulturbetrieb der DDR. Er wird Sekretär des Kulturbundes und beginnt, sich mit sozialistischen Gedanken zu beschäftigen, holt sein Abitur nach, studiert, macht sein Staatsexamen. Er wird Redakteur beim Rundfunk, paßt sich an, hat Einwände, kämpft gegen die Borniertheit, eckt an und wird schließlich gemaßregelt. Als er gegenüber Parteifunktionären seine Meinung über die wirtschaftliche Misere der DDR äußert, wird er vor die Parteileitung zitiert. Doch wie immer dort entschieden wird, es ist zu spät. Der Kapitalismus bricht über die DDR herein ...

Dreiundsechzigster Tag

Ich war glücklich. Ich überprüfte es immer wieder, weil ich es nicht glauben konnte, doch ich war glücklich. Oder genoß ich so intensiv, weil ich ahnte, es wähnte nicht lang? Ich fühlte mich jung und frei und unbeschwert und übermütig. Tanzte mit Anatol in einer Freilichtdiskothek, ließ mich von ihm herumschleudern und hochheben, küßte ihn und tanzte, tanzte, tanzte barfuß und drehte mich immer schneller und sah den Sternenhimmel und war glücklich. Wenn Leander mir einfiel, lachte ich ihm zu: Danke. Auch für Anatol. Für die Linderung.

Plötzlich unsägliche Gier nach Kaugummiblasen, suchten wir einen Kaugummiautomaten, und nur meine Ahnung, dies hätte einmal keine Bedeutung in unserer Biographie, war ein kleiner Wehmutstropfen. Anatol sagte viel Schönes zu mir, und ich wußte nicht, ob du dies auch zu mir gesagt hattest, es war nicht wichtig; ich war mit Anatol unterwegs in der Sommernacht und ließ Kaugummiblasen platzen und wollte ihn. Wollte ihn einmal, zweimal, dreimal, und bei mir zu Hause zündete ich die Kerze an, die uns eine Freundin geschenkt hatte zum Einzug, als wir noch kein gedimmtes Licht hatten im Schlafzimmer, nie hatte ich die Kerze angezündet mit dir, nun zündete ich sie an für Anatol und mich, und als er meine Hüften packte, und ich rief: Schon wieder? und er lachte und mich sein Lachen nicht traurig machte, da hätte ich fast geweint vor Erleichterung.

Fünfundsechzigster Tag

So leicht geht das nicht, sagte der Anwalt des Mietervereins, als ich ihm meinen Fall geschildert hatte. Sie können einen Nachweis verlangen, daß die Stadt Bedarf an Ihrer Wohnung hat. Daß Sie nicht verheiratet waren, spielt keine Rolle. Und außerdem – auf einen Prozeß können Sie sich immer einlassen.

Würde ich den gewinnen?

Das kann ich Ihnen nicht sagen, aber Sie haben die Möglichkeit, Ihren Auszug hinauszuzögern, denn Sie aus der Wohnung herauszuklagen, das braucht seine Zeit. Aber jetzt warten Sie erst mal ab, was der Oberbürgermeister auf Ihr Schreiben antwortet. Sie sollten sich keine Sorgen machen, denn dieser Brief, den Sie da verfaßt haben, also wer auch nur eine Spur Menschlichkeit in sich trägt, kann den nicht ignorieren.

Langsam ging ich zurück zu meiner Wohnung. Das helle Vormittagslicht in der kleinen Stadt. Frauen mit Kindern und Körben. Schön war die Stadt in diesem Licht. Sah mich gehen mit Leander. War es gut, hier zu bleiben? Würde Leander hier nicht immerzu an meiner Seite gehen? Und ich mich deswegen hindern, meine Schritte trittfest zu setzen? Nachdenklich betrachtete ich die Räume der großen hellen Wohnung mit Rundbögen über den Fenstern, die hohen, stuckverzierten Wände. War dies mein Zuhause? Würde ich darum kämpfen? Oder bedeutete hier zu verweilen Stillstand? Dachte ich an Umzug, hätte ich mich am liebsten in die Ecke gekauert und nicht mehr bewegt. Wie sollte ich umziehen ohne Leander? Ich wußte doch gar nicht, wie ich das bewerkstelligen sollte. In der kleinen Stadt bleiben? In die große Stadt zurück? Es gab Leute, die zogen einmal im Jahr um. Es gab Leute, die hatten weniger Geld als ich. Konnten sich nur ein kleines Zimmer mit Fenster zur Kreuzung leisten. Was wollte ich? In dieser Stadt bleiben ohne dich? Wie in einer Stadt wohnen, in der das

Studio war? In der ich dauernd Menschen begegnete, die dich gekannt hatten. In einer Stadt, in der ich die Hinterbliebene wäre für immer, denn hier, das wußte ich, trug man sein Brandmal bis ins Grab. Meine Heimat, die Stadt, an der du gestorben warst?

Siebzigster Tag

Ein Gefühl, als würde der in mir herumirrende Leander einen Platz finden, so wie er zuvor vielleicht einen gefunden hatte in der anderen Welt. Ich arbeitete viel und war ruhiger. Ich weinte noch immer, aber es quälte mich weniger, vielleicht mußte ich aber auch neue Kräfte schöpfen, um dem nächsten Reißen standzuhalten. Ich spürte Leander warm und haselnußbraun, so hatte ich ihn auch gespürt, als er lebte. Und immer glühend. Immer da.

Mein Leben kam mir vor wie ein Spiel. Nahm mich nicht mehr so wichtig wie früher. Stand in der Mitte eines Spielfeldes und mußte über diesen Parcours, so wie jede andere auch, weshalb ich zu allen gehörte, wie alle zu mir gehörten. Manchmal im Spiel vergaß ich Leanders Tod, und wenn ich mich erinnerte, erschrak ich und konnte es nicht glauben, es war doch ein Spiel, nur ein Spiel? Eines Tages würde ich die Regeln kennen.

Ida veranstaltete ein Grillfest nach dem anderen. Ich saß bei ihr im Garten, bis es dunkel wurde, staunend, was ich alles tat, ohne Leander. Es war wichtig, dies ohne ihn zu tun. Und ohne Anatol. Das war nicht leicht zu verstehen für Anatol.

Warum lädst du mich nicht ein, fragte er.

Wir sind sieben Frauen, da mußt du leider draußen bleiben.

Das akzeptierte Anatol. Doch wenn ich schwimmen war und danach nicht zu ihm fuhr, sondern zu meinen Freundinnen. Oder wenn ich seine Einladung zum Essen ausschlug, weil ich lieber allein aß. Da veränderte sich sein Blick. Ich rechtfertigte mich, was ich nicht wollte, hatte keine Kraft zum Widerstand. Warum konnte er nicht erkennen: Ich brauchte viel Zeit allein und hatte keine Sehnsucht wie er. Meine Sehnsucht rief Leander. War es leid zu kämpfen und sagte: Wenn du möchtest, und wollte es nicht, das war das schlimme. Da weinte ich mich zu Leander hin. Der hätte mich verstanden, der kannte mich, bei ihm brauchte ich nicht zu kämpfen um mich, weil ich teilte, freiwillig. Doch jetzt konnte ich nicht teilen. Hatte mich selbst viel zu wenig. Mußte erst meinen Lebensweg finden, unabhängig von Anatol. Das einzige, was ich gewonnen hatte, war die Chance zur Freiheit. Wenn ich mich dabei ertappte, das S auszusprechen wie Anatol oder mir die Haare zurückzustreichen mit einer Geste wie er, erschreckte mich das. Wollte nicht besetzt werden, ohne frei gewesen zu sein. Die Versuchung war groß, lockte mit Lenorstimmen und rosa Badewasser. Ich könnte mich bei Anatol verkriechen, es gäbe vielleicht nichts, das ihm besser gefiele, könnte mich trösten lassen und bekochen, massieren und streicheln. Jahre voller unerfüllter Liebe hatte Anatol angesammelt, und die wollte er mir schenken. Manchmal nahm ich sein Geschenk, und es berührte mich tief. Manchmal erstickte mich seine Liebe, die er aus vollen Trögen über mich goß.

Zweiundsiebzigster Tag

Eine Kollegin, ich kannte sie kaum, hatte mich zu ihrem Geburtstagsfest eingeladen. Ich fand es mutig, eine solche wie mich einzuladen. Sie hatte eine bewirtschaftete alte Mühle gemietet, eine Band spielte, die Kollegin forderte mich zum Tanzen auf, brachte mir Pralinen, schenkte mir ein paar ihrer Geburtstagsblumen.

Darf ich dir kondolieren, fragte einer der Gäste und überreichte ihr ein Päckchen. Ich ging nach draußen. Setzte mich an das Mühlrad. Wäre ich mit Leander hiergewesen? Nein. Selbst, wenn er frei gehabt hätte. Ich wäre heimgekommen, und er hätte an der Compute gesessen. Wie viel ich allein unternommen hatte in den letzten drei Jahren ... so wie jetzt ... eigentlich kaum ein Unterschied ... Durch die Fensterscheiben sah ich Gäste tanzen. Mit Gläsern in den Händen standen andere, schauten in den Himmel, lachten. Ein schöner Abend. Irgendwann würde auch ich mit einem Glas in der Hand in den Himmel schauen und leicht sein wie die laue Sommerluft.

Ich verabschiedete mich bald und fuhr eine Strecke, die ich oft mit Leander gefahren war, sehr kurvig, und ich hinter ihm auf dem Motorrad, kreischend vor Begeisterung, denn Leander legte uns in die Kurven, daß Funken sprühten. Und dann dachte ich an Anatol, der schon tot sein könnte, und ich wüßte es nicht.

Lief in meiner Wohnung auf und ab, und das Telefon flüsterte: Ruf Anatol an, doch ich wollte ihn nicht anrufen, wollte es aushalten mit mir. Konnte nicht fernsehen. Konnte keine Radiosendung anhören. Konnte nichts tun, was normal war an einem Abend allein zu Hause, nichts war normal. Rannte in den Garten, legte mich ins Gras, es war schon feucht. So viele Sterne. Abermillionen. Ob das Aber aus Kindertagen zu einer Zahl gehörte? Leander hätte ich das fragen können wie so vieles. Oft hatte ich nur dem Klang seiner Stimme zugehört, wenn er mir erklärte, was den Unterschied zwischen Gleich- und Wechselstrom ausmachte oder warum der Löffel in der Sektflasche die Kohlensäure konservierte. Wenn jeder Mensch, der starb, zu einem Stern wurde. Bei Abermillionen könnte die Zahl stimmen, aber welcher?

Als das Telefon klingelte, hoffte ich, es sei Anatol, doch es war eine Bekannte: Wie geht es dir?
Es geht, sagte ich und merkte, ihr ging es nicht gut.
Was ist passiert, fragte ich.
Heute nacht habe ich mit meinen Freund schlußgemacht. Viertausend Mark ist er mir schuldig. Ich habe ihn gefragt, wann er mal was zurückzahlt, da fing er an zu brüllen, ich würde nur ans Geld denken! Dabei habe ich nie einen Pfennig von ihm gesehen! Er hat so gebrüllt, daß ich Angst bekam. Da habe ich ihn rausgeworfen. Ich wußte mir nicht anders zu helfen. Wie ein Berserker ist er durch die Wohnung gerannt. Vorgestern hat er eingekauft, das erste Mal seit Wochen. Er schüttete das Spülmittel ins Waschbecken, drückte die Zahnpasta aus dem Fenster, warf alles Essen weg, das er bezahlt hatte, öffnete Dosen und goß den Inhalt ins Klo, und das alles brüllend. Zum Schluß, er war schon fast draußen, nahm er die Fernbedienung, für die er vor zwei Monaten neue Batterien gekauft hatte, steckte die in seine Hosentasche und ging.
Das gibt's nicht, kicherte ich, platzte dann voll heraus. Weil die Geschichte lustig war. Weil ich nicht die einzige war. Weil ich am Leben war. Weil es weiterging.
Zögernd lachte die Bekannte mit.
Sei froh, daß du den los bist, sagte ich, und später, als ich mir vorstellte, daß sie nun auch in einer Wohnung saß, die wirkte wie leer, sagte ich ihr, daß wir vielleicht ähnlich empfänden.
Bei dir ist es doch viel schlimmer, sagte sie, ich schäme mich ja fast, wenn ich mich einsam fühle.
Ich weiß nicht, ob es schlimmer ist, sagte ich nachdenklich. Weg ist weg. Vielleicht habe ich es leichter. Ich muß einen Schlußstrich ziehen. Für mich gibt es keine Hoffnung mehr mit Leander.

Fünfundsiebzigster Tag

Als Jens aus dem Wagen stieg, wußte ich, ich würde mit ihm schlafen, nein, ich hatte es schon gestern gewußt, als er anrief – er war auf der Heimreise von Italien – und fragte, ob er mich besuchen könne. Während ich die Treppe hinter ihm hochstieg, überlegte ich, ob ich Anatol damit betrog, aber es gab keine Vereinbarung zwischen uns, und es hatte nichts mit ihm zu tun. Jens gefiel mir, wenn ich es wollte; wir saßen in der Küche, ich erzählte von Leanders Tod, erzählte ohne Einzelheiten, schon gar nicht erzählte ich, was ich gefühlt und gedacht hatte, wollte es schnell hinter mich bringen und weinte nicht. Jens hatte Tränen in den Augen. Vor zwanzig Jahren hatte er vieles mit Leander geteilt. Eine Wohnung, ein Auto und gelegentlich Freundinnen. Wir tranken Kaffee, und dann gingen wir am Fluß entlang. Was Jens erzählte, war langweilig, und ich sehnte mich nach Anatol, an dessen Seite ich mich nie gelangweilt hatte. Wieder in meiner Wohnung, wußte ich nicht, was ich mit Jens anfangen sollte, außer mit ihm ins Bett zu gehen, und das erforderte einleitende Maßnahmen. Wollte wissen, wie seine Haut sich anfühlte. Wir saßen auf dem Sofa, saßen sehr nah, es hätte die Nähe des Trostes sein können, daß es mehr wurde, dafür sorgte ich, denn das hätte er niemals gewagt, keiner wagte es, sich der Witwe zu nähern, außer dem einen, der so besonders war. Jens verhielt sich, wie ich mich vermutlich ebenfalls verhalten hätte, wenn ich beabsichtigte, einen Trauernden sanft und behutsam per Sex ins Leben zurückzuführen. Auch das war langweilig, aber ich war neugierig und nahm mir, was ich wollte. Seinen Körper begehrte ich zuweilen, er war jung und stark und schön und geschmeidig. Doch ich wollte mich nicht ausbreiten in ihm. Mit jeder Sekunde, die ich lag mit Jens, näherte ich mich Anatol und war froh, daß ich an ihn dachte, weil ich merkte: ich meinte ihn. Als alle Handlungen vollzogen waren, weinte ich nicht. Anatol würde sich vielleicht freuen, wenn ich nicht weinte danach, dabei bedeutete mein Weinen, daß er mir der nächste war. Ich wünschte mir, Jens würde sofort fahren, doch er war sehr durcheinander, und ich glaubte, ihn trösten zu müssen. Legte Tiefkühlpizza in den Ofen. Jens umsorgte mich. Goß mein Glas voll und schaute mich an sehr weich. Ich wollte ihn nicht verletzen und gab mir Mühe, doch irgendwann ertrug ich ihn nicht mehr. Es war schön, sagte ich, aber jetzt mußt du gehen.

Darf ich mal wiederkommen, fragte er.

Ja, sagte ich und wußte nicht, ob es der Wahrheit entsprach.

Ich schloß die Tür hinter ihm, räumte das Geschirr in die Maschine, bezog das Bett neu, und dann legte ich mich mit einem Buch von Gisela Elsner in die Badewanne, das erfüllte mich mehr als der Nachmittag zuvor.

Hast du kein schlechtes Gewissen, fragte Tomma mich am Telefon.

Nein!

Aber Anatol ...

Ich habe ihn nicht betrogen. Ganz im Gegenteil: Erst durch Jens habe ich begriffen, daß ich Anatol meine.

Wirst du es Anatol sagen, fragte Tomma.

Nein. Es würde ihn quälen, weil er es nicht verstehen könnte. Leander hätte ich es gesagt. Das ist der Unterschied, flüsterte ich. Und dann weinte ich. Als ich in das frisch bezogene Bett schlüpfte, war ich dankbar und erleichtert, daß ich meine Liebe für Leander nicht durch Zölibat beweisen mußte.

Siebenundsiebzigster Tag

Vor einem Jahr hatte ich Magenschmerzen. Lag im Bett neben Leander, der es vergessen hatte. Unseren Jahrestag vergessen. Leander küßte mich wie jeden Morgen: Gut geschlafen, Leila? Ich suchte in seinen Augen nach einer Überraschung, nach irgend etwas, doch da war nichts; er stand auf, machte Kaffee, ich blieb im Bett, und mein Magen krampfte sich zusammen. Leander hatte es vergessen. Er würde es auch heute vergessen haben?

Saß allein in der Küche. Saß jetzt immer auf deinem Platz, außer ich sprach mit dir, dann setzte ich mich auf meinen. Keine Blumen auf dem Tisch. Immer hatte ich Blumen gekauft an diesem Tag, und spätestens, wenn du sie gesehen hattest, erinnertest du dich. Vor zwei Jahren waren es Sonnenblumen gewesen. Bald danach fuhren wir mit den Motorrädern nach Griechenland. Immer bald nach unserem Jahrestag fuhren wir los. Und immer an diesen Tagen, es war nicht nur der Jahrestag, es waren auch die folgenden, war ich traurig gewesen, wenigstens in den letzten drei Jahren, denn zwischen unserem Anfang und dem, was war, klaffte ein Graben. Kein Jahrestag in der kleinen Stadt, an dem du nicht gearbeitet hattest.

Nur in meinen Träumen konnte ich dich noch sehen. Da gingst du über Stege und Brücken und winktest mir zu; ich erkannte dich an deinen Gesten, deinem Lachen. Ich mußte dich träumen, weil es dich nicht mehr gab, und nicht einmal im Traum durfte ich dich berühren.

Bilder. Vor acht Jahren. Als wir das erste Mal miteinander schliefen und alles explodierte, weil wir uns erkannten. Am nächsten Morgen, als du mit deinem Bauch meinen Rücken einseiftest. Bilder, Bilder, Körperbilder. Niemals zuvor hatte ich einen Mann begehrt wie dich. Niemals zuvor solche Lust. Niemals zuvor solch ein Muß. Eine Macht ohne Wenn und Aber.

Es klingelte. Ich glaubte, Ida denke an unseren Jahrestag, doch es war die Briefträgerin mit einem Einschreiben. Das Wappen der Stadt als Absender. Ich las die wenigen Zeilen und mir wurde schwindlig. Die offizielle Kündigung: aus sozialen Gründen. Man würde die Wohnung entweder an einen städtischen Bediensteten vermieten, oder, falls es keinen solchen Bedarf gäbe, an eine Familie mit einem Kind. Bis zum Jahresende würde ich eine Miete zu entrichten haben, dreimal so hoch wie die von Leander bezahlte. Die Nebenkosten waren darüber hinaus um vierhundert Prozent angehoben. Außerdem sollte ich aus den vergangenen drei Jahren sechstausend Mark Nebenkosten nachzahlen, von denen Leander laut Arbeitsvertrag befreit war. Ich las den Brief wieder und wieder. Konnte nicht fassen, daß Menschen zu so etwas fähig waren, und fand mich lächerlich, denn wozu Menschen fähig sind, das hatte ich gelesen und gehört, doch noch nie ertragen müssen am eigenen Leib, und was ich ertragen mußte, war wenig im Vergleich zu dem, was andere ertrugen. Wollte mich festkrallen im Parkett, verwachsen mit den Wänden. Sie warfen mich raus. Wohin? Und vor allem: Wie konnten sie das tun? Wie konnten sie nach deinem Tod diese Nachforderung stellen? Ich rannte auf und ab, hin- und hergerissen zwischen Ohnmacht und Wut, zwischen Gehen und Bleiben, Kämpfen und Aufgeben. Wohin? Wohin? Dachte an Corinna, die alles allein machte in ihrem Haus. Ein Umzug wäre ein Klacks für sie. Ich war nicht Corinna. Ich war ja nicht mal ich selbst. Ich blutete. Überall. Und hatte erst vor kurzem einen Auftrag angenommen. Einen, der viel Zeit forderte und von dem ein Teil meiner Zukunft abhing. Mit diesem Auftrag konnte ich nicht umziehen. Und wohin überhaupt, wohin?

Im Institut ging ich unter einem Vorwand in das Büro, in dem ich vor acht Jahren gearbeitet hatte und schaute aus dem Fenster. Dort unten war die Nacht mit Leander gelegen, und ich hatte gesehen: er war der, auf den ich gewartet hatte. Die Nacht lag auch heute dort. Aber weh. Lehnte am Fenster und hatte noch immer die kleine Narbe an der Fessel und das Muttermal am Schlüsselbein, trug denselben Namen wie damals. Doch ich war eine andere. Von außen sah man das nicht, und ich verriet es keinem. Ich war nicht mehr die Frau von den Fotos. Gab es nur vor. Die Frau von den

Fotos, die war verbrannt mit dir. Nur die Hülle stand am Fenster, ebenso Illusion wie unsere erste Nacht auf der Straße.

Am Abend war eine Vernissage im Studio. Ein Freund von Leander stellte Fotografien aus. Ich wollte mit dem kaufmännischen Leiter des Studios oder seinem Diener sprechen. Der Diener war überflüssig wie ein Kropf. Lediglich durch seine überragende Fähigkeit zu intrigieren hatte er sich eine Position erobert.

Wir vom Studio, sagte er, werden alles tun, dir die Wohnung zu erhalten, das war doch klar von Anfang an. Aber ich an deiner Stelle, wenn ich wüßte, man will mich nicht, würde gehen.

Ich verstehe, sagte ich.

Versteh mich nicht falsch, sagte er, als wäre das möglich. Ich wunderte mich, denn so viel Mut zur Deutlichkeit hatte er noch nie gezeigt. Er erzählte, wie sehr er Leander vermißte, und sprach, als sei er der einzige Trauernde, unstillbar sein Schmerz, doch er meinte nicht Leander, trauerte um seinen eigenen Tod, denn er versoff sein Leben Tag für Tag, und seine Augen wurden immer gelber. Diese aufgedunsenen Züge ohne Form und Profil. Der Diener war der einzige, bei dem Leander und ich uns nicht einig gewesen waren. Er hat keinen Charakter, sagte ich, ist ein Wurm aus waberndem Gelee ohne Rückgrat und sabbert nach Anerkennung, wie er vor Snobismus trieft. Ein Pausenclown, der glaubt, die Vorstellung laufe und alle seien gekommen, ihn zu sehen. Leander lachte: Ich weiß, Leila. Ich mag ihn trotzdem.

Mit den Freunden von Leander ging ich in einen Biergarten. Saß zwischen ihnen ohne Leander, dessen Hand ich berührt hätte von Zeit zu Zeit, und vielleicht hätte er zu mir gesagt, wie an seinem Geburtstag: Manchmal bin ich sehr glücklich mit dir, und in seinen Augen hätte ich es gelesen, was ich nicht hätte glauben wollen, weil er unseren Tag vergessen hätte, zuerst, aber war das wichtig? Hätte. Würde. Wenn. Hättewennwürde. Würdewennhätte.

Ich holte das Auto aus der Garage, undenkbar, in dieser Nacht allein wegzufahren, aber wohin mit mir, und fuhr Landstraßen, und es war Vollmond, Vollmond, wie damals, als wir uns kennenlernten, und ich schrie den Mond an, und du warst der Mond. Angst, mich ins Gras zu setzen und in den Mond zu schauen, so wie ich geschaut hatte, da kannte ich dich eine Woche, du fuhrst zu deiner Familie ins Tessin, ich fuhr zu einem Freund und hielt mitten in der Landschaft an und schaute in den Mond und machte Liebe mit dir im Mond, und später sagtest du mir, du hättest auch in den Mond geschaut und Liebe gemacht mit mir, so hatten wir uns immer getroffen im Mond. Du warst der Mond geworden, aber so weit weg, und ich fuhr über die Straßen, kleine Landstraßen an unserem Jahrestag, ohne dich, ohne dich, verloren, ein Spiel, ich mußte es aushalten und konnte es nicht mehr aushalten und hatte keine Wahl, und du warst nicht da, Leander, Leander. Ich glaubte, du würdest mich nicht hören, aber ich brauchte, daß du mich hörtest, wurdest immer blasser, und meine Liebe konnte dir keine Farbe geben, aber ich liebte dich doch. Wann würde ich aufwachen dürfen, endlich, bitte!

Durch die Tiefgarage ging ich nach Hause. Immer langsamer. Kein Leander würde da sein. Ich ging durch die kleine Stadt, die uns auseinandergerissen hatte, weil du die Türen unseres Daheims nie geschlossen hattest. Blieb vor der Haustür stehen. Lange. Schaute in den Himmel. Schwere dunkle Wolken zogen und darunter immer noch blau, so tiefblau im Mondlicht. Leander, bist nicht im Himmel, bist der Himmel.

Achtundsiebzigster Tag

Irgendwann mußte das doch ein Ende haben. Irgendwann mußte er doch zurückkommen. Er war schon so lange fort. Viel zu lange. Einmal nur war er zwei Wochen verreist gewesen, mit Niklas. Ich hatte in meinem Bett gelegen, sechs Uhr morgens plötzlich die vertraute Stimme: Leila, erschrick nicht. Die ganze Nacht war Leander durchgefahren, nach vier Jahren noch die ganze Nacht durchgefahren, um schnell bei mir zu sein, und ich öffnete meine Arme und Beine – Leander war wieder da.

Nach dem Frühstück ging ich zum Anwalt des Mietervereins, um die neuesten Entwicklungen zu besprechen. Er bat mich, in einer halben Stunde wiederzukommen, und ich betrat den Tengelmann, ein Fehler, den ich gründlich büßte; in diesem Geschäft hatten wir zu oft eingekauft. Wie durchlöchert langte ich beim Anwalt an.

Wie gesagt, Sie können sich auf einen Prozeß einlassen, wiederholte er. Das mit den Nebenkosten ignorieren Sie am besten. Reagieren Sie nicht darauf. Und unterschreiben Sie auf keinen Fall den befristeten Mietvertrag, den man Ihnen anbietet, ohne Verlängerungsrecht und Kündigungsschutz, jawosammadenn!

Das geht, fragte ich unsicher. Verträge waren doch dazu da, unterschrieben zu werden, und es belastete mich, wenn ich nicht unterschrieb, und kein Leander, der mich auslachte und in dessen Lachen ich meinen Mut fand. Alles war schwer. Manchmal zu schwer, es zu tragen. Ich dachte über mein Leben nach, und es kam mir vor, als wäre es nur eine Bürde gewesen, als hätte ich stets einen riesigen Ballen auf dem Kopf getragen und an den Armen Taschen voller Steine, aber das war nicht wahr, und selbst wenn ich manchmal viel getragen hatte, gab es Zeiten, in denen war ich leicht und konnte die Leichtigkeit schätzen, weil ich wußte, wie die Last sich anfühlte.

Vor dem Haus traf ich Ida. Was hältst du davon, fragte sie, wenn wir den versprochenen Motorradausflug heute machen?

Ich setzte den Helm von Leander auf, gab Ida meinen und fuhr Richtung Heimat. Heimat, das war die große Stadt. Oft blieb ich stehen, nie schaltete ich den Motor ab, rief Ida zu: Hier hat Leander gewohnt, hier habe ich gewohnt, dort haben wir uns kennengelernt, sagte es wie eine Reiseleiterin und schnell weiter. Als ich einmal quer durch die Stadt gefahren war, hielt ich an der Eisdiele, die Leander und ich als die beste auserkoren hatten, nachdem wir wochenlang allabendlich zu unserer Eistesttour aufgebrochen waren. Neben Ida saß ich an der Bordsteinkante, leckte an der Rieseneistüte; ich hatte die Sorten gewählt, die Leander mochte, Erdbeer und andere Früchte, hatte auf Nuß und Schokolade verzichtet. Bei Ida konnte ich von Leander sprechen, so lange ich wollte, sie hörte es gern, lernte ihn dadurch noch besser kennen, nun, wo es zu spät war.

Vielleicht bin ich nur in dieses Haus gezogen, sagte Ida, damit ich euch begegne.

Es wäre doch alles gut geworden, fragte ich.

Vielleicht wäre Leander wieder verschlungen worden von seiner Arbeit, sagte Ida nachdenklich. Ich glaube, ihr hättet nur eine Chance gehabt, wenn ihr fortgegangen wäret.

Aber Leander hat sich wirklich geändert, rief ich.

Ich weiß, sagte Ida. Aber es ist schwer, sich zu wehren, wenn man sich früher nicht gewehrt hat. Besser man wehrt sich an einem anderen Ort von Anfang an.

Dann hätten wir die Wohnung aufgegeben, weil die Wohnung abhängig war von dem Job.

Ida nickte. Es kam mir vor, als schäme sie sich, denn sie war in der kleinen, liebenswürdigen Stadt geboren.

Wenn ich tot wäre, begann ich, und Ida streichelte erschrocken meine Hand.

Wenn ich tot wäre, wiederholte ich, ob Leander es dann bedauerte, daß er soviel Zeit im Studio und an der Compute verbrachte?

Vielleicht, sagte Ida. Vielleicht würde er diese Zeit aber auch als Vorbereitung auf das Leben ohne dich sehen.

So wie ich, lächelte ich.

Am Spätnachmittag ging ich mit Ida durch den Englischen Garten, zeigte ihr viele Orte des großen Glücks, manchmal war es, als wäre sie Leanders Zweitfrau gewesen, und in unserer Trauer um ihn kamen wir uns immer näher, und ich sagte Ida, wie hilfreich mir ihr Trost war, besonders in den ersten Tagen, als sie mir Essen und Blumen und Briefe vor die Tür legte.

Das war doch selbstverständlich, sagte sie.

Nein, das war es nicht, erwiderte ich und zählte ein paar meiner Enttäuschungen auf, nur der Ordnung halber, denn die tröstenden Menschen überwogen. Trotzdem hatte ich das Verhalten mancher Menschen nicht begreifen können. Besonders jener, für die Leander so viel gegeben hatte. Aber was hatte das mit mir zu tun?

Wenn beispielsweise, sagte ich zu Ida, meine Freundin Karin sterben würde. Natürlich würde ich ihren Freund Herbert besuchen. Einmal, zweimal. Ich würde fragen, ob ich ihm helfen kann, würde ihn vielleicht zum Essen einladen ... aber dann? Wie lange würde ich meinen, mich um ihn kümmern zu müssen, wenn ich doch nur mit ihm zu tun hatte, weil Karin ihn liebte. Würde es mir nicht sogar schwerfallen, ihn zu sehen, weil er mich an Karin erinnerte?

Nein, sagte Ida. Karin würde weiterleben in ihm wie auch in dir. Erst wenn der letzte, der einen Toten kannte, gestorben ist, hat der Tod Gültigkeit.

Nach Sonnenuntergang kehrten wir zurück in die kleine Stadt. In unserem Treppenhaus blieben wir unschlüssig stehen. Das Normalerweise füllte den Flur. Jetzt zu Leander gehen, und er würde fragen: Na, wie war euer Ausflug, und wir würden erzählen, uns unterbrechen wie übermütige Kinder, doch wir wären an anderen Orten gewesen, ich hätte Ida nicht zeigen müssen unsere Vergangenheit, da wir noch eine Gegenwart und eine Zukunft gehabt hätten.

Achtzigster Tag

Freitag, Wochenende, wir mußten packen und in den Urlaub fahren, es war doch höchste Zeit, Leander. Wußte nicht, wie ich mir helfen sollte. Konnte nicht arbeiten, konnte nichts, sah immer nur dich und uns. Zog das schöne Kleid aus Marrakesch an, die Farben hatten sich beim Waschen vermischt, und du hattest es mit Essig behandelt. Mein ganzes Leben voller Erinnerungen. Die Kleidung, die ich trug, Bilder. Im Winter würde ich die Stiefel anziehen, die du mir geschenkt hattest. Den Reißverschluß der Lederjacke hattest du repariert. Wenig im Kleiderschrank, das keine Geschichte mit dir trug. Und es waren ja nicht bloß die Kleider, war meine Haut, in die du tätowiert warst, so tief und unauslöschlich.

Alles schwer und weh. Wie sollte ich in Städte reisen und Vorträge halten? Wie nur, wenn es dich nicht mehr gab? Wohin zurück? Und wenn ich in einer anderen Wohnung wäre? Allein der Gedanke versetzte mich in Panik. Ich hatte Angst davor, mir eine Wohnung zu suchen. Eine Wohnung, in der du mich nicht besuchen würdest. Ich würde alt werden. Ohne dich. Alles, was ich tun würde – ohne dich. Keine Freude. Nirgends.

Am Abend kam Anatol. Zusammen wollten wir auf ein Fest. Ich hatte mir die Haare hochgesteckt und mich geschminkt, und Anatol trat einen Schritt zurück, als ich die Tür öffnete.

Zwick mich, sagte er. Du bist schöner, als das Leben sein kann.

Ich biß ihn in die Schulter. Ich wollte ihn. Ich nahm ihn. Und dann der Schrei. Hörte nicht mehr auf. Brach mich auseinander, schlängelte sich durch die Wohnung, in alle Ecken und schrie von dort zurück. Hörte nicht mehr auf. Ich rannte hin und her, immer auf der Flucht, doch wo ich war, war der Schrei, und wo ich hinlief, wartete er schon. Anatol hinter mir. Ohne mich zu berühren. Ich wälzte mich am Boden. Wund. Wild. Schreiend. Krümmte mich und schrie und schrie, und Anatol saß neben mir, Ewigkeiten und schweigend, und erst als mein Schreien dünn, Schluchzen wurde, berührte er mich zart, dann fester und ließ mich nicht mehr los. Ich zitterte am ganzen Körper und weinte und würgte und krümmte mich, und er verließ mich nicht in dieser grauenvollen Geburt. Es war dunkel, als ich zu Bewußtsein kam. Alles schmerzte. Innen und außen. Nur Wunden. Und erschöpft. Zu Tode erschöpft. Anatol hielt ein Glas Wasser an meine Lippen. Tupfte die verschmierte Schminke von meinem Gesicht. Sehr zart. Sehr behutsam.

Ich fühlte mich in Anatols Schuld, wusch mein Gesicht und fuhr mit ihm zu dem Fest, zu dem wir eingeladen waren. Anatol freute sich darauf, mich seinen Freunden vorzustellen. Es war fast Mitternacht, als wir dort anlangten, die Nacht war kühl, und viele Gäste waren gegangen. Ich kannte keinen der Anwesenden, Anatol kannte alle, und es tat mir leid, daß er begleitet wurde von solch einem Bündel Elend wie mir. Das Bündel sprach nicht, saß stumm und war nicht anwesend. Einer der Gäste war mit einem Hanomag gekommen, wie Leander früher einen besessen hatte, und ich ging wie magisch angezogen zu dem Wagen, der Besitzer führte mir seine Umbauten, Einbauten vor. Ich glänzte durch Fachkenntnis, vergaß, ich konnte Leander nicht erzählen, daß ich geglänzt hatte, es war, als könnte ich jederzeit einsteigen in den Hanomag von Leander, einsteigen in unsere Urlaube, bis es mir einfiel, und ich ging zu Anatol und bat: Bitte bring mich heim! Überstürzt verabschiedeten wir uns, es tat mir leid, daß ich nicht gesellschaftsfähig war, doch schon wieder das Zittern, überall.

Anatol sagte kein Wort. Ich begann zu sprechen, und was ich sagte, war kalt und grausam. Ich schlug ihm meine Wut, daß Leander nicht neben mir saß, um die Ohren. Anatol reagierte erst, als ich so verletzend wurde, daß ich selbst erschrak, aber ich nahm es nicht zurück. Spürte, daß ich ihn weg von mir trieb, dennoch kam er mit mir in die Wohnung, schüttelte das Bett auf, wartete, bis ich Zähne geputzt hatte. Ich wollte nicht, daß er ging. Ich wollte nicht, daß er blieb. Seine Jacke zog er nicht aus, mit der Jacke brachte er mich zu Bett, küßte mich auf die Stirn. Da riß ich ihn zu mir, und diesmal wehrte er sich, er war schon fast fort, ich fühlte es genau, und ich hielt ihn fest und kämpfte mit ihm, ohne zu wissen, worum, und wieder gewann ich, schaler Sieg, was hatte ich gewonnen? Später weinte Anatol. Weil er weinte, weinte ich nicht. Einer mußte doch Wache halten. Ich umarmte Anatol, dessen Weinen so leise war und so verzweifelt. Er erreichte mich nicht, wie er es sich wünschte. Ich hätte ihn erreichen können, doch das wollte ich nicht, nein, konnte es nicht. Wir litten am gleichen Schmerz. Er verzehrte sich in der Sehnsucht nach mir, und ich verzehrte mich in der Sehnsucht nach Leander. Da begriff ich sein Weinen als mein Weinen. Begriff seinen Schmerz als meinen. Ein großes zärtliches Gefühl für diesen Mann wuchs in mir. Wuchs schnell und warm und wunderbar. Ein Gedicht fiel mir ein. Das einzige Gedicht, das ich jemals geschrieben hatte. Für Leander.

Ich möchte dir ein Gedicht aufsagen, sagte ich, aber eigentlich ist es für Leander.

Ich wußte nicht, ob ich einen Fehler machte, doch ich sagte es.

Sag es noch mal, bat Anatol.

Ich sagte es noch einmal.

Anatol lächelte. Herzlichen Glückwunsch! Auf der Schanze bist du einen neuen Rekord gesprungen: 162 Meter.

Es dauerte eine Weile, bis ich verstand. Und als ich es verstand, wurde die Wärme, die ich für Anatol empfand, noch einen Ton glühender. Liebe war Liebe. Ich konnte nicht behaupten, ich hätte Leander anders geliebt. Es war anders mit ihm. Manches war wichtiger, anderes nicht. Liebe ist Liebe.

Leander ist immer mit uns. Vergiß das nie, sagte Anatol.

Als er fort war, hatte er mir geholfen, daran zu glauben: Leander war da.

Fünfundachtzigster Tag

Lesend lag ich im Garten, da hörte ich meinen Namen. Eine Bekannte aus der kleinen Stadt stand winkend am Zaun. Braungebrannt im bunten Sommerkleid mit Strohhut und klirrenden Armreifen; eine schöne Frau.

Mein Auto ist kaputt, rief sie. Ich bin auf dem Weg zur Bundesstraße. Von dort will ich an den See trampen.

Wie kommst du zurück, fragte ich.

Genauso. Vorhin habe ich mir ein paar Autos angeschaut. Leider alle in dunklen Farben. Und dann habe ich gleich noch eine Wohnung besichtigt. Sehr hell, aber viel zu teuer. Jetzt habe ich mir den See redlich verdient.

Wir wünschten uns einen schönen Tag, und sie ging weiter; ihre Armreifen hörte ich noch lange klirren. Ich blieb liegen. Hopplahopp kaufte sie sich ein Auto und sah sich eine Wohnung an. Und ich? Wenn mein Auto kaputt wäre, ich erlitte einen Nervenzusammenbruch. Weil kein Leander mehr da war, es zu reparieren. Es gab viele Frauen, die hatten keinen Leander, und es gab Frauen, die reparierten ihre Autos selbst, und vor allem gab es Autowerkstätten. In die konnte man ein kaputtes Auto bringen. Das war normal. Solange ich jemanden suchte, der für mich sorgte, blieb ich abhängig. Für mich selbst sorgen. Das war das Ziel.

Die wichtigste Entscheidung: wollte ich leben? Wenn ja: wollte ich gut leben? Bejahte ich auch dieses, mußte ich herausfinden, was es bedeutete. Eigentlich wußte ich es. Auch ohne Leander. Aber, dachte ich, und das Aber war zuviel, war der Schritt über den Grat: ohne Leander. Ging den Schritt zurück. Stand wieder auf dem Grat. Sah den Abgrund und den Grat gegenüber. Dachte mich auf die andere Seite. Alt sein und auf mein Leben zurückblicken. Was würde ich mir wünschen: nichts unterlassen zu haben.

Wahrscheinlich erlebte jeder Mensch einmal die Trennung

durch Tod von einem geliebten Du. Niemand wußte, ob nur der Zurückgebliebene darunter litt. Vielleicht litt auch der Verstorbene. Vielleicht sogar mehr. Und wenn die gegangen waren im Jenseits litten, so würde dieses Leid jeder fühlen, der geliebt hatte. Es gab Menschen, die litten nicht? Weil sie nicht geliebt hatten? Es gab Menschen, die verloren keinen an die andere Welt? Es gab auch Menschen, die erkrankten nie an Krebs.

Beim Blumengießen sah ich eine Mutter mit einem Zwillingspärchen auf der Straße, und da fiel mir mein Traum ein. Fast war es, als hätte er den ganzen Tag in mir gelauert, nach einer offenen Tür gespäht. Ein Zwillingspärchen, vielleicht sieben Jahre alt, sollte umziehen, weswegen man es in einen Gefrierbeutel schob, in dem es seltsamerweise Platz fand. In der neuen Wohnung, die aussah wie meine Wohnung, legten sie, die ich nicht erkennen konnte, den Gefrierbeutel auf die Spülmaschine und packten das Pärchen aus, doch plötzlich war ich es, die es auspackte und sah: Der eine Zwilling war tot. Ich barg den lebenden Zwilling in meinen Händen, wärmte ihn an meinem Atem und drückte ihn an mein Herz, erfüllt von Mitgefühl für dieses Wesen, das seine Hälfte verloren hatte.

Als Martina mich anrief am Abend, unterbrach sie mein Weinen. Du darfst nicht vergessen, sagte Martina, Leander ist nicht fortgegangen. Er ist nur vorangegangen. Er ist früh gegangen. Wir werden ihm folgen. Die Zeit bis dahin wird schneller vergehen, als wir glauben. Leander ist nur vorangegangen!
  Eines Tages würde ich Leander folgen. Vielleicht lag der Tag in so weiter Ferne, daß ich dann nicht nur Leander folgte, sondern anderen, deren Namen ich noch nicht kannte. Aber bis dahin wollte ich leben ohne zu unterlassen. Am Ende stand nicht das Nichts, stand: Leander. Am Ende würde ich in seine warmen braunen Augen schauen. Wahrscheinlich würde ich sie nicht sehen. Wahrscheinlich würde ich seinen Duft nicht riechen. Seine Hände nicht spüren. Doch das, was mich empfinge, wäre genausoviel. Oder mehr.

Neunundachtzigster Tag

Alles, was Anatol gewollt hatte, war, mit mir zu Abend zu essen. Ich hatte daraus ein Grundsatzgespräch gemacht, meine Worte, Instrumente vom Seziertisch. Mit großen Augen hatte Anatol mich angesehen, doch ich konnte nicht aufhören. Und als er die Wahrheit sagte: Unter vielen bin ich der einzige, der dich versteht, da reichte es mir erst recht, denn das war es ja. Anatol war fort, und ich konnte mich nicht an meinen letzten Satz erinnern; grausam war er gewesen. Nicht vergessen hatte ich seinen letzten Blick. Was war in mich gefahren? Anatol hatte recht, und ich konnte trotzdem nicht anders, denn was er von mir wollte, das konnte ich ihm nicht geben, das gab es nicht in mir, und wenn doch, gehörte es Leander.

Ich glaube, es ist besser, ich treffe Anatol nicht mehr, sagte ich am Telefon zu Tomma.

Sieht so aus, als hätte Anatol das bereits entschieden, erwiderte Tomma.

Meinst du, fragte ich und spürte den Schreck, der mich starr werden ließ und verschluckte. Konnte doch nicht schon wieder einen Menschen verlieren. Warum war ich in die Falle gegangen? Weil ich verdammt noch mal schon wieder geschrumpft war!

Neunzigster Tag

Kein Leander mehr. Kein Anatol mehr. Nur noch ich und allein, genauso wie ich es wollte, wie eine Abschlußprüfung, aber sie schloß nie etwas ab, war zerfallen in die Tage, die Wochen; die Abschlußprüfung war mein ganzes Leben. Und alles offen. Ich las das Buch einer Frau, die zwei Jahre bei afrikanischen Ureinwohnern gelebt hatte, und dachte, ich könnte Buschpilotin oder Goldschmiedin werden, Soziologie studieren oder Kinder bekommen, alles, alles war offen.

Ich blätterte im Wohnungsmarkt, fand eine gut klingende Anzeige und rief an. Die Vermieterin war Witwe. Während sie sehr mitfühlend mit mir sprach, überlegte ich, ob ich als Witwe einen ebensolchen Status auf dem humanen Wohnungsmarkt hätte wie eine ledige Mutter mit Kind oder einen besseren, da Witwen nicht schrien in der Nacht, sondern in ihre Kissen bissen. Nachdem ich vier Wohnungsbesichtigungstermine vereinbart hatte, fühlte ich mich erschöpft, als hätte ich Wochen auf Kongressen zugebracht. Tomma holte mich ab, und wir fuhren an den See. Eine Spur von Herbst lag in der Luft, mehr zu ahnen als wahrzunehmen. Die Menschen waren besonders ausgelassen, als könnten sie den Herbst mit ihrer Fröhlichkeit zurückdrängen; vielleicht war heute der letzte Badetag.

Ich weiß nicht, wohin ich gehöre, sagte ich zu Tomma. Hatte solche Angst vor dem, was auf mich zukam. Zurück in die Stadt? Auf dem Land bleiben? Vor allem eine Geldfrage, denn die große Wohnung, die ich glaubte zu brauchen, würde in der Stadt dreimal soviel wie im Landkreis kosten. Was also war wichtig? In der Stadt zu leben in zwei Zimmern und gequetscht? Oder draußen mit viel Platz, aber eben draußen.

Du solltest nicht über den Ort nachdenken, sagte Tomma, sondern überall Wohnungen besichtigen. Eines Tages wirst du eine sehen und spüren: das ist sie. Dort wirst du einziehen, und der Ort wird nicht wichtig sein, denn du legst dich ja nicht auf das Feld oder die Straße. Dein Daheim, das sind Räume, und die müssen dir gefallen.

Aber ich weiß nicht, ob ich ausziehen will, wandte ich ein, obwohl ich zuvor beteuert hatte, daß ich wollte.

Dann ziehst du nicht aus!

Dann muß ich prozessieren!

Prozesse machen Spaß!

Wenn ich bleibe, wohne ich in der Stadt, in der Leander starb.

Also kein Prozeß, fragte Tomma und verzog ihr Gesicht zu einer Miene des Bedauerns.

Nein. Doch. Ich weiß nicht.

Unter uns, lächelte Tomma, Wohnungen anzuschauen macht noch mehr Spaß, als Prozesse zu führen.

Ich habe Angst davor.

Vor was?

Vor allem. Ich weiß, es ist lächerlich. Jeden Tag ziehen Hunderttausende von Menschen irgendwohin. Ich könnte mich selbst über mich kaputtlachen, wenn ich könnte.

Vertraust du mir, fragte Tomma.

Natürlich!

Ich weiß, du wirst eine wunderbare Wohnung finden. Ich werde dir bei allem helfen. Ansonsten benimmst du dich, als ob du bis in die Ewigkeit in deiner Wohnung bleiben könntest. Erst wenn ich 'Los' sage, fängst du an, Kisten zu packen. Versprichst du mir das?

Ich verspreche es, sagte ich, und alles war ein bißchen leichter, weil Tomma mir beim Tragen half.

Nach dem Baden fuhren wir in einen Biergarten. Als ich dort eine Runde mit Bekannten Leanders sah, wäre ich am liebsten umgekehrt. Wollte nicht sprechen mit Halbfremden. War verschreckt und schüchtern und schaute weg. Auf der Toilette traf ich die Freundin mit Krebs, ich hatte nicht bemerkt, sie saß auch in der heiteren Runde. Ihr Anblick erschreckte mich, denn sie sah aus wie eine Krebskranke, doch dies kam nicht vom Krebs, kam von der Chemotherapie, die Haare ausfallen ließ und den Körper aufschwemmte. Dies war das Gesicht, das der Krebs zeigte, wenn man ihn bekämpfte. Ich war froh, weil ich sie bei ihrem Mann gut aufgehoben wußte, doch sie erzählte von Streitereien und daß sie sich alleingelassen fühle.

Niemand kann dir helfen, sagte ich den Satz, den man auch zu mir gesagt hatte, und wir sahen uns an, lange. Wir waren, wenn auch durch andere Umstände, Weggefährtinnen. Ausgestoßene. Ins Nichts und Alles Gefallene.

Dreiundneunzigster Tag

Wie eine Tigerin im Käfig ging ich durch die Wohnung. Auf und ab. Weite Strecke. Gehen? Bleiben? Konnte Leander sehen an Türstöcke gelehnt. Jedes Loch in der Wand hatte er gebohrt. Er war lebendig in diesen Räumen. Wenn ich sie verließ, würde ich ihn noch ein weiteres Stück verlassen. In eine Wohnung ziehen, die er nie betreten hatte. Freiheit schmerzte fast so wie Liebe. Manchmal wollte ich tot sein, um nichts entscheiden zu müssen, dann wieder freute ich mich auf die Entscheidungen, die die zweite Hälfte meines Lebens begründeten.

Zuweilen las ich Wohnungsannoncen zuversichtlich, denn die Wohnungen, die ich bisher besichtigt hatte, hätte ich sofort bekommen, auch ohne meine geflüsterten Sätze vom tragischen Tod meines Lebensgefährten, doch die Wohnungen waren zu klein gewesen oder zu dunkel oder zu teuer oder ihre Vermieter sahen nach allem zusammen aus. Panische Angst vor dem Umzug. All die Schränke, die es auseinanderzubauen galt. Die Küche, die Bücherregale. Nicht zu bewältigen. Ohne Leander.

Corinna rief an und ich sagte: Ich kann nicht umziehen, wenn ich den Auftrag für die Vorträge bekomme, an deren Exposé ich gerade schreibe. Ich muß jeden Tag mindestens fünf Stunden daran arbeiten, und außerdem muß ich ins Institut, wie soll ich da umziehen?

Natürlich kannst du das, sagte Corinna. Beim Verfassen wirst du dich vom Umziehen erholen, und beim Einpacken und Auspacken von der geistigen Arbeit. Nebenbei gehst du ins Institut und schaltest ab. Das schaffst du. Ich weiß es.

Ich wollte widersprechen. Empört. Dann aber lachte ich. Klar kann ich das!

Fünf Minuten nach dem Telefonat erschien es mir unmöglich.

Am Abend besichtigte ich die erste Wohnung in der Stadt. Im Gegensatz zu den Wohnungen im Landkreis, wo ich stets die einzige war, die herumgeführt wurde, handelte es sich in der Stadt um einen Sammeltermin. Tomma hatte mich darauf vorbereitet. Es geht eigentlich nur darum, hatte sie mir erklärt, einen Fragebogen auszufüllen. Schreibe das Dreifache von dem, was du verdienst, in die Spalte mit dem Einkommen.

Vor dem Haus standen mehrere Pärchen in Beige und Anthrazit, und ich war mit dem Motorrad da, das aussah, als wäre es durch Wüsten gefahren, mit den Alukoffern, und noch immer verdreckt von der Tour mit Anatol über die Felder. Der Makler ließ die beigen Pärchen stehen und kam strahlend auf mich zu. Der Garten des Hauses war groß, die Gegend fürchterlich und die Zimmer der Wohnung wie aneinandergeklebte Schachteln. Während die beigen Pärchen die Einrichtung lobten, die Schrankwand, die Couchgarnitur, das Mahagonischlafzimmer, die Eßecke, die Einbauküche, den Blick aus den Fenstern und die Gegend, stellte ich mir meine Habseligkeiten in diesen Schachteln vor, sie würden zum Lagerbestand, hier konnte ich höchstens stapeln, wie hielten die hier wohnten diese Enge aus? Niemand würde darauf Rücksicht nehmen, daß ich eine schöne Umgebung zum Heilwerden brauchte. Entweder ich hatte Geld oder nicht. Ich überlegte, ob mir Demut fehlte. Anstatt eines Ergebnisses fiel mir eine Freundin ein, die nie Geld, aber atemberaubende Wohnungen gehabt hatte. Warum sollte ich nicht auch einmal ... vielleicht mußte ich nur daran glauben, fest daran glauben.

Das ist nichts für mich, sagte ich zu dem Makler, der mir den von Tomma angekündigten Fragebogen als erste überreichte, was die Mienen der beigen Pärchen gefrieren ließ.

In den brennend roten Abendhimmel fuhr ich nach Hause und war so verloren, nur noch verloren. Weinend hörte ich meinen Anrufbeantworter ab. Da war die Zusage für meine Vorträge, ich hatte das Exposé am Vormittag gefaxt. Vergaß meine Tränen, ging auf und ab, vergaß die Wohnung, ging fest und sicher, Sätze im Kopf, Brücken über die Abgründe.

Fünfundneunzigster Tag

Ich glaubte, wenn ich Anatol von meinem Auftrag erzählte, würde das, was vielleicht beendet war, sicher beendet sein, denn dann hätte ich kaum mehr Zeit für ihn. Doch als ich das Motorrad parkte am Fluß und er zu mir gerannt kam, winkend. Nur Freude, mich zu sehen. Und als ich erzählte von den Aufträgen und er mir gratulierte. Da war kein Hadern, und ich war erleichtert. Nach dem Baden brachte Anatol mir Tischtennisspielen bei, nach manchen Ballwechseln fiel ich vor Lachen ins Gras und einmal lag ich quer über der Platte und japste: aufhören!

Ich will gar nicht dein Lebensgefährte sein, sagte Anatol, als ich ihn mit dem Gartenschlauch naßspritzte, das ist mir viel zu nah an Lebensgefahr.

Abends saßen wir bei Kerzenlicht im Garten, und ich erzählte begeistert von meiner Arbeit und wußte, mit Leander hätte ich den Auftrag niemals angenommen, war mir mein Privatleben wichtiger. Was ich Anatol beim Essen erzählte, hätte ich Leander erzählt. Doch Leanders und mein Leben waren miteinander verwachsen gewesen. Ich mußte ihm nichts erklären zu Namen, denn er kannte die meisten Menschen. Bei Anatol zog jeder Name Erklärungen nach sich, und dazu hatte ich oft keine Lust, deshalb wußte er wenig von Zusammenhängen. Das war mir egal, und es wunderte mich. Niemals zuvor hatte ich mit einem Menschen so viel geschwiegen wie mit Anatol. Oder so durcheinander erzählt. Nur Bruchstücke. Wenn ich über Ereignisse in der Vergangenheit sprach, merkte ich, daß es mir schwerfiel, mich zu erinnern. Leander hatte sich manchmal auch nicht erinnern können an seine Vergangenheit. Wo hast du diese Frau kennengelernt, fragte ich, und er wußte es nicht mehr. Das hatte ich nicht verstanden, denn ich erinnerte alles. Jetzt hatte ich selbst Schwierigkeiten und war ungefähr so alt wie Leander, als wir uns kennenlernten.

Daheim aß ich vorm Einschlafen Weintrauben. Sie schmeckten nach langen Nächten, Liebesnächten mit Leander. Eines Tages würde ich nicht mehr wissen, wie Leander ausgesehen hatte, würde nur noch wissen, wie er auf Fotos aussah und auf den paar Metern Film. Er verblaßte. Tag für Tag. Wie war es, mit ihm zu leben? Wußte nur noch, es war schön. Und nah.

Der Rauch aus den Schornsteinen der Häuser gegenüber zog senkrecht in die Luft. Das bedeutete etwas. Ich wußte es. Wußte aber nicht, was. Kein Leander, den ich fragen konnte. Dessen Stimme ich zuhören konnte. Wahrscheinlich hatte ich schon einmal gefragt und er hatte es mir erklärt. Ich hatte nicht aufgepaßt. Viel zu selten aufgepaßt.

Achtundneunzigster Tag

Die Tür des Kühlschranks war schmutzig. Obwohl Leander tot war. Er konnte es nicht gewesen sein, wie ich ihm unterstellt hatte so oft: Warum faßt du den Kühlschrank nicht am Griff an? Nachdem der bucklige Mann den Kühlschrank repariert hatte, hatte ich ihn geschrubbt mit meinem Lieblingsgift: Abrazo. Die Kühlschranktür zeigte schwarze Fingerabdrücke. Meine. Leander hatte keine mehr.

Meine Eltern riefen an. Sie hatten von einer billigen Wohnung gehört in der großen Stadt. Zwei Zimmer und nur fünfhundert Mark. Ich sollte dort anrufen. Sofort. Ich wollte nicht anrufen. Später, sagte ich und versprach, sie zu besuchen nach dem Institut. Mein Vater deckte den Tisch, und meine Mutter brachte Kuchen. In ihrem Zusammenleben, in ihrem Hin und Her, da erkannte ich Leander und mich. Meine Mutter reichte meinem Vater eine Flasche Wasser, die er mit Kohlensäure füllen sollte, sie hatte Angst, etwas explodiere. Auch ich hätte Leander die Flasche gereicht, wenn wir ein solches Gerät besessen hätten. Die Harmonie zwischen meinen Eltern, ihre geteilten Aufgaben, ihre Gewohnheiten, das macht man so und jenes so, und auf dem Küchenbord lagen ein paar Taschentücher, mein Vater wußte, dort würde er sie finden, so wie Leander gewußt hatte, wo er sie fand. All das tat mir weh, und doch freute ich mich an meinen Eltern, weil sie es sich eingerichtet hatten und zusammengeblieben waren, obwohl Scheidungen einmal sehr modern waren. Mit meinem Vater spielte ich im Garten Boccia, und er lobte mich, wie Anatol mich beim Tischtennis gelobt hatte. Zwei Freundinnen meiner Mutter kamen, saßen in Liegestühlen, und mein Vater bastelte irgend etwas, meine Mutter war froh, daß er beschäftigt war, und alles hatte seine Ordnung.

Bevor ich ging, erzählte meine Mutter von einer Freundin, die ihren Mann zwei Monate vor Leanders Tod durch einen Arbeitsunfall verloren hatte. Lilo sagt, sagte meine Mutter, wie stolz sie darauf ist, daß ihr Mann bei seinen Freundinnen stets in sauberer und gebügelter Unterwäsche dagestanden hat.

Auf dem Nachhauseweg besuchte ich Sandra, und sie hörte mir staunend zu, als ich von meiner Angst vor dem Umzug sprach. Sie war selbst gerade erst umgezogen, mit drei Kindern noch dazu, und in ihren Augen las ich, sie konnte kaum verstehen, vor was ich Angst hatte. Doch sie sagte es nicht, erzählte mir, wieviel Spaß es mache, und später, sie könne mir jederzeit Geld leihen, das rührte mich.

Ich habe jetzt keine Geldsorgen mehr, sagte ich. Es sind erst ein paar Wochen vergangen, seitdem ich glaubte, ich hätte welche, nun werde ich mehr Geld verdienen als jemals zuvor. Die Zeit vergeht und plötzlich ist immer alles anders.

Neunundneunzigster Tag

Sprechen Sie mir nach, sagte der Arzt zu mir, zu dem ich wegen Rückenschmerzen gegangen war - egal, mit welchen Beschwerden ich bisher gekommen war, nie hatte er sich darum gekümmert, noch nie hatte er mich untersucht, doch wenn ich die Praxis verließ, waren meine Schmerzen verschwunden.

Ich sprach nach: Ich bin hier. Ich bin am Leben, du bist tot. Ich ehre deinen Tod. Und wenn ich mit meinen Händen in die Erde greife, bin ich mit dir verbunden. Meine Stimme wurde dünn. Die Hände in der Erde. Die Erde. Du.

Es gibt nur zwei Dinge, die man tun kann, sagte der Arzt. Entweder man fördert das Leben oder man fördert den Tod. Zum Leben gehört, daß man auf seinen Körper achtet. Bitte sagen Sie: Ich genieße alles, was wächst. Und ich weiß, daß du dich daran freust. Was ich tue, tue ich zu deinen Ehren. Ich möchte, daß du stolz bist auf mich.

Ich wiederholte die Sätze. Weinend. Ich möchte, daß du stolz bist auf mich. Ein guter Satz. Ich wußte, was ich zu tun hatte.

Einhundertster Tag

Als ich aus dem Fenster des letzten Hauses des Dorfes schaute - Felder und der Waldrand und ein großes Stück Himmel. Da konnte ich es mir vorstellen. Hundert Quadratmeter, und die Vermieter waren nett. War es nicht das, was ich brauchte: Ruhe? Doch als ich nach Hause fuhr. Als ich durch meine Wohnung ging. Da war das Vorstellbare nur noch Elend. Alles würde endgültig sein, wenn ich Ja sagte.

Du mußt ja nicht für immer dort wohnen, sagte Sandra, die mich angerufen hatte, weil ich meine Jacke vergessen hatte; seit Leander tot war, vergaß ich dauernd irgendwo irgend etwas, das war früher nie passiert.

Nicht für immer, wiederholte ich, und dann rief ich es. Auf die Idee war ich nicht gekommen. Ich suchte keine Bleibe für immer, ich konnte wieder ausziehen. Man kann wieder ausziehen, rief ich glücklich.

Wenn du vom Ausziehen sprichst, bevor du eingezogen bist, sagte Sandra, solltest du noch mal nachdenken. Gründlich!

Anatol holte mich ab, eine halbe Stunde zu früh, er wollte mich zum Zug bringen. Wenn Leander mich zum Zug gebracht hatte, war ich nervös gewesen, immer waren wir zu spät losgefahren, nun war Anatol nervös, obwohl wir genug Zeit hatten, und ich war die Ruhe selbst.

Wieder im Zug. Es war gar nicht schlimm. Ich dachte ein bißchen an Leander, dachte ein bißchen an Anatol, las und schaute aus dem Fenster. In ein paar Monaten würde ich sehr viel Zug fahren, die Vortragsreise würde mich durch ganz Deutschland führen. Ob ich dann noch mit Anatol zusammen wäre? Ob ich dann noch mit Leander verbunden wäre? Siehst du Leander, wie groß ich geworden bin? Es war mir egal, was andere von mir dachten, mein Rückgrat war stark geworden. Leanders Tod war mein endgültiger Bruch mit den Konventionen. Und doch hatte ich manches schon anders entschieden als in der ersten Zeit nach seinem Tod, als mir stets bewußt war, auch ich konnte sterben innerhalb der nächsten drei Sekunden. Vielleicht hatte ich das vergessen müssen, um leben zu können. Anderes wollte ich nicht vergessen und vergaß immer wieder. Daß einem im Angesicht des Todes vielleicht jedes sogenannte Böse leid tun würde, das man anderen angetan hatte.

Der Veranstalter hatte mich bei einem Kollegen untergebracht, der überließ mir sein Arbeitszimmer, Tisch, Stuhl, Couch. Am nächsten Morgen fand ich neben der Kaffeemaschine in der Küche nicht nur Filtertüten und ein Päckchen Kaffee, sondern auch einen Zettel mit der Gebrauchsanweisung für die Wohnung. Mit der Kaffeetasse ging ich durch die zwei kleinen Räume. So konnte man auch leben. Ein Zimmer mit Bett und Eßtisch, Fernseher und Musik. Keine besonderen Ansprüche, aber es genügte. Mir hätte es nicht genügt. Wer hohe Ansprüche hat, kann auch tief fallen. Vielleicht stand mir das nun bevor. Auf einem Baum vor dem Fenster saß eine Amsel. Es war, als betrachtete sie mich. Nach einer Weile wußte ich nicht mehr, wer wen beobachtete. Ich schaute in einer fremden Stadt aus dem Fenster und mußte nirgendwohin. Es gab keinen Leander mehr, zu dem es mich zog. Ich war frei. Und nicht einsam, wie so oft, wenn ich in der Fremde gewesen war und den Ort kannte, wo ich Leander finden konnte. War ich nicht mehr einsam, weil Leander bei mir war, immerzu? Warum nach dem Himmel greifen? Vielleicht war ein Stück Himmel in mir gewachsen. Als Leander noch gelebt hatte, wollte ich immer schnell nach Hause; oft war ich nachts nach Vorträgen mit dem letzten Zug zurückgefahren, schnell heim. Heim zu Leander. Eine Nacht Haut an Haut. Nun ließ ich mir Zeit. Nichts wartete, weil ich nichts erwartete, und das war nicht nur schrecklich, war auch schön. Viel zu oft war ich Leander hinterhergerannt, indem ich auf ihn wartete. Nun versäumte ich nichts mehr, da ich ihn nicht mehr versäumen konnte. Konnte nur noch mich selbst versäumen und den Augenblick, in dem ich lebte, das hatte ich verstanden, zuweilen. Vielleicht war ich noch nie in meinem Leben dort gewesen, wo ich mich befand, nun lernte ich es und glaubte, dies sei der richtige Patz. Als

Leander lebte, hatte ich geglaubt zu wissen, was geschehen würde. Wir würden den Sonntag gemeinsam verbringen, das war normal, so gehörte es sich. Nun war der Sonntag offen wie alles andere auch, und das gefiel mir. Manchmal mehr, manchmal weniger.

Mittags stieg ich in den Zug nach Hause. Die Mitreisenden waren keine Fremden, waren Teil des Ganzen wie ich, wie du. Manchmal sah ich dich stehen an ein Fenster gelehnt, immer mit der schwarzen Lederjacke, so wie ich dich oft über Straßen gehen sah oder im Supermarkt, nie kamst du nah, doch du blinzeltest mir zu, den Kopf schräg geneigt und immer lächelnd. Der Zug hielt in Göttingen. Ich war nicht verrückt geworden auf der Fahrt von Berlin über Göttingen nach Hause. Ich suchte nicht die Stelle, an der Leander vielleicht gestanden hatte, suchte die Stelle, an der ich gestanden war. Mein Schmerz hatte das schrille Gellen verloren, weil ich gelernt hatte, ohne Leander zu leben, von Sekunde zu Sekunde. Das Weinen tat nicht mehr so weh, weil ich immer weniger erinnerte, warum ich dich vermißte. Weil ich immer weniger erinnerte, was mir fehlte ohne dich. So gern umarmt hätte ich dich. Dich gestreichelt und in deine Augen gesehen. Ewige Sehnsucht. Aber nicht mehr vernichtend.

Auf der Toilette schaute ich in den Spiegel. Lang. Sah mein Gesicht. Was ich sah, war fremd. Ich schaute mich an mit Augen, die waren nicht meine Augen, schaute in das Gesicht, sah Teile des Körpers und wußte, das war nicht Ich. Das war nur das Gesicht. Das war nur der Körper. Fremde Augen. Dahinter gab es etwas, und wo dieses Dahinter war, da war auch Leander. Wenn ich überzeugt davon war, daß es ihm gut ging. Daß er frei und glücklich war in einer Dimension, die ich mir nicht vorstellen konnte, einer Wahrheit, die hinter meinen Augen lag, einer Wahrheit, die mir fremd war, weil mein Glück immer irdisch und an das Dasein gebunden war. Und wenn ich mein Leben klar und vertrauensvoll gestalten konnte – er dort, ich hier –, wozu dann Schmerz? Ich brauchte keine Angst zu haben. Ich freute mich, am Leben zu sein. Hatte Jahrzehnte gebraucht, um das Abenteuer Leben zu wagen.

Leander, ich kann jetzt ohne dich leben, weil ich mit dir leben durfte.

Einhundertsiebter Tag

Lichtspiel im Fußraum des Autos. Ein Fleck. Lichtfleck. Wie man sich eine Seele vorstellen konnte. Natürlich konnte es eine Reflexion sein. Wenn man einen Toten betrauerte, verwandelte sich vieles in Übersinnliches. Im Rückspiegel sah ich einen roten BMW, auf dem Beifahrersitz eine Frau ohne Nase, erst nach mehrmaligem Hinsehen erkannte ich, ein Fotoapparat wuchs an Stelle ihrer Nase. Ich fuhr langsam bis der BMW mich überholte. Der Fotoapparat war eine Videokamera, und die Frau filmte die Strecke vor sich. Ich überlegte, ob in dem roten BMW vielleicht Verwandte des Arbeiters saßen, der bei der Eröffnung des Autobahnteilstückes ums Leben gekommen war.

Anatol hatte den Liegestuhl für mich aufgestellt, ein Tischchen daneben, eisgekühlter Saft, Zigaretten, Aschenbecher und meine Lieblingszeitung. Der Sommer war noch einmal zurückgekehrt. Wir saßen im Garten in der Dämmerung. Um zehn muß ich zu Hause sein, hatte ich zu Anatol gesagt, und zählte die Glockenschläge des weit entfernten Kirchturms, die der aufkommende Wind in den Garten trug. Wollte nicht weg. Wollte nicht aus diesem Garten, wo ich sicher war an Anatols Seite. Minute für Minute schrumpfte ich. Schmolz zu einem Klumpen und würde bald keine Beine mehr haben zu gehen. Das kannte ich. Kannte es viel zu gut. Kannte es von allen Männern, die mir Geborgenheit geschenkt hatten, auch von Leander; hatte mit ihm lange an der Schrumpfungskrankheit gelitten, bis ich oft genug gegangen und wiedergekommen war. Ich hatte nie zu jenen gehört, die den Schritt von der Zweisamkeit ins Alleinsein mit Leichtigkeit taten, stolperte oft und gewöhnte mich schwer an die Veränderung, die mir dann aber gefiel; das war ein Erfahrungswert, darauf konnte ich mich verlassen und trotzdem jedesmal das Reißen.

Anatol spielte Klavier, und ich schaute in den Sternenhimmel.

Die Musik barg mich, und ich wünschte, er würde noch lange spielen und sah mich sitzen neben ihm im Winter, die Hände um eine Schale Tee gelegt, vielleicht lesend, gebettet in seine Musik.

Am liebsten wäre es mir, vertraute ich Anatol später an, du würdest mich unter deine Fittiche nehmen.

Wenn du frei sein willst, erwiderte Anatol, kannst du nicht unter meine Fittiche, mußt du selber fliegen.

Als ich in meinem Arbeitszimmer saß, war ich froh, allein zu sein. Morgen würde die Frau mit dem Mietvertrag kommen. Daß ich die Wohnung nicht, wie gnädig gestattet, zum Jahresende verlassen würde, war von Anfang an klar gewesen. Entweder vorher oder überhaupt nicht. Niemals zu den diktierten Bedingungen. Konnte dich sehen in deinem Zimmer, in der Duschkabine, in der Badewanne, auf dem Klo und beim Zähneputzen, streichelte die avantgardistische Garderobe, die du geschweißt hattest, ging wieder in mein Arbeitszimmer, es war das letzte und schönste Zimmer im Ostflügel der Wohnung, du hattest das kleinere und dunklere genommen, ganz selbstverständlich, so wie du mir stets die besten Bissen auf den Teller gelegt hattest. Der große Spiegel, den du mir zu Weihnachten geschenkt hattest, die grüne Flasche aus Italien, sah dich in einer hohen Wiese in Frankreich stehen, die Arme voller Weiden, und der bunte Stoffpapagei hing hinter der runden Glasscheibe in einer der Abstellkammern. Immer waren wir uns einig gewesen auf den ersten Blick. All diese Dinge würde ich mitnehmen, doch irgendwann wären es keine Erinnerungen mehr, die Erinnerung würde von den Gegenständen abfallen, und sie wären bloß Habseligkeiten aus meinem Besitz. Lange blätterte ich in deinem Lateinbuch. Fast von Anfang an hatte ich dich durch alle deine Jahre geliebt, das beschnittene Kind, das du warst und das ich nie kannte, und wünschte so sehr, ich hätte dir die Möglichkeit gegeben, eine glückliche Kindheit nachzuholen. Es sei nie zu spät dafür, hatte ich irgendwo gelesen.

Einhundertachter Tag

Das Telefon weckte mich. Es war Anatol: In der Zeitung ist eine Wohnung annonciert. Direkt am See, mit Wintergarten und nur tausend Mark, schreib dir die Nummer auf!

Aber heute nachmittag soll ich doch den Mietvertrag ...

Am See, Leila!

Ich notierte die Nummer, rief an, ohne es zu wollen, eher Anatol zu Gefallen, und vereinbarte einen Termin.

Als ich die Wohnung betrat, wurde mir schwindlig. Eine Wohnung wie ein Traum. Nur Fenster und hell, und der Garten grenzte an ein Naturschutzgebiet mit dem Namen: Tal des Lebens. Sah mich im Garten frühstücken und dann hinunter an den See. Dies war ein Ort zum Heilwerden.

Jeder, der die Wohnung besichtigt, sagte die Frau, ist begeistert.

Jetzt mußte ich Worte finden, die ihr klar machten, daß ich die denkbar beste Mieterin war, doch ich war es nicht mehr gewöhnt, etwas zu wollen und stammelte nur.

Ihre Daten habe ich ja, sagte die Frau, ich rufe Sie innerhalb der nächsten beiden Wochen an und lasse Sie wissen, für wen sich der Vermieter entschieden hat.

Geht es nicht früher? Ich fahre übermorgen nach Italien!

Wie lange bleiben Sie?

Zehn Tage.

Vorher wird sicher nichts entschieden. Ich melde mich bei Ihnen.

Zu Bewußtsein kam ich erst wieder, als ich mein Auto in der Garage parkte. Hatte mich gesehen im Tal des Lebens und froh. Wußte nun, wann der rechte Moment war, einen Mietvertrag zu unterschreiben. Zum ersten Mal seit Leanders Tod wollte ich etwas. Hatte ein Ziel. Für mich. Für mich allein.

Einhundertfünfzehnter Tag

Meine Füße in den Wellen, ging ich am Strand entlang. Blieb lang stehen am Ufer und schaute in den Horizont. Gäbe es keine Zeitungen und Fernsehapparate, keine Boote und Flugzeuge, wüßte ich nicht: dort drüben ist die andere Seite. Könnte es mir vielleicht vorstellen, wünschen oder hoffen. Wissen könnte ich es nicht. Einzige Brücke: es zu glauben.

Obwohl ich die Frage nach einem Glauben noch immer mit Nein beantwortet hätte, hatte ich doch etwas wie einen Glauben gefunden. Eine Brücke, die aus meinem Verlies herausführte. Mein Glaube hatte keinen Namen, und ich hatte keine Bücher gelesen, ihn zu finden. Hatte ihn erfahren dürfen. Vielleicht würde er reichen bis an das Ende meines Lebens. Mein namenloser Glaube hatte die Scherben Einsamkeit zusammengefügt, mich mit allem zusammengefügt zu einem neuen Leben.

Stand am Strand, meine Füße im Wasser, verbunden mit dir. Losgelaufen. Am Rand des Meeres entlanggelaufen Am Rand von Leander gelaufen.

Stellte mir vor, du wärest ein Tropfen Wasser, der ins Meer zurückgefallen war, und wollte ich zu dir, konnte ich dich nicht suchen, konnte nicht den einen Tropfen Leander finden, konnte nur am Ufer stehen, die Beine vielleicht im Wasser, mich vermischen mit allen Tropfen. Leander gab es nicht mehr. Alles, was seine Individualität ausmachte, war von ihm abgefallen. Kein Leander mehr, der sich mit dieser unverwechselbaren Geste übers Gesicht strich, die Zahlen von rechts nach links schrieb. Keine Biografie mehr, aber vielleicht Wandlungen. Ein eigenständiger Mensch war seinen Weg gegangen, bevor er mich kannte, und ging nun weiter.

Warum gab es solche Briefe nicht: Leila, ich bin gestorben, und es geht mir gut. In diesem Brief ruhte das Geheimnis, der Brief war der Glaube. Den ich bekommen konnte, wann immer ich wollte. Unendlichkeit sei unvorstellbar, hatte ich oft gehört. Mir schien die Endlichkeit unvorstellbar. Eines Tages würde ich es wissen oder eben nicht. Leanders Tod hatte mich von dieser Frage befreit.

Ich kniete im Sand. Konnte nicht sagen, ich wollte zurück in unser altes Leben, aber ich liebte dich und würde dich so gerne weitergeliebt haben, und es war schwer, meine Liebe zu verwandeln in das Meer. Und du, du am anderen Ufer. Sah dich an einem fremden Strand, Wunschbild. Manchmal hätte ich dich gerne gefragt ... die Kinderfrage: Würdest du sterben für mich? Großartig wäre mir dein Ja erschienen, und stets wiegte ich mich in der Sicherheit: du würdest mich dies nicht fragen. Jetzt konnte ich behaupten: hatte gelebt für dich. Vielleicht war dies ein Liebesbeweis. Der letzte? Da fiel mir ein, du könntest leiden unter deinen Unterlassungen. Vieles, was ich vergessen hatte, könnte dich quälen, so wie auch mir vieles eingefallen wäre, wenn ich dich zurückgelassen und gesehen hätte: deinen Schmerz. Leander, flüsterte ich, und der Wind wehte die Worte über das Wasser, sollte es etwas geben, wofür ich dir verzeihen kann, so tue ich es aus vollem Herzen und bitte dich um dasselbe. Du bist frei.

Einhundertsiebzehnter Tag

Dreimal hatten wir versucht, den Park von Niki Saint Phalle zu besichtigen. Immer war er geschlossen gewesen. Nun war ich mit Tomma hier. Oh wie gut hätte der Park dir gefallen. In einem blauen Turm saß ich auf einem grünen Sofa und schaute in das Land, da kam ein Paar, und ich fragte es, ob sie mich und Tomma fotografieren würden, was Tomma für überflüssig hielt, da ihre Kamera mit Selbstauslöser ausgestattet war. Der Mann fotografierte uns. Die Frau fragte mich, ob ich sie und ihren Mann fotografieren würde. Tomma tat es. Die Frau sagte gerührt: Nun sind wir schon so lange im Urlaub, doch dies ist unser erstes gemeinsames Foto. Der Satz war die Überschrift zu einer langen Geschichte, die sie mit weichem Blick erzählte. Ich konnte die Geschichte hören. Aber aushalten konnte ich sie nicht und wandte mich schnell ab.

Auch Niki Saint Phalle hatte ihren Mann verloren. Jean Tinguleys Kunststücke, diese häßlichen, kreischenden, wunderbaren Maschinen, hätten Leander fasziniert. Vielleicht hätte mich seine Begeisterung gefreut. Vielleicht hätte mir die Besichtigung zu lange gedauert. Weil ich Durst hatte. Weil ich zurück ans Meer wollte. Weil ich nicht wußte, wieviel Glück: neben ihm stehen zu dürfen. Wenn ich an Ansichtskartenständern vorbeiging, hätte ich gern eine gekauft und geschrieben: Lieber Leander. Daß ich nie mehr deinen Namen schreiben und dich damit erreichen könnte. Deinen Namen, der mich so erstaunt hatte, als du ihn mir nanntest, weil ich nicht gewußt hatte, daß ein Mensch aus Fleisch und Blut so heißen konnte. Du hattest gelacht: Leila ist auch nicht gerade ein gewöhnlicher Name. Und ich hatte dir erzählt, daß mein Ururgroßvater aus Brasilien und meine Urgroßmutter aus Marokko stammte, Länder, die ich nie bereist hatte, und du hattest gesagt, vielleicht fahren wir einmal dorthin, und ich hatte schneller atmen müssen, minutenlang, weil du eine Zukunft für uns sahst.

Einhundertfünfundzwanzigster Tag

Alles hätte schön sein können. Der aufgerissene Himmel. Mann und Frau am Waldrand voller Farben und mit roten Nasen nach Hause, und ich kochte, und es roch heimelig nach angebratenen Zwiebeln. Es schmeckte sogar, auf einmal konnte ich kochen, und rief: Ich kann kochen! Es war schon das vierte Mal, daß mir etwas gelang, vielleicht, weil ich so oft neben dir gesessen und dich mit Fragen abgelenkt hatte, so hatte ich zu kochen gelernt, ohne es zu merken, wie vieles andere.

Doch als ich die Teller auf den Tisch stellte und in Anatols Augen schaute. Was tat dieser fremde Mann an unserem Tisch, wieso überhaupt ein Mann, wenn nicht du, dann keiner. Ich konnte doch nicht einfach weitermachen mit Abendessen zu zweit und später vielleicht ins Kino, jämmerliches Aufrechterhalten, es war Lüge, Lüge, Lüge, und ich log, weil ich schwach war und ängstlich und glaubte, einen zu brauchen, der mich beschützte im finsteren Wald. Weit und breit kein Wald, doch ich setzte die Hexe in das Haus vor der imaginären Lichtung, und eine genügte nicht, sie wohnten überall, und ich folgte falschen Fährten, die ich selber legte.

Anatol fragte: Wann sehen wir uns wieder, obwohl ich ihm doch gegenübersaß, nein, tat nur so, und zählte meine Termine auf, immer eine zweite Stimme im Kopf: Wenn du ihn lieben würdest, würdest du das Essen morgen absagen, würdest übermorgen nicht zum Modern Dance gehen und überübermorgen nicht zu der Besprechung, die sowieso langweilig ist. Was willst du von Anatol, was gibst du ihm überhaupt. Kann nicht ohne ihn. Das ist ja das schlimme, daß du das glaubst! Verachtete mich, weil ich bedürftig war. Die Wut und das Weinen. Trat über die Ufer und überschwappte Anatol. Bei niemandem weinte ich so viel wie bei ihm. Manchmal weinte ich drei Tage nicht, und kaum sah ich ihn, ging es los, das hatte er nicht verdient. Er, der immer ausgleichend war und liebevoll, aber vielleicht war es das, was ich nicht ertrug. Es würgte mich, daß ich mich daran gewöhnt hatte, nicht aus freien Stücken, sondern aus der Not, und die anerkannte ich nicht, weil ich anderes von mir erwartete. Ich mochte Anatol und mehr als das. Hatte ihn lieb von Zeit zu Zeit und manchmal mehr. Liebte ihn wie einen Freund, genoß die Zärtlichkeit seiner Hände und daß er für mich sorgte, wie ich es gewohnt war, daß ein Mann für mich sorgte; eine Wohltat, die ich mir zuweilen nicht verzieh. Selbst wenn ich mir dies als Seuche, als in die Sozialisierung infiltrierten Katholizismus vorbetete, konnte ich mir keinen Ablaß geben. Wann würde Anatol endlich gehen, wann würde er das nicht mehr aushalten und mich endlich so zurücklassen, wie ich es wünschte, aber nicht zu sein wagte.

Auf einmal sah ich Leander vor mir. Wie oft hatte er mich zu Bewußtsein gebracht mit einer kleinen Geste, einem einzigen Satz. Leila, was tust du, fragte Leander. Ich ging zu Anatol mit Leanders Liebe. Verzeih mir, bat ich, bat Leander in mir.

Einhundertdreißigster Tag

Mittlerweile wußte ich, worauf ich zu achten hatte, fragte nach den Himmelsrichtungen und der Isolation, überprüfte den Wasserdruck an der Dusche. Ein ganzes Haus für mich allein, am Rand des sehr kleinen Dorfes, doch nur fünfundzwanzig Minuten in die großen Stadt; zwei Treppen und viele Fenster, ein Haus mit Atmosphäre, alt und doch mit allem, was ich brauchte, sogar mehr, offener Kamin, Garten und viel Platz. Ich schaute in die braunen Augen des Vermieters, Ruhe und Sanftmut las ich darin. Das Haus lag weit genug entfernt von der kleinen Stadt, die für mich immer ländlich gewesen war, dies war wirklich Land, mehr Land gab es nur noch in der Einöde. Der große Holzbalkon an dem Zimmer, das mein Arbeitszimmer sein sollte, lag nach Osten, in Richtung der großen Stadt. Die Holztreppen knarzten. Viele Geschichten in den Wänden und Böden. Und überall der Blick bis an den Horizont und darunter Felder und Wiesen und sanft geschwungene Hügel. Da sagte ich es: Hier würde ich gerne wohnen. Der Vermieter reichte mir seine Hand, und wir besiegelten den Vertrag.

Leander! Ich habe eine Wohnung, nein, ein Haus gemietet, rief ich, als ich die Tür aufsperrte. Stell dir vor, ein ganzes Haus, sprudelte es aus mir, viel besser als am See, ein Haus, ein wunderschönes Haus und so günstig ... und dann wurde ich langsamer und dann still. Nach und nach sickerte es in mein Bewußtsein. Ich hatte mich entschieden. Hatte das Ende verkündet. Hastig, als verlöre ich Zeit, zählte ich die Tage, die mir blieben. Zwanzig. Rechnete wieder und wieder, es wurden nicht mehr. Noch zwanzig Mal hier schlafen, bei ... Leander? Ich würde ihn nicht mitnehmen können. Alles neu. Schnitt. Und obwohl ich glaubte, Leander würde mich beglückwünschen und sich freuen, war ich verzweifelt. Ich konnte nicht zurück. Und wohin: zurück? Das Zurück, das ich wollte, gab es nicht mehr. Ich sagte es mir immer wieder vor, dieses Haus ist ein

Glücksgriff, doch meine Stimme zerschellte an der Angst. Ich rief Tomma an. Geduldig hörte sie sich meine Schilderungen an, immer wieder erzählte ich dasselbe, mal begeistert mal unsicher.

Also gebe ich jetzt das Kommando, rief Tomma: Los!

Ja, sagte ich und glaubte, ich könnte es, aber als ich durch die Wohnung ging, einen Umzugskarton hinter mir herschleifend – Leanders Hände vor Augen, die mir gezeigt hatten, wie man die Kartons zusammensteckte, dabei war eine Gebrauchsanweisung auf ihnen abgebildet –, da hätte ich mich am liebsten in die Kiste gelegt und nie mehr bewegt.

Stand am Fenster, telefonierte mit Freundinnen, betrachtete die liebgewonnene Aussicht, die häßlich war gegen das, was mich erwartete, und schwärmte von der Ruhe und der Nähe zur großen Stadt, war dies nicht schon immer mein Traum gewesen?

Und du bist sicher, das ist es, fragte Katrin.

Ja, sagte ich, und hörte das Nein in mir, viel lauter. Wie sollte ich sicher sein: ohne Leander.

Einhundertvierzigster Tag

Entschuldigung, sagte die alte Frau im Lodenmantel und mit Kopftuch neben mir in der Sparkasse, und wieder einmal dachte ich, was für Umgangsformen in Deutschland herrschten, wo man sich entschuldigte, wenn man einen Fremden ansprach. Bitte, könnten Sie mir wohl zeigen, wie man Kontoauszüge ausdruckt? Mein Mann ist gestorben, und ich habe es noch nie gemacht, dafür war immer mein Mann zuständig.

Es ist ganz einfach, sagte ich und hätte gern die adrigen Hände der kleinen Frau gestreichelt. Sie kramte in einer schwarzen Rentnerinnentasche nach ihrer Kontokarte.

Dort am Gerät ist eine Abbildung; den Magnetstreifen nach oben, Sie können nichts falsch machen.

Ich weiß nicht, murmelte die Frau, und ihre wässrig blauen Augen schimmerten feucht.

Fast hätte ich mitgeweint, doch ich lächelte sie zuversichtlich an. Stellen Sie sich mal vor, sagte ich, wie stolz Ihr Mann ist, wenn er sieht, was Sie alles so tapfer alleine machen.

Ich mache es ja gar nicht alleine. Ich brauche doch Hilfe. Dauernd brauche ich Hilfe.

Ja, sagte ich. Aber doch nur am Anfang. Jemand muß Ihnen sagen, wie das geht, das Leben ohne ihn. Wenn Sie all die Dinge, die er getan hat, selbst tun können, werden Sie nur noch Hilfe brauchen, wenn Sie es wollen.

Danke Fräulein, sagte die Frau, als ich ihr die Kontoauszüge reichte. Es war lang her, daß jemand mich Fräulein genannt hatte. Die alte Frau nahm meine Hand zwischen ihre Hände und tätschelte sie. Sehr weich waren diese alten Hände.

Alles Gute, Fräulein, sagte die Frau.

Ihnen auch, sagte ich, und drehte mich schnell um.

Niemals in meinem Leben hatte ich soviel geschafft wie in diesen Tagen. Stand um sechs Uhr morgens auf und arbeitete an meinen Vorträgen. Wenn ich mich nicht mehr konzentrieren konnte, packte ich ein paar Kisten, dann fuhr ich ins Institut, wo ich unabkömmlich war, weil ich eine Ausstellung vorzubereiten hatte. Danach arbeitete ich in meinem Haus, stets waren Freunde dort, die strichen die Wände und Türen und zogen die Böden ab, ich hätte nicht mitzuhelfen brauchen, doch ich wollte es. Am anstrengendsten war das Packen. Ich riß mein und Leanders Leben von den Wänden, verstaute es in Kisten, und wo ich es auspacken würde, käme nur noch mein Leben zum Vorschein. Lang nach Mitternacht ging ich schlafen und wurde immer nervöser, denn der Abgabetermin für die Vorträge und der Bezugstermin für mein Haus lagen beide am Monatsersten. Ich weinte fast nie, und wenn, dann biß ich mir auf die Lippen, bis ich blutete. Hatte keine Kraft zu weinen. Ich brauchte alles, und manchmal mehr, um zu tun, was getan werden mußte. Ich war übriggeblieben, also mußte ich es für uns beide tun und so gut wie möglich. Wollte keine Hilfe beim Räumen, dies war mein Abschied. Leander und die Wohnung waren verschmolzen, die Wohnung war meine letzte Zuflucht. Gelegentlich fand ich etwas, das wir lange gesucht hatten, ich lächelte erst, dann tat es weh, und schnell räumte ich weiter. Beim Einschlafen dachte ich, Leander wäre stolz auf mich. Vielleicht würde ich es später auch einmal sein. Doch jetzt lebte ich am Abgrund, und merkte es selten, merkte es an den Stimmen meiner Freunde, die zu mir sprachen, als hätten sie Kreide gegessen: Setz dich ein bißchen hin, soll ich dir Tee machen, fragten sie, wenn ich kam, beim Renovieren zu helfen, und ich verstand nicht, was das sollte, schließlich war es mein Haus, mein Umzug. Ich balancierte am Rand von ich wußte nicht was. Stand um halb sechs, dann um fünf Uhr morgens auf und war nicht mal müde, immer Herzklopfen. Das Leben war nicht schön, aber wer fragte danach. Gelegentlich stellte ich mir die Zukunft vor, vielleicht würde sie schön werden, es interessierte mich nicht, ich tat, was getan werden mußte. Weil ich dir nichts erzählen konnte, war nichts etwas wert. Schämte mich dafür, daß es mir nichts bedeutete, anderen zu erzählen, doch immer öfter gab es keine anderen, gab nur noch mich und dich, und du warst fort.

Anatol war der einzige, der manchmal durch meinen Nebel drang, immer im Streit, er wollte mit mir spazierengehen oder eine halbe Stunde Kaffee trinken, und ich schrie ihn an: Siehst du denn nicht, was ich zu tun habe, und ging dann doch, mürrisch meistens, wie man einen lästigen Hund Gassi führt. Anatol sprach wenig, nahm meine Hand und deutete auf einen Baum, auf eine Wolke: Schau mal, Leila.

Eines Abends am Schreibtisch fiel mir mehr ein als sonst, fiel mir fast so viel ein, wie es sich für mich gehörte, da erkannte ich, dies verdankte ich Anatol und dem Spaziergang am Nachmittag. Verdankte ihm auch manche Zigarettenpause, zu der er mich zwang, und danach ging es mir stets besser, was ich immer erst würdigen konnte, wenn Anatol fort war.

Einhundertzweiundvierzigster Tag

So ist es normal, sagte Tomma. Wenn man glaubt, man ist mit dem Umzug fertig, hat man die Hälfte geschafft.

Wir saßen in der Küche. Die Wohnung sah längst nicht mehr aus wie unser Daheim, eher wie vor über drei Jahren, als wir eingezogen waren. Überall Kisten und Baustellen und überall Bilder: Leander, der bohrte und maß, sägte und hämmerte, der unser Nest baute, das ich nun zerstörte.

Leila, es wird wunderschön in deinem Haus. Ich werde dich oft besuchen, alle werden dich besuchen. Im Sommer werden wir im Garten sitzen bis spät in die Nacht. Und wenn du einsam bist, nimmst du das Auto und bist in einer halben Stunde bei mir.

Ich nickte. Verbiß mir das Schluchzen.

Ist es dir zu abgeschieden dort, fragte Tomma besorgt.

Nein, beruhigte ich sie. Es ist, wie du damals am See sagtest. Die Umgebung ist nicht entscheidend. Wichtig sind die Räume. Ob ich in einer Wohnung in der Stadt allein bin oder auf dem Dorf, das ist egal, solange das Auto, das Motorrad anspringt. Es kommt darauf an, daß ich Heimat in mir finde. Und hier, ich wies auf die Baustelle um uns, ist nicht mehr mein Daheim. Das existiert doch alles schon gar nicht mehr. Es ist nur ... so viel. So viel auf einmal. Jeden Nagel, den ich aus der Wand ziehe, ramme ich mir ins Fleisch.

Tomma grinste.

Aber so ist es tatsächlich, rief ich. Und dann lachte ich mit Tomma. Und dann weinte ich. Ein wenig nur. Ich konnte es mir nicht leisten. Ich mußte durchhalten. Irgendwie.

Ob ich eines Tages sagen würde: Leanders Tod hat mir ein neues Leben ermöglicht, war der Wendepunkt. Alles, was ich danach tat, hätte ich sonst nicht getan, und dafür bin ich heute dankbar.

Ich war durch deinen Tod gegangen und hatte mich schon sehr verändert in kurzer Zeit, und du? Warst stehengeblieben. Zumindestens in meiner Erinnerung. Wie hättest du dich verändert? Hättest du es? Hätte ich mich verändert, wenn du noch lebtest? Und wir zusammen? Es gehört zu den schwersten Prüfungen in der Liebe, sich miteinander zu verändern, denn so wie die Liebe in ihrem Beginn ein Wirbel ist, neigt sie später zum Stillstand.

Und wieder riß ich einen Tag vom Kalender. Bald würde ich den ganzen Kalender entfernen. Würde ihn nicht mitnehmen. Würde ihn wegwerfen. Unser letztes Jahr war beendet, wenn ich diese Wohnung verließ.

Einhundertdreiundvierzigster Tag

Noch sieben Tage. Und jeder Tag barg unendlich viele Momente. Nie wußte ich, welcher dieser Momente als unvergeßlich gespeichert würde. Manche Momente erschienen großartig und waren schnell verschwunden, dies merkte ich, wenn andere, die die Momente mit mir geteilt hatten, mich daran erinnerten. Viele anscheinend banale Augenblicke aber, die erinnerte ich. Und so viele mit Leander. Belangloses eine Straße Entlanggehen. Ein Blick zwischen Waschbecken und Klo. Eine gewöhnliche Radtour, kein Regen, keine besonderen Vorkommnisse. Kannte die Gesetze für das Vergessen nicht. Wenn ich mich einmal an diese Tage im Taumel erinnerte, würde ich wahrscheinlich nicht das erinnern, was ich heute für erinnerungswürdig hielt. Würde vielleicht etwas so Banales erinnern, daß ich es mir nicht mal vorstellen konnte.

Einhundervierundvierzigster Tag

Ich habe dir etwas mitgebracht, sagte Anatol, und bevor ich fragen konnte, hatte er die Cassette eingelegt. Das Lied ist von Gottfried Schlögel, sagte er, und dann hörte ich es: Meine Augen ohne deine Augen sind keine Augen mehr. Meine Ohren ohne deine Ohren sind keine Ohren mehr. Meine Hände ohne deine Hände sind keine Hände mehr ...

Ich starrte Anatol an. Warum spielte er mir das vor? Und für wen? Für mich, für Leander ... oder gar für sich selbst? War er wahnsinnig geworden? Ich hatte nur noch eine Handvoll Tage, die Bücher waren nicht eingepackt, dabei wollte er mir helfen, und nun legte er ein solches Lied auf, ein Lied, nach dem ich mich in einer anderen Wohnsituation aus dem Fenster hätte stürzen können. Das schrie ich ihm ins Gesicht.

Anatol drückte die Stopptaste, nahm die Cassette aus dem Rekorder, steckte sie in seine Jackentasche. Währenddessen sah er mich an, unentwegt.

Leila, ich kann nicht mehr. Wir haben uns kennengelernt in einer Zeit, in der du nicht frei warst. Ich habe geglaubt, ich könnte warten, doch ich weiß nicht mehr, worauf, und wenn ich an deiner Seite bleibe, werde ich zerbrechen. Vielleicht sehen wir uns in ein paar Monaten wieder, aber jetzt, jetzt muß ich gehen.

Wenn du nun gehst, dann will ich dich nie wiedersehen!

Was bedeutet das, fragte Anatol.

Daß ich dich jetzt brauche. Nicht in ein paar Monaten. Jetzt!

Ich glaube, Leila, sagte Anatol leise, ich habe dir genug beigestanden. Er nahm seine Tasche vom Stuhl und ging. Ich hörte die Tür schlagen und konnte es nicht glauben. Er würde zurückkommen. Er kam nicht zurück.

Allein packte ich die Bücher ein. Es war mühsam. Leiter rauf, Leiter runter. Anatol hatte recht. Wenn ich mir vorstellte, daß ich ihn vermissen könnte, dachte ich schnell etwas anderes, und seltsamerweise gelang es mir; wäre es mir doch auch bei Leander gelungen.

Ich werde nun, sagte ich am Telefon zu Tomma, nur noch arbeiten, das ist sowieso das beste, und irgendwann ist Frühling, und dann werde ich arbeiten und reisen und arbeiten und reisen.

Es wäre schön, erwiderte Tomma, wenn wir zwischendurch Skifahren könnten. Glaubst du, das läßt sich einrichten? Und außerdem will ich mit dir per Motorrad nach Italien. Weißt du, es gibt noch so etwas wie Freizeit, Freude und Fröhlichkeit.

Tatsächlich?

Leila, soll ich zu dir kommen?

Nein, schluchzte ich und biß mir auf die Lippen. Du hilfst mir ja schon so viel. Alle helfen mir so viel. Aber besonders du.

Du hast mir auch besonders viel geholfen, Leila. Und sicher auch den anderen. Davon bekommst du jetzt etwas zurück.

Manchmal denke ich, daß es Hinterbliebene gibt, die haben nicht so viele Freunde wie ich. Ihr nehmt mir so viel ab. Das mit dem Haus zum Beispiel.

Und alle tun es gerne. Es ist schön, dir helfen zu dürfen. Aber, Tomma machte eine Pause, und an ihrem Atem hörte ich, sie bereitete einen ihrer Scherze vor, das wirst du schon noch büßen!

Wie meinst du das, fragte ich und wollte ernst klingen, aber bestimmt hörte sie das Lächeln in meiner Stimme.

Ich werde dich die härtesten Pisten runterjagen, und wir werden Pässe fahren, bis es funkt. Das verspreche ich dir.

Das hat Bobby Ewing auch immer gesagt. I promise. Und dann war alles gut.

Wer ist das?

Einer von Dallas.

Leila, bist du sicher, daß ich nicht kommen soll?

Einhundertfünfundvierzigster Tag

Fuhr durch die große Stadt, zur Bibliothek, fuhr wie durch Schichten meines Lebens, wollte in meine alte Wohnung, alles normal, zu Abend essen und wissen, später kommt Leander. Es trieb mich an Orte, an denen ich Leander nicht mehr finden konnte, vielleicht, um zu spüren, daß ich am Leben war. Wenn ich Zeit gehabt hätte, hätte ich Vollbäder in meinem Schmerz nehmen können, ein Meter Tagebücher aus der Zeit mit Leander stand im Regal, irgendwann könnte ich mich darin suhlen, oder gehörte dies zur Aufarbeitung? Die Heilung führte immer durch das Leid, bevor der Schmerz verschwand, tat es erst recht weh. Jeden Tag könnte ich im Kalender blättern und sehen, was hatten wir vor einem, vor zwei, vor drei Jahren gemacht, mein ganzes Leben der Vergangenheit weihen, egal, alles egal.

Seltsam, daß ich glaubte, wenn ich in dem Moment war, in dem ich mich laut physikalischer Gesetzmäßigkeiten befand, würde ich etwas versäumen. Was eigentlich? Das Leben in meiner Vergangenheit? Oder das in meiner Zukunft? Ich versäumte ununterbrochen, versäumte mit jedem Mal, wo ich nicht in der Zeit war, die Jetzt hieß – weil ich lieber träumte. Von Vergangenem und Zukünftigem. Suhlte ich mich in meinem Schmerz, versäumte ich alles, wahrscheinlich lag darin das Geheimnis, sich selbst nicht zu viel zuzumuten, eine Mitte zu finden, die Balance zu halten, aber mit der Mitte, die meine Mutter gesund nannte, hatte ich schon immer Schwierigkeiten gehabt.

Einhundertsechsundvierzigster Tag

Anatol rief an. Ich möchte mit dir reden, sagte er, denn so, wie wir uns getrennt haben, finde ich keinen Frieden.

Wir gingen über Felder und am Waldrand entlang, die Sonne schien herbstgolden, wir setzten uns auf brotwarme, duftende Holzstämme. Anatol brachte seine Argumente vor, ich brachte meine Argumente vor. Zwischen uns war keine Brücke. Ich wollte auch keine Brücke. Sobald er mir einen Weg zeigte, schaute ich in eine andere Richtung. Ich konnte ihm nicht geben, was er suchte. Er verstand mich nicht, wie Leander mich verstanden hatte. Warum ließ er mich nicht einfach in Ruhe.

Wir haben immer nur dein Spiel gespielt, sagte Anatol. Du hast die Regeln aufgestellt, du hast bestimmt, wann wir uns sehen und was wir tun, und meine Bedürfnisse hatten kein Gewicht. Ich ließ mich darauf ein, weil ich glaubte, es würde besser, irgendwann, aber es wurde nie besser, eher das Gegenteil.

Doch, rief ich und fühlte mich schon wieder unverstanden, sah er denn nicht, wieviel besser es geworden war, aber was ich für besser hielt, war ihm zu wenig, immer zu wenig.

Es demütigt mich, sagte Anatol, daß dir vieles andere wichtiger ist als ich.

Das ist nicht wahr! Es gibt niemanden, den ich so oft sehe wie dich!

Und so gingen unsere Worte hin und her, mit leisen Stimmen diesmal. Doch nie hatte ich mit einem Menschen so viel und laut gestritten.

Wir sitzen nicht in einem Boot, sagte Anatol.

Ich nickte. Ich war stark. Ich brauchte ihn nicht. Ich würde es allein schaffen. Ich mußte es allein schaffen. Und was sollte diese Beziehung überhaupt, die gar keine war, nur Qual, denn mit einem Menschen zu leben, den ich nicht liebte, war so fürchterlich wie es eine Gnade war, lieben zu dürfen.

Ich schaute auf die Holzstämme, und da sah ich Anatols Hand, die kleine Verletzung oberhalb des Ringes an seinem Mittelfinger; vor ein paar Tagen war er mit dem Ring am Fahrrad hängengeblieben. Eine Welle Zärtlichkeit für diese wunde Stelle überflutete mich. Ich wollte sie nicht spüren, denn sie machte mich weich. Es gelang mir nicht. Zart nahm ich Anatols Hand und streichelte sie. Schaute in seine Augen. Sah den Kummer darin und die Liebe. Und auf einmal begriff ich. Die Erkenntnis war wie ein Schlag. Damit hatte ich nicht gerechnet. Wochenlang hatte ich im Kreis gedacht – und nun dies.

Was ist mit dir, fragte Anatol.

Ich bin ja gar nicht davongelaufen, flüsterte ich. Ich habe mich gestellt. Mitten ins Feuer gestellt.

Was meinst du damit?

Ich dachte immer, ich würde mich ablenken mit dir. Dabei warst du es, der nicht zuließ, daß ich mich ablenkte.

Anatol zog seine Hand zurück.

Wenn ich mir etwas wünschen könnte, Anatol, so wäre dies: dich zu lieben. Doch das kann ich nicht. Ich werde dir niemals vergessen, daß du mich begleitet hast in der schwersten Zeit meines Lebens.

Aber, unterbrach Anatol, und ich legte meine Hand über seine Lippen. Ich bin dir sehr zugeneigt. Doch es ist nicht genug.

Als ich aufstand und ihn umarmte, ein letztes Mal, verabschiedete ich mich nicht vernünftig von ihm, sondern liebevoll. Sehr langsam ging ich zurück in die Wohnung. Allein. Anatol hatte mich nicht abgelenkt. All die Wochen hatte er mich immer wieder und wieder weich gemacht. Hatte es nicht zugelassen, daß ich mich verschloß, und so war ich den steinigen Weg gegangen, den ich mir abverlangte und hatte es nicht einmal gemerkt. Etwas in mir wäre gern zurückgelaufen. Hätte gerufen: Laß uns noch mal anfangen. Doch ich wußte, es würde nicht von Dauer sein. Noch immer war ich: die Frau von Leander. Noch immer war Leander mein Mann. Mein Ja war gebunden an Leander. Von ihm mußte ich es abschälen, Haut für Haut.

Einhundertsiebenundvierzigster Tag

Um acht kamen die ersten Freundinnen und Freunde, und mittags, als die vierte Wagenkolonne die Stadt verließ, war die Wohnung leer.

Ich stand im Erdgeschoß des Hauses und gab Anweisungen, in welche Zimmer die Kisten und Möbel gehörten. Da sah ich vom Fenster aus Anatol und Tomma ein Regal tragen. Anatol betrat das Haus nicht, stellte das Regal mit Tomma an der Terrasse ab und ging zurück zum Wagen.

Was macht Anatol hier, fragte ich Tomma.

Er ist schon seit neun dabei.

Aber ....

Frag ihn.

Ich ging hinaus. Anatol stieg in einen Wagen.

Anatol!

Ich bin gar nicht da.

Warum ...

Kümmere dich nicht um mich. Ich bin eine Illusion.

Ich wollte etwas sagen, doch er unterbrach mich: Sag nichts. Dann strich er mir über das Haar und drehte sich um.

Einhundertneunundvierzigster Tag

Zum letzten Mal putzte ich unsere Wohnung. Nicht so, wie ich es für uns getan hätte, gerade so, daß sie sauber aussah auf den ersten Blick. Dann trug ich die restlichen Dinge zu meinem Auto und ging zurück. Zum letzten Mal zurück in unsere Wohnung. Alle Räume leer. Leer wie am Anfang. Ging durch die Zimmer, einmal, zweimal, die Küche, das Wohnzimmer, das Schlafzimmer, der kleine Flur, das Bad, der große Flur, die drei Kammern, dein Zimmer, mein Zimmer und wieder zurück. Und dann begann ich. Folgte meinem Impuls. Bedankte mich Zimmer für Zimmer für die glückliche Zeit und gab die Zimmer frei und wurde leichter von Raum zu Raum. Leicht wie Leander.

Einhundertfünfzigster Tag

Aus meinen Augen regnete es und hörte nicht mehr auf. Ich schaute in den Himmel, wo die schweren schwarzen Wolken zogen, schon wieder voll der Mond, ich hier, du dort. Ich würde dich immer lieben. Auch wenn meine Tränen eines Tages versiegten. Dann würde ich deinen lieben Namen sagen und lächeln. Leander. Ich liebe dich. Und ich danke dir, daß ich dich lieben durfte, denn die Liebe zu dir, sie lehrte mich zu leben auch ohne dich, und dein Tod lehrte mich, daß ich lieben konnte, denn meine Kraft wuchs aus unserer Liebe.

Ich spielte mit unseren Ohrringen, trug sie ja beide und überlegte, sie abzunehmen, wäre dies nicht der rechte Moment? Nein, es war zu früh. Viel zu früh. Das Haus war nur die Überschrift, und was danach kam, war ungewiß. Ich stand auf dem Holzbalkon meines Hauses und blickte über die Konturen der Hügel und Felder. Stand fest und der Himmel war weit. Ein Winter lag vor mir. Doch dann käme der Frühling, der Sommer. Kapitelüberschriften. Wie ich sie füllen würde? Alles lag an mir. Nein, nicht alles. Aber vieles. Ich sah ihm entgegen mit Zuversicht und Spannung. Ein bißchen ängstlich auch. Ich war am Leben. Ohne Leander. Ich ging in mein Haus.

Epilog

Ich war immer bei dir, sagte meine Schwester.

Ich schaute in ihre Augen, die aussahen wie meine Augen, nur älter. Meine Schwester hatte erst vor einer Woche vom Tod Leanders erfahren. Zwei Tage war sie unterwegs gewesen von Tibet bis hierher. Wo sie wohnte, gab es kein Telefon und keinen Strom, aber niemand machte sich Sorgen um sie, solange sie sich Weihnachten meldete.

Warum hast du mir nicht geschrieben?

Das habe ich.

Immer wieder und wieder hättest du mir schreiben müssen! Du weißt doch, wie oft Briefe verloren gehen. Außerdem war ich krank. Drei Monate lang. Sonst wäre ich eher zur Poststation gekommen.

Also hat Leander für dich noch eine Zeitlang gelebt.

Leila, rief meine Schwester und packte mich an den Schultern. Wie geht es dir?

Meine Schwester stellte diese Frage, wie nur sie sie stellen konnte. Da gab es kein Entkommen. Wie so oft hatte ich das Gefühl, sie schaute tief in mich hinein, wie niemand anders. Ich wußte keine Antwort. Ein Japaner überrollte meinen Fuß mit seinem Koffer. Der Flug nach Denpassar wurde storniert. Frau Stauder sollte sich am Informationsdesk melden. Please come to the information desk. Meine Schwester nahm mir den Autoschlüssel aus der Hand und schob mich Richtung Ausgang.

Bitte nicht so schnell, bat ich, denn sie pflegte, wenn sie die Gelegenheit hatte, Auto zu fahren, als wollte sie eine Rallye gewinnen. Neben ihr sitzend wurde ich ruhig. Meine große Schwester war mir nah, obwohl ich sie selten sah. Vielleicht mußte man sich nicht oft sehen, vielleicht überhaupt nie, um ...

Du weißt, wohin wir fahren, fragte sie.

Ich nickte.

Es ist dir recht?

Ja.

Niemals zuvor war ich am Friedhof gewesen seit jenem Tag, das wußte meine Schwester, wie sie vieles andere wußte, das ich nicht zu sagen brauchte.

Welcher Eingang, fragte sie.

Ich zuckte mit den Schultern.

Laß uns zur Aussegnungshalle gehen, dann findest du dich vielleicht zurecht.

Ich fand mich nicht zurecht. Wie damals, als ich mit meiner Schwester zum Grab meiner Oma gegangen war. Als sie starb, war meine Schwester in Indien gewesen. Und wie damals ließ sie mir Zeit. Drängelte nicht, ging neben mir und hielt meine Hand.

Hier müßte es sein, sagte ich oft, doch alles sah gleich aus, und ich fand das Grab nicht. Meine Schwester fand es. Sie hatte Tausende von Kilometern zurückgelegt, um diesen Weg mit mir zu gehen.

Dein Name. Dein Name auf einem Stein. Kein Türschild. Kein Eintrag im Telefonbuch. Ein Stein und darunter Erde. Ich las deinen Namen, las ihn immer wieder, die Buchstaben öffneten sich, und ich fiel hinein, bis ich auf dem grünen Grund der Augen meiner Schwester Halt fand. Ihre Augen waren meine Augen. Sie weinte. Und dann lächelte sie. Du weißt, daß er nicht hier ist?

Ich nickte.

Wo ist er für dich?

In mir, sagte ich leise. In mir und überall.

Meine Schwester setzte sich im Schneidersitz vor das Grab, und ich setzte mich neben sie. Lange Zeit schwiegen wir. Und dann erzählte ich. Erzählte so ausführlich, wie ich ganz am Anfang erzählt hatte und mehr. Weinte viel. Weinte vielleicht so viel, wie ich noch nie geweint hatte beim Erzählen dieser ... Geschichte. Es war eine Geschichte geworden. Sie dauerte drei Stunden und fünf Packungen Taschentücher.

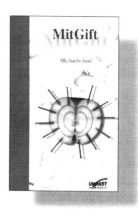

Michaela Seul

MitGift

unrast roman 10

4-farbiger Halbleinenband,
379 Seiten – gebunden
48,00 DM/sfr – 350 öS
ISBN 3-928300-75-X

Atemberaubender Roman
über die Geschichte
dreier Frauengenerationen.

Mit ihren Bildern kreiert Michaela Seul ein
Feuerwerk der Stimmungen...

„Michaela Seul hat ein ganz wunderbares Buch geschrieben – bissig bis zum Erbrechen und rührend zum Heulen." Papillon

„Die treffenden Charakterisierungen und feinen ironischen Passagen zeigen, wie tief besonders die Eltern in spießigen Moralvorstellungen feststecken. Spannend und wunderbar geschrieben, unbedingt empfehlenswert." Dagmar Härter, ekz-Informationsdienst

„Michaela (Seul) ist eine junge und sehr kreativ schreibende Frau aus dem Jetzt, ist sogar manchen jüngeren und gleichaltrigen Kolleginnen und Kollegen ein Geheimtip. Denn sie nimmt sich in einer äußerst subtilen Weise und mit filigranem Spott einer übertrieben wirkenden Moral an. Verblüffend ist dabei die Symbiose von Sprache und Thema."
Elisabeth Alexander zur Verleihung
des 'Poetensitz' der Zeitschrift PASSAGEN

UNRAST Verlag • Postfach 8020 • 48043 Münster
Tel. (0251) 666293 • Fax. (0251) 666120